이건숙 문학전집 **16**

남은 사람들

이건숙 문학전집 **16**

남은 사람들

1쇄 발행일 | 2022년 06월 20일

지은이 | 이건숙
펴낸이 | 윤영수
펴낸곳 | 문학나무
편집 기획 | 03085 서울 종로구 동숭4나길 28-1 예일하우스 301호
이메일 | mhnmoo@hanmail.net

출판등록 | 제312-2011-000064호 1991. 1. 5.
영업 마케팅부 | 전화 | 02-302-1250, 팩스 | 02-302-1251
ⓒ이건숙, 2022

값 15,000원
잘못된 책은 바꾸어 드립니다
지은이와 협의로 인지는 생략합니다
무단 전재 및 복제를 금합니다
ISBN 979-11-5629-142-8 03810

이건숙 문학전집 **16**

■

남은 사람들

이건숙 장편소설

문학나무

남은 사람들의 다짐

어떻게, 그리고 어째서 이런 비극적인 역사가 이 나라에 임했을까. 이 소설을 쓰면서 계속 던졌던 질문이다. 이스라엘처럼 틈새 국가인 우리나라는 어쩔 수 없이 켜를 이루며 쌓아올린 비극적인 역사를 관통하면서 지금에 이르렀다. 미국 이민자들이 하는 말 중에 유태인보다 더 무서운 민족이란 말을 많이 듣고 있다고 한다. 세계에서 가장 많은 노벨상을 탄 민족인 이스라엘보다 더 강한 기질을 지닌 특이한 민족으로 앞장서서 달리고 있다는 뜻일 게다. 단 한 번도 다른 나라를 침입한 적이 없는 우리 민족은 이웃나라에 당하기만 하면서 참을 수 없는 아픔과 고난의 터널을 관통했다. 그게 풀무에 연단된 정금으로 태어나서 지금처럼 단단한 자리에 서 있고 더 단단해질 것을 믿는다.

비록 남북이 아직 분단되어 있지만 언젠가는 통일될 것

이다. 그 과정에서 우리는 더 단련되어서 세상에 하나뿐인 다이아몬드로 태어나 전 세계의 중심이 될 것이다. 장차 정신적, 영적, 문화적 가치관을 지닌 우리 민족이 세계를 이끌고 갈 자질을 키우고 있는 셈이다. 지금까지 겪고 있는 아픈 역사는 우리나라가 세계의 중심지가 될 큰 뿌리를 잡고 있는 시기라고 본다.

전 세계에 우리 민족은 흩어져 살고 있다. 어느 나라에 가도 한국인들은 강인한 나무처럼 자리를 잡고 커가고 있다. 모두 큰 거목으로 자라날 것이다. 이제 거의 엄청난 시련의 역사를 통과한 것이라고 본다. 앞으로는 모두 하나가 되어서 우리 민족이 우뚝 설 것을 믿는다.

전집을 다시 퇴고를 보고 가다듬으면서 집필 당시처럼 끊임없이 흘러내리는 눈물을 주체 못 했다. 이 장편은 월간 『샘소문예』에 일 년간 연재하여 다음해 출판되었다.

이 작품을 쓰고 저자로서 느낀 점은 모두 북한의 실상을 무의식적으로 외면하고 있다는 사실이다. 이유는 너무 괴로운 것을 피하고 싶은 마음에서라고 본다. 하지만 어쩔 수 없는 우리 몸의 한 부분처럼 우리 역사의 한 면이니 직시하고 마음을 다잡아 새로운 길을 모색하고 하나가 되어 이 아픔을 뚫고 나가기를 소망한다.

모두 손에 손을 잡고 하나가 되어 둥근 원을 그리며 춤을 추는 강강술래로 이 소설을 마무리 한 것은 장차 이 민족이 나아가야 할 방향을 상징적으로 그려 본 것이다.

2022년 5월
신촌 서재에서

이건숙

차례

작가의 말_ 남은 사람들의 다짐   004

1부
흑암 위에 앉은 백성   009

2부
고난의 골짜기   080

3부
빛을 따라 흩어지는 사람들   153

4부
강강술래   230

평설 _ 이명재 문학평론가
순화된 복음과 사랑, 달빅의 소설미학   310

남은 사람들

1부
흑암 위에 앉은 백성

1

때는 1994년, 수향秀香은 앞산이 턱을 받치고 뒷산이 등을 때리는 산골의 갑갑함에 갇혀 숨을 헐떡거리다 눈을 떴다. 동쪽으로 뚫린 손바닥만 한 창문으로 아직 힘살이 오르지 못해 축 늘어진 무거운 햇살이 희끄무레한 빛을 방 안으로 밀어 넣는다. 끄응! 터져 나오는 신음을 삼키며 몸을 옆으로 돌리려 했으나 오른쪽 아랫배가 당기고 아파서 아악! 소리를 내지를 지경이다. 이제 참는 것도 한계에 이르렀다. 감기까지 겹쳐서 기침을 할 적마다 아랫배에 통증이 더 심해진다.

농네병원에라도 가야 한다. 의사를 만나야 산다. 죽더리도 이유를 일고 죽어야 하는 것이 아닌가. 어제부터 체

했는지 명치끝이 거북살스럽더니 메슥거리고 음식을 먹을 수 없었는데 그게 문제가 된 것일까. 밤 새워 아픈 것을 참느라고 이를 악물었더니 입술이 터져 마른 피가 누룽지처럼 입가에 달라붙어 있다. 돈을 벌어야 하는데 이게 무슨 꼴이람. 큰 꿈을 이루기 위해 죽음을 무릅쓰고 단동의 동항에서 뜨는 배 밑창에 숨어 한국 땅을 밟았는데 돈벌이에 접근도 못하고 여관방에 죽치고 들어앉아 죽어가고 있다니 이게 말이 되는가. 일이 어떻게 돌아가든 밀입국한 것이 발각되어 다시 중국으로 되돌아가는 경우보다 차라리 여기서 죽는 편이 훨씬 낫다는 결론에 이르렀다.

여관집 주인의 걸걸한 목소리에 이어 왈칵 문이 열린다.

"왜 일을 안가고 이러고 누워 있소? 오늘도 하루 종일 구들을 짊어지고 있을 판이요."

"배가 너무 아파서 그래요."

수향은 애써 아픔을 감춰가면서 씩씩하게 말하려고 누운 자세에서 고개만 들고 웃어 보인다.

"아이쿠! 저 땀 좀 봐. 깊은 병이 든 사람 같은데 여기서 송장 치우면 우린 망하지. 제발 다른 여인숙으로 옮기시오. 두 손으로 이렇게 비니 다른 곳으로 가란 말이요."

추레한 차림에 병이 짙어 보이는 그녀에게 주인은 막무가내로 짐을 싸라고 끌탕을 한다. 가까스로 몸을 일으킨 수향은 여행 가방에 흩어져 있는 옷들과 세면도구를 챙기면서 참으려했던 울음을 터뜨렸다. 다시 배가 아파오기 시작한다. 이번엔 숨을 쉴 수조차 없다. 단 하나뿐인 아들 진호가 떠오른다. 이제 중학교에 갓 입학한 걸 두고 왔는데 잘 있는지. 아들 생각에 이르자 눈물이 주르륵 흘러내린다. 3년만 악착같이 돈을 벌어 가지고 가면 집을 한 채 짓고 나머지 돈으로 사업을 하여 한 밑천 잡아보겠다는 큰 꿈을 안고 왔는데 갑자기 이렇게 아프니 어쩔 거냐. 여인숙 주인의 따가운 눈총이 뒤통수에 꽂힌다. 이마 위에 홍건히 고인 땀에 젖은 머리칼을 올릴 힘도 없어 눈을 감은 채 현관문을 나서는 순간 수향은 나동그라졌다. 그 다음은 모른다.

2

눈을 떠보니 흰 가운을 입은 의사도 보이고 간호사들 여럿이 옆에서 웅얼거리는 소리가 멀리서 천둥이 치듯 아련하다. 다시 까무룩 하니 밑으로 가라앉는다. 안간힘을 쓰면서 정신을 차려보니 사람들의 형체가 눈도 코도 입도 보이지 않고 뭉그러진 채 어른거린다. 으악! 기함을 내지르면서 나시 기절을 했다.

꿈속에선 중국의 집에 들아가 있있나. 심양 근교인 정

하구淸河區 장상진張相鎭엔 고추를 마당에 내다 널어 마당과 지붕이 온통 붉은 칠을 한 것처럼 물들어 있다. 뒷산은 총천연색으로 물든 나뭇잎이 풍경화를 그린 것처럼 눈부시다. 책가방을 메고 들어서는 아들도 보이고 만성 고질병으로 기침을 해대는 비쩍 마른 남편도 보인다.

"여보세요. 정신이 들어요? 빨리 보호자를 부르세요."

누군가가 그녀의 뺨을 세차게 때린다. 반응이 없자 양쪽 뺨을 장구를 치듯 연달아 울려댄다. 가까스로 눈을 뜬 여자에게 나이 지긋한 간호사가 귀에 대고 고함을 쳤다.

"시간을 다투는 병입니다. 때를 놓치면 죽을 수도 있습니다. 어서 보호자의 전화번호를 대세요."

보호자란 말에 여자는 기가 죽어 다시 눈을 감아버린다.

"우선 영양제라도 놓아요. 너무 기력이 쇠해있어 수술을 하기도 어렵겠다."

당직 의사의 말에 이어 이런 말도 들린다.

"먼저 의료보험 번호와 인적사항을 알아야 하지요. 누군지도 모르고 어떻게 무조건 치료를 합니까."

"사람이 죽어가는 판에 살려놓고 봐야지. 내가 영양제 주사 값은 낼 터이니 우선 꽂아요."

의사의 신경질적인 반응에 바로 팔뚝에 주사 바늘이 꽂힌다. 몽롱했던 정신은 돌아오는데 어찌나 배가 아픈지 더 이상 참지를 못하고 뒹굴기 시작했다. 아들 진호를 낳을 때보다 더한 진통이었다. 세상에서 제일 아픈 것이 아기를 낳을 때 겪게 되는 산고産苦라고 했는데 그런 진통도 지금의 아픔에 비길 바 아니다.

"아이쿠! 아이쿠! 사람 죽는다, 살려주세요, 사람 살려주세요. 너무 아파 죽겠어요. 차리라 죽는 주사라도 놔 주세요."

죽는 것이 차라리 낫겠다는 생각이 들었다. 이건 거짓이 아니고 진심이다. 너무 아파서 말로 표현할 수조차 없다. 그러나 그들은 아무것도 해주지 않았다. 의료보험도 없고 행색도 초라하니 낌새가 이상했기 때문인 모양이다.

"보호자가 없다면 아는 분이라도 부르세요."

의사의 말에 그녀는 힘을 다해 한마디 한다.

"아는 사람도 없어요. 이 나라엔 저 혼자뿐이에요."

"이 사람이 장난을 치나. 이 땅 위에 살면서 혼자인 사람이 어디 있어요. 사촌에 육촌에 팔촌이라도 아는 사람이 있을 것 아닙니까. 하다못해 이웃이라도 대세요."

그래도 수향은 머리를 흔든다. 아무리 기억해내려 해도 아는 사람은 이 나라에 단 한 명도 없어 세차게 머리를 도리실 치자 답답해진 간호사가 그녀의 귀에 대고 재우쳐 물었다.

"오늘을 넘기면 죽을 수도 있는 병입니다. 빨리 수술을 해야 합니다. 먼 진척이나 친구라도 있으면 이름을 대세요. 보호자로 그 사람들이라도 나서면 어떻게 해 볼게요."

아무리 머리를 쥐어짜도 아는 사람이 없다. 이 나라에 친척으로 누가 있는지 생각해본 적이 없기 때문이다. 수향은 대답 대신 아픈 배를 움켜잡고 뒹굴면서 울음을 터뜨렸다. 마음 놓고 우는 울음이 아니다. 울컥 치받는 걸 억지로 이를 악물고 삼켜가면서 흐느꼈다. 망망대해 위를 외롭게 떠도는 기름 한 방울처럼 혼자 버려졌다는 느낌이 무섬증을 달고 그녀를 짓눌렀다.

"그럼 환자의 이름하고 나이나 대세요."

"1940년 6월 1일 생이고 이름은 장수향."

"주소는?"

수향이라 부르는 여자는 머리를 살래살래 흔든다.

"주소가 없는 사람이라……. 이를 어쩌지. 빨리 수술을 해야 하는데……. 오늘 밤을 넘기면 큰일이 터지는데 이를 어쩌지. 생명을 잃을 수도 있는 일이라는데 이거 큰일 났다."

"가진 돈 있어요?"

핸드백을 열어 지갑 안에 든 돈을 보이자 간호사는 입을 삐죽 내밀며 어깨를 으쓱한다. 그 돈으로는 어림없다는 시늉이다.

수향의 침대를 응급실에서도 가장 후진 한 귀퉁이로 밀어놓았다. 손거스러미가 일듯 입술이 타들어가서 누구라도 옆에 있다면 솜을 물에 축여 입술을 적셔주련만 이 넓은 땅에 그런 사람이 단 한 명도 없다. 응급실이란 모두가 위급한 상황에 몰려든 사람들이라 자기 환자에게 신경을 쓰느라고 아무도 수향을 눈여겨보는 사람이 없다.

이대로 죽는구나. 자본주의 국가에서는 돈이 제일이라고 하더니 돈이 없으니 들짐승처럼 이렇게 죽어가는구나. 수향은 주기적으로 밀려오는 아픔에 참을 수 없는 고통을 전신으로 표현하면서 배를 움켜쥐고 몸을 앙당그린 채 뒹굴었다. 다시 아득하게 몸이 밑으로 가라앉으면서 깊은 나락으로 빠져든다.

중천에 떠오른 보름달이 다섯 살인 수향의 눈에는 아침 밥상보다 더 커 보인다. 공기를 가르는 쌩한 달빛이 곱게 차려입은 빨간 치마와 노란 저고리 위에 내려앉으면서 고운 빛을 눈부시게 토해 낸다. 대청마루 끝에 앉아서 달빛을 손바닥에 담아본다. 대낮과는 다른 색이지만 나름대로 어찌나 밝은지! 잔손금까지 완연하게 눈에 들어온다. 이따금 가을바람에 몸을 떠는 뒤란의 대나무 숲이 쏴아 하고 보름달만큼 밝고 싸한 기운을 안다가 대청마루와 안마당에 쏟아 붓는다. 널찍한 울안엔 달빛이 먼동 튼 새벽처럼 환하다. 보름밤엔 아침마다 줄지어 동이를 이고 물을 길으러 오는 아낙들이 없다. 아무리 눈을 크게 뜨고 봐도 우물가가 휑뎅그렁하니 비어있다. 골풀이나 왕골 아니면 죽순으로 엮은 따리에 달린 끈을 실짝 입에 문 아낙들의 얼굴표정까지 볼 수 있을 정도로 달은 밝건만 물을 길으러 오는 여인들이 단 한 명도 없는 밤이다. 동네의 유일한 샘인 사각우물가가 비어 있다니!

신부 단장을 한 고모가 가마에 오르고 고모부가 말을 타고 서성대는 앞마당은 인파로 물결쳤다. 여기저기 깔아 놓은 멍석 위에 놓인 음식상은 동네 조무래기들까지 끼어 들어 들레는 소리가 이따금 공터에서 상영되는 영화를 보러 몰려든 사람들만큼 북적거렸다.

그 마당에 지금 동네 처녀들이 다 모여들어서 둥근 원을 그리면서 신명나게 놀고 있다. 음력 보름은 조수가 가장 높이 들어오는 한사리 때라 어부들도 고기 잡으러 바다에 나가지 않고 집에 있으면서 어구를 손질하고 가족들과 오붓하게 시간을 보내는 시기다. 풍성한 추수를 한 끝이라 농부들도 이날만큼은 집에 있어 아낙들은 모두가 아이들과 남편을 집에 놔두고 이렇게 마당에 원을 그리면서 강강술래를 하고 있다.

갓 시집온 새댁들과 15세를 넘긴 처녀들이 주동이 되어 울긋불긋 한복으로 단장하고 손에 손을 잡고 둥근 원을 만들어 빙빙 돌면서 춤을 춘다. 선소리꾼이 선창을 하면 나머지 아녀자들이 이를 받아서 '강강술래'를 후렴으로 외친다. 처음에는 느린 가락으로 길게 뽑으면서 천천히 돌다가 신명이 나고 흥이 오르면 차차 고조되어 점점 빠른 가락으로 바뀌면서 춤도 빠르게 돌아간다. 오른발,

왼발을 교대로 옮겨가면서 빙빙 도는데 도중에 끼어드는 처녀들도 있어 원은 점점 더 커지게 마련이다. 빨라지는 속도를 따라 동그라미는 고무풍선처럼 팽팽하게 불어나고 처녀들의 칭칭 땋아 늘어뜨린 댕기머리가 강강술래의 속도를 따라 바람에 나부끼는 깃발처럼 펄럭이게 마련이다.

강강술래, 강강술래
달떠온다, 달떠온다, 강강술래
동해동창, 달떠온다, 강강술래
저어 달이 뉘 달인가, 강강술래
강오방네 달이라네, 강강술래
저 달 뜬 줄 모르는가, 강강술래

선소리꾼이 힘들고 목이 쉬어 '받아주게, 받아주게 ○○○가 받아주게' 하면 선소리꾼이 바뀌기도 했다. 달이 주는 풍요로움과 평안함이 마당에 가득했다. 음이 빨라지면 강강술래를 후렴으로 부르는 아낙들의 발걸음 동작도 빨라지고 욱신욱신 뛰어서 땀이 흥건하게 이마에 고일 적에는 저들의 거친 숨소리로 앞마당도 헐떡거렸다. 강강술래의 신명난 춤을 따라 어린 수향도 마루 끝에 앉아서 궁둥이를 들썩거렸다.

서블의 얼굴을 난 한 사람이라도 기억해내야 한다. 빙

빙 원을 그리면서 돌아가는 얼굴들을 너무 빨리 뛰고 땀으로 번들거려서 도저히 똑똑히 볼 수가 없다. 그 순간 수영이 수박색 치마에 연분홍 저고리를 입고 수향의 곁에 다가왔다.

"수영아!"

수향이 다정하게 불렀으나 수영은 고개를 살래살래 흔든다.

"왜 그래? 너 왜 머리를 흔들어?"

그래도 여전히 도리질을 하는 수영이 호수 위의 잔영처럼 서서히 물속으로 아련하게 사라진다.

"수영아, 가지마라. 나야 수향이야."

자신이 내지른 소리에 깜짝 놀라서 퍼뜩 눈을 떴다. 땀으로 흥건해진 얼굴이 빠끔히 열어 놓은 창문 틈으로 들어오는 바람으로 인해 정신이 들기 시작했다. 응급실은 언제나처럼 무척 붐볐다. 마침 밤늦게 술을 마시고 운전하다가 교통사고를 내서 병원에 실려 온 유명배우를 취재하느라고 기자들이 갑자기 와와 몰려들었다. 한참 소동을 치면서 카메라를 들이대고 열띤 취재를 하는 동안 혼자 뒤에 처져서 조용히 이 광경을 기록하고 있던 여기자가 수향의 침대 가까이에 다가왔다. 죽음을 앞두고 처절하게 몸부림치는 환자를 보고는 여배우를 향하고 있던 카메라 렌즈의 초점을 아픈 응급환자의 얼굴에 맞췄다. 여러 각도에서 대여섯 번 찰칵찰칵 찍고는 의료진에게 다가갔다.

"이렇게 위급한 환자를 왜 돌보지 않습니까?"

보스로 보이는 간호사를 끌어다가 어서 돌보라고 다그친다.

"보호자도 주소도 의료보험증도 없어서 진료할 수 없어요."

"사람이 죽어가는데 살려 놓고 봐야지 무슨 증명서가 필요합니까. 이건 기삿거리군요."

"병원 규칙상 저희들은 그렇게 할 수밖에 없습니다."

"사람의 생명이 먼저지 그런 규칙이 먼저입니까?"

"그렇다면 댁이 보호자가 되어 주세요."

말이 막힌 여기자가 환자에게 다가왔다.

"정말 친인척이 아무도 없습니까."

수향은 가만히 머리를 흔들었다. 아픔이 밀려오는지 힘을 다해 참으려다 이기지를 못하고 이로 혀를 깨물어 피가 비친다.

"그럼 제가 사람을 동원해서 찾아드리지요. 아는 분이 누굽니까? 이름을 대세요. 아무라도 좋습니다. 친구든 이웃이든 누구든 이름을 대보세요. 이대로 죽을 수는 없잖아요."

환자는 오랫동안 머리를 조아렸다. 이 땅에서 언제쯤 살았더라. 세월이 많이 흘렀지만 혹시 언니나 동생이 살아있을 수도 있다는 생각에 이르자 환자는 여기자에게 언니와 여동생의 이름을 내놓았다.

"전쟁이 나고 헤어졌으니 너무 오랜 세월이 흘렀어요. 그러나 한 사람이라도 살아있을 수 있겠군요. 제 기억으로 언니가 장수희秀熙, 나와 동갑내기 장수영秀英, 막내 동생으로는 장수숙秀淑이 있는데 막내 수숙이는 너무 어려서 저를 기억 못할 수도 있습니다."

열심히 메모를 한 기사내용이 바로 방송을 타기 시작했다. 신문에도 실리고 라디오 방송에도 나가고 심지어 다급하다고 여기자가 얼마나 야단을 했는지 황금 뉴스대인 아침 9시 뉴스에도 잠시 나갔다.

병원 측에서는 병원의 명예도 있고 이럴 수도 저럴 수도 없는 껄끄러운 상황이라 무척 힘든 모양이었다.

3

방송이 나간 다음날 환자를 안다는 여자가 나타났다고 방송과 신문에서 떠들기 시작했다. 병원에 나타난 사람은 환자가 찾는 이름과 동명이라고 했다. 새까만 고급 승용차에서 내린 여자는 선글라스를 쓰고 누비똥 상의에 악어 핸드백을 들고 있었다. 독한 향수를 뿌려서 응급실 안이 온통 향수 집이 될 정도로 지나치다 싶은 냄새가 마치 장례식장에 피워 놓은 향처럼 환자들의 코를 자극했다. 팥죽색을 칠한 긴 손톱이 유난히 눈에 띄었다. 손에 낀 팥알 크기의 다이아몬드반지에서 뿜어 나오는 빛이 어둠을 가르는 도깨비불처럼 번쩍번쩍한다. 아프다고 비명을 내지르던 환자들도 요란하게 치장을 한 이 여인이 들어서자 모두 그녀를 향해 시선을 집중해서 교통사고를 내고 들어온 여배우보다 더 인기가 있었다.

여비서와 남자 비서가 옆에 바짝 따라붙어서 대기업 총수의 부인으로 보이는 마님의 시중을 들었다. 남자 비서가 쏜살같이 간호사 데스크로 가서 장수향의 침대가 어디 있는지 알아가지고 그리로 안내를 했다. 여자는 검은 안경을 벗어들고는 10cm도 더 넘는 뾰족 구두를 신어 살이 오른 펑퍼짐한 궁둥이를 뒤룩뒤룩 흔들면서 수향의 침대가로 갔다.

어찌 알았는지 우르르 취재진들이 달라붙었다. 장차 만날 환자와 어떤 사이냐는 질문에는 한 마디도 없이 멋진 여자는 고상한 미소를 흘리면서 시큰둥한 표정이다.

"친자매를 만나러 온 여자치고는 너무한 것 같다. 치장이 너무 요란해."

"기다려 봐. 아마 붙들고 울고 난리칠 거야. 우리나라 여자들이란 정에 약해서 제 피붙이를 만나면 끌어안고 뒹구는 것이 통례가 아닌가."

"아니야. 분위가 좀 묘해서 그래."

"그래도 저런 부자를 찾았으니 저 여자 병도 고치고 떵떵거리면서 살겠다. 운이 튼 거야. 아주 고무적인 취재감이군. 요즘처럼 정치판 소식으로 온 국민이 우울하게 잔뜩 찡그리고 있는 판에 전국을 행복하게 만들 이산의 만남, 우리가 얼마나 목마르게 기다렸던 기사감이야."

부자 여자는 두 비서를 양쪽에 보디가드로 거느리고 기자들의 두런거림과 취재진들에게 둘러싸여 환자에게 한 발, 한 발 다가갔다. 아픔을 견디다 못해 거의 초죽음까지 간 수향이지만 앞에 친자매라고 나타난 여자의 화려함에 질려서 감히 입을 열지 못한다. 통증으로 일그러진 눈자 위에 누리끼리한 빛이 출렁인다.

"네 이름이 뭐라고 했니? 보도된 대로 장수향이 맞니?"

"맞아요."

"요즘 하도 가짜들이 많아서 확인을 좀 하자. 네가 태어난 곳이 어디야? 난 하도 많은 사람들에게 속아서 이렇게 묻는 거야. 이상하게 생각하지 말고 낱낱이 고해 봐."

시간을 다투어 죽어가는 환자이니 상대가 누구든 어서 수술을 하고 보았으면 하면서 발을 구르는 기자들과 달리 느긋하게 따져들고 있다. 외모처럼 도도하고 눈곱자기만 큼도 속임을 당할 수 없다는 치밀함이 엿보인다.

"제가 태어난 곳은 장흥입니다. 하도 오랜만에 떠오르는 단어라 좀 생소하지만 분명히 장흥입니다."

"장흥이라면 중국의 장흥이야 한국의 장흥이야. 댁은 중국에서 온 냄새가 나잖아."

앞에서 딱딱거리는 멋쟁이 여자의 왼손 등을 찬찬히 오

랫동안 놀란 눈으로 쳐다보던 환자가 환희에 차서 고함쳤다.

"나 수향이야. 손등에 난 상처를 보니 기억이 나는군. 너 수영이가 맞지? 장수영이다. 너 장수영이야."

기자들의 시선과 카메라의 눈이 귀부인의 왼 손등으로 쏠렸다. 정말 왼 손등에 또렷한 상흔이 카메라에 잡혔다.

"상처를 가진 여자가 이 세상에 얼마나 많은데 이런 걸로 사람을 물고 늘어져. 처음부터 너는 내 손등에 시선을 집중했어. 돈을 갉아먹으려는 수작일 수도 있으니 장흥에서 살았다면 그 살던 집이 어떠했는지 한번 들어보자."

살가운 말 한마디 없이 신장처럼 우뚝 서서 살찬 얼굴로 쌀쌀하게 나대는 여자의 태도에 수향은 잠시 의기소침하여 꾸물거리다가 다시 밀려오는 아픔으로 몸을 뒤틀었다.

수영이라 부르는 여자는 머리끝부터 발끝까지 돈으로 처발라서 첫인상은 허 참! 멋있구나 하는 생각이 들지만 샅샅이 뜯어보면 얼마나 속에 든 것이 없으면 저렇게 외모를 치장해야 할까 하는 안쓰러움을 안겨주는 그런 여자다. 자세히 볼수록 고상함 하고는 거리가 멀고 천박함이 철철 넘쳐흘렀다.

"뒤뜰에 옥잠화가 음지에서 연록색의 잎에 꽃을 하얗게 피워냈고 가을엔 빨갛게 익은 꽈리도 많았어. 그 뒤 가파른 산기슭에는 대나무 숲이 우거져서 아침이면 참새들이 귀 따갑게 노래를 불렀지. 대나무 숲의 바람 소리도 자장가처럼 좋았고. 집 앞에는 돌계단이 열을 셀 정도로 높았고 앞마당은 깊고 컸었어. 대청마루 위에 앉아서 마당을 내려다보면 마당 한편에 사각 돌을 두른 우물이 한눈에 들어왔어. 맛이 좋기로 소문이 나서 아침부터 동네아낙들이 까치 울음소리를 시계 삼아서 똬리 위에 동이를 이고 줄을 지었지. 정월보름이나 추석에는 온 동리의 처녀들과 갓 시집온 새댁들이 모여서 강강술래를 놀았어. 그때 너는 나와 나란히 대청마루 끝에 앉아서 그걸 보며 손뼉을 쳤지. 깨소금과 검은 콩을 박은 송편을 먹으면서 말이야."

수향은 조금 전에 꿈에서 생생하게 본 고향의 정경을 신나게 늘어놓았다. 그러자 멋쟁이 여인은 팔짱을 끼고 한심하다는 듯 환자를 내려다보면서 가소롭다는 듯 피식 웃었다.

"나야, 장수향이야. 추석에 난 빨간 치마에 노란 저고리를 입었고 넌 수박색 치마에 연분홍 저고리를 입었잖아. 너 수영이 맞지? 분명히 넌 수영이야."

순간 멋쟁이 여인의 눈에 살기가 돌았다. 수향이 왈칵 부富티가 주르르 흐르는 여자를 끌어안으려하자 환자의 손을 탁 털어내고는 주춤 뒤로 물러선다. 마치 징그러운 배추벌레라도 대하듯 환자에게 다가갈 기미를 보이지 않았다. 둘이 부둥켜안고 울음을 터뜨릴 걸 기대했던 기자들이나 응급실 사람들, 더구나 이제 큰 짐을 덜었다고 안도의 숨을 내쉬던 의료진들까지 의아해하는 순간 긴장감이 감돌았다.

"옥잠화와 꽈리를 들먹이는 것이 수상합니다. 그건 우리나라 전래의 흔해빠진 화초들이 아닙니까. 더구나 대나무 숲을 들고 나오는 것이 의뭉스럽지 않습니까. 우리나라 남도 지방에 흔한 것이 대나무 숲이니까요. 더구나 저고리니 치마니 하는 것은 한국 전통의상이구요. 여러분. 제 말을 들어보세요."

명배우처럼 요란한 차림을 한 여자는 취재진은 물론 시선을 집중하고 있는 의료진과 환자들을 향해 멋진 포즈를 잡았다.

"저는 이 환자하고 아무 관계가 없습니다. 도움을 받으려고 연극을 하고 있어요. 아주 고등수법을 쓰는군요. 정말 지능적입니다. 전 이런 일을 자주 당했거든요. 일이야 어떻든 오죽했으면 이러겠습니까. 보기에 너무 딱하니까 인도적인 입장에서 수술비는 제가 대겠습니다."

웅성거리던 기자들이나 의료진들이 일제히 박수를 쳤다. 역시 대한민국의 거부는 다르구나. 아무 관계가 없는 아픈 환자에게 선심을 쓰는 저 멋진 제스처를 보라니까 하는 칭송의 소리가 물결쳤다.

"망둥이가 뛰니까 마당 빗자루도 뛴다고 별꼴을 다 당하네."

귀부인은 상흔이 뚜렷한 손등을 풀대 죽이라도 묻은 듯 손수건을 꺼내 닦아 가면서 응급실을 빠져나갔다.

4

귀부인이 내준 돈으로 수향은 수술실로 옮겨졌고 촌음을 다투는 수술로 들어갔다. 이틀 동안의 혼수상태에서 깨어난 수향은 병실 밖의 은행나무를 멍하니 바라본다. 나뭇잎들이 기름기가 도는 야들야들한 첫 부드러움이 사라지고 20대에 돌입하는 청년처럼 제법 독이 올라 무청처럼 짙푸르다. 지금쯤 중국의 집에도 미루나무 잎이 우거지고 새들이 시끄럽게 아침노을을 안고 지저귀겠구나.

"이제 정신이 드세요?"

바로 옆 환자의 보호자가 가만히 다가와서 수향의 얼굴을 본다. 육인용 병실은 환자와 보호자들로 북적거렸다. 창가에 있는 수향의 침대 가에는 그 흔한 화분이나 꽃송이가 하나도 없다. 아하! 죽지 않고 살아났구나. 배를 만져보니 거즈로 잔뜩 붙여있고 옆구리에 튜브가 하나 꽂혀 있다.

아침 회진시간이라 주치의를 앞세운 일진의 무리들이 들어서자 병실은 검열을 받는 군대병동처럼 숙연해진다.

"장수향 씨. 깨어나셨군요. 수술은 잘 끝났지만 너무 늦어서 농양이 창자 전체에 퍼졌어요. 고름이 터져 뱃속을 깨끗이 세척했습니다. 수술을 다시 한 번 더 해야 합니다."

주치의는 돌아서서 따라붙은 인턴들에게 작은 목소리로 설명하지만 또렷하게 수향의 귓가를 스친다.

"충수가 괴사되어 염증이 심해 주변의 맹장 등에서 분리하기 어려울 때는 충수를 남겨 놓을 수밖에 없는 거라고. 이런 경우는 아주 드문 케이스야. 무식하게 수술을 늦추면 이런 결과가 나오는 거야. 이런 환자에겐 어느 정도 농양이 제거된 뒤에 충수절제술을 다시 시행해야 된다."

의사를 향해 수향이 기어들어가는 목소리로 물었다.

"얼마나 더 병원에 있어야 하나요?"

"증상이 너무 심하고 또 재수술을 하자면 몇 개월 잡아야 합니다. 항생제를 계속 투여해야 하니까요. 간단한 병을 너무 키웠어요. 각별히 조심하세요. 의사의 지시를 따라야지 잘못하다가는 생명을 잃을 수도 있을 정도로 위급한 상황입니다."

"비용이 많이 나가겠군요. 전 돈이 없어요."

의사는 다음 환자에게로 이동하면서 수향의 말을 귓전으로 듣고 무시해 버린다.

"의사선생님, 전 돈이 없어요. 여기에 이렇게 죽치고 있으면 돈을 낼 수가 없다니까요. 일을 해야 돼요."

수향의 외침에 아무 반응도 없이 의사들과 간호사들의

무리는 물이 흘러가듯 병실을 빠져나간다.

2개월이 흘렀으나 여전히 배에 꽂은 배액 관에서는 진물이 줄줄 흘러내린다. 그간의 병원비는 수백만 원대에서 자꾸 올라간다. 이 나라에서 손꼽는 거부의 안주인은 수술비만 대주었지 그 뒤로는 단 한 번도 와보지 않았고 이제부터 수향 스스로 치료비를 물어야 할 판이다. 삼 개월째 들어서자 불안해진 수향은 환자와 보호자들이 다 잠든 사이를 틈타 짐을 꾸려서 도망을 쳤다. 옆구리에 꽂힌 배액관도 빼 버리고 병원비는 몸 바쳐 일해서 갚겠다는 서약서를 탁자 위에 남기고 말이다.

갈 곳은 여전히 변두리의 허름한 여인숙. 돈을 벌어야 하는데 약을 끊자 배에서는 고름과 진물이 더 많이 쏟아지면서 자꾸 정신을 놓게 된다. 사흘을 굶었더니 눈앞에서 허깨비가 오락가락한다. 그녀가 어려서 비참하게 죽었다는 어머니와 아버지의 얼굴 같기도 했고 그토록 그녀를 사랑해주었던 할머니의 얼굴을 닮기도 했다. 모두 죽어 이 세상을 떠난 사람들의 환영이 그녀의 주위에 맴돌았다. 그들을 향해 손을 내뻗으면 뒤로 물러서면서 파도가 치듯 출렁이면서 사라지고 만다.

한편 미국에 살고 있는 수희秀熙는 한국에 사는 수영으로 부터 한밤중에 전화를 받았다. 수십 년이 넘도록 연락이 두절되었던 사람이 난데없이 한밤중에 전화를 건 것이다.

"언니를 찾는 데 한 달이 걸렸어."

"어쩐 일이냐?"

"나 귀찮아 죽겠어. 갑자기 중국에서 수향이란 년이 나타나서 죽어간다고 병원비를 대라는 거야. 어쩔 수 없이 수술비만 대주었는데 그다음은 나도 몰라. 나중 문제는 언니가 알아서 해. 왜 내가 그 애를 도와주어야 하는 것이지. 내가 받은 상처가 얼마나 많은데 그 집안일에 나를 끌어들이는 거야. 그럴 자격들이 있다고 생각하는 거야. 그만 둘까 하다가 생명이 오락가락하니 불쌍해서 수술까지는 해주었어. 그 돈도 엄청나게 많이 들었어. 미국까지 가서 사는 언니니까 나중에 청산해 달라고."

말할 틈을 주지 않고 지껄이는 통에 무어라 대꾸할 겨를이 없었다. 수화기를 든 손이 덜덜 떨렸다. 우리 수향이가 죽지 않고 살아 있었구나. 그 불쌍한 것이 죽지 않고 지금까지 살아있었구나. 거리에 버려져서 죽은 줄 알았더니 살아있었구나. 전홧줄 저쪽에서는 화가 치민 수영의 식식거리는 녹음소리가 뚱뚱한 사내의 호흡처럼 거칠게 들렸다. 몸이 남자처럼 큰데다 걸걸하여 꼭 여장부 같던 모습이 떠올랐다.

"언니 듣고 있어? 어서 와서 돌보든지 말든지 해. 지금이 어느 때리고 옛날 옛적의 기억을 살려서 날 찾아내 골탕을 먹이는 거야. 기가 막혀 죽겠네. 언니를 찾는데 일 개월이나 걸려서 나 돈 많이 썼어. 왜 그렇게 이사를 자주 해. 진득하니 한 곳에 뿌리를 박고 살지 못하는 것은 이 집안의 내력인가 보지. 꼭 부평초처럼 이리저리로 밀려다니다가 물결을 타고 중국으로 미국으로 사방으로 흩어져 버리니 찾을 수가 있어야지. 20년 전의 주소지를 수소문하고 그곳 사람을 사서 지금까지 헤맨 끝에 겨우 찾았어. 이런 일도 경비가 이만 저만 들어간 것이 아니야."

수영은 무엇이나 돈이다. 돈 돈 돈……. 그 놈의 돈이 문제다.

"수향의 상태가 어느 정도냐. 살아있다니 얼마나 고마운 일이냐. 흑흑……. 그 불쌍한 것이 어떻게 지금까지 살아있었는지, 그 불쌍한 것이……."

"지금 나이가 얼만데 불쌍하다고 그래. 키도 크고 몸집도 우람하고 잘 먹고 잘 살았는지 팽팽하던데 뭘 그래."

"그 애가 지금 어디 있니? 주소를 다오. 아니 전화번호라도 다오. 내가 곧 찾아나서야겠다."

"주소도 없대. 중국에서 살다가 목돈을 왕창 벌어보겠다고 한국에 왔다는군. 아마도 배를 타고 밀입국한 것으로 알아. 단동의 동항에서 무역선을 타고 숨어들어왔다고 하는 소리를 기자들을 통해서 귓가로 들었거든."

"무슨 병을 앓고 있지. 병명이 무엇이냐?"

"나 바빠. 국제전화라 돈도 많이 나가고. 병원 이름은 강북 미아리 고개 너머에 있는 대동병원이야. 그 다음은 나도 몰라."

수영은 전화를 매몰차게 끊어버린다.

그래도 피가 섞인 자매끼리 그럴 수 있느냐고 따질 짬도 주지 않고 말이다. 사건이야 어찌 되었든 수향이가 살아있다. 그 애가 죽지 않고 살아있다. 이 말만 머리에서 맴맴 돈다. 전신이 와들와들 떨렸다.

5

이제 그녀의 나이도 환갑이니 그 애가 살아있으면 오십 초반이다. 그녀의 어린 시절 한국은 아직 전쟁의 상흔이 가시지 않아 배가 고팠으나 작년에 찾아갔을 적에는 한참 경제가 부흥의 물결을 타고 부자나라로 치솟는 모습이 눈에 띨 정도였다. 90년대에 들어서면서 한국은 건축 붐과 아파트의 난립과 외국진출로 인해 버적버적 자라는 형상이 마치 누에가 하룻밤 자고 나면 크듯이 눈에 뜨일 정도다.

급한 대로 전화번호를 뒤적여 병원으로 연락했으나 병원비도 내지 않고 병이 아직 심각한 판에 야반도주했다는 통명스러운 반응뿐이었다. 그 몸을 하고 도망을 갔다니 이 애가 어디에 나가둥그러서 있단 말인가. 가슴이 서늘

듯 아파왔다.

살아있다는 것을 알았으니 찾아야한다. 한국이나 중국에 살아있을 것이 아닌가. 제일 큰 언니면 가정의 가장이다. 친정부모가 갑자기 한꺼번에 죽고 나서 맡긴 동생들을 거느리지 못한 것이 한이 되어 지금도 밤에 자다가는 벌떡 일어나곤 하는데 그나마 가운데 동생을 찾게 되었으니 이러고 있을 수는 없다.

이민 온 사람들의 모두가 그렇듯이 일상사에서 빠져나가기는 나이에 관계없이 쉽지가 않다. 집도 월부로 산 것이고 피아노나 냉장고, 심지어 집을 수리한 수리비까지 전부 월부로 들여놓고 살고 있다. 감기로 아파서 하루 쉬고 싶어도 꼼짝을 못하는 생활이다. 퍼즐처럼 딱딱 맞춰놓은 생활이라 하루라도 누워있는 날이면 모든 것이 와르르 무너지게 마련이다. 이런 생활에서 몸을 빼내는 것은 쉬운 일이 아니다.

그러나 수향을 찾으러 가야 한다.

6

10시간 동안 태평양 위를 날아가는 비행기 안에서 수희는 오만가지 생각에 빠져들었다. 수향의 어린 모습만이 눈앞에 아른거렸다. 그때도 허우대가 컸으니 지금은 아마도 늘씬한 장신이고 몸집도 뚱뚱한 중년의 여인이 되었을 것이다. 그러나 아무리 떠올려도 현재의 성장한 모습을 상상할 수가 없었다.

특히 아버지의 죽음에 이르자 수희는 가슴이 저몄다. 잊기 위해 몸부림쳐서 최근에야 겨우 희미하게 잊혀가던 것들이다. 깊고 깊은 물속에 연자 맷돌을 매달아 다시는 떠오르지 못하도록 던져버린 사건이 물 위로 그 모습을 또렷하게 몸을 내밀었다. 처음엔 출렁이는 물결 속에서 희미하게 보이더니 차츰 총천연색을 띄고 두각을 내보였다.

전쟁이 나던 때는 한여름이었다. 갑자기 예수를 믿는 사람들만 그것도 목사, 장로, 집사들을 골라 잡아들이기 시작했다. 그 당시 평안북도 산골의 작은 중학교 교사로 있던 아버지는 그 마을 교회의 장로이기도 했다.

아버지와 목사님은 함께 잡혔다. 아버지는 방학이라 집에서 잡혀갔고 목사님은 교회에서 체포되었다. 갑자기 잡혀온 사람들은 모두 제국주의 침략의 앞잡이인 선교사들이 전한 서양귀신, 예수를 믿는다는 이유 때문이었다. 신은 죽었고 이 세상이 낙원이며 인생은 무덤에서 끝난다고 주장하는 저들은 6·25 전쟁을 일으키면서 예수 믿는 사람들을 제일 미워했다. 북한 전역에서 잡혀온 사람들은 1,600여 명이나 되었다. 이들은 모두 삼수갑산, 지금으로 말하면 량강도로 이송되었다. 유엔군이 인천상륙작전으로 한반도의 허리를 뚫고 진격하자 북한에서는 극비에 1,600여 명의 기독교 인사들을 모조리 처형하라는 명령이 내려졌다.

그 당시 딸뿐인 집안의 장녀인 열다섯 살 수희는 조숙하여 남장을 하면 20대 중반의 청년으로 보였다. 워낙 몸이 약했던 아버지를 따라가 돌보라는 할머니의 성화 때문에 남장을 하고 미숫가루와 검은 콩을 볶아서 익모초와 섞은 가루를 등에 지고 삼수갑산까지 집사라는 이름으로 따라오게 되었다.

이 지역은 동쪽이 함경북도, 서쪽은 평안북도, 남쪽은 함경남도, 북쪽은 압록강과 두만강을 사이에 두고 중국과 접하여 있는 험한 산악지대이다. 개마고원의 한 자락에 위치한 지형으로 첩첩산중이다. 이리로 한번 귀향가면 돌아오기 힘들다는 소문난 심심산골로 중국과 면한 북부를 제외하면 삼면이 거의 2,000미터가 넘는 험준한 산으로 둘러싸인 고지대이다.

처음에는 몇 사람씩 삼수갑산의 여기저기에 흩어서 감금해놓아 밖을 볼 수 있었다. 지금도 생생하게 수희의 머릿속에 남아있는 것은 청취, 고사리, 참나물, 고비, 도라지 등의 산나물이 지천이었던 산기슭이다. 머루, 다래, 돌배, 오미자덩굴, 생열귀, 마가목, 들쭉나무 등도 많았다. 한여름의 고비를 넘기고 있는 산속은 나무들이 하늘을 뒤

덮을 정도로 청청했다. 잎갈나무, 가문비나무, 잣나무, 사스래나무, 봇나무, 피나무, 황철나무 등 수회가 아는 나무들도 많았다.

그러다 갑자기 어느 날 아침 웅성거림이 심하더니 1,600여 명을 모두 한자리로 끌어냈다. 책임군관이 나서서 무리들 앞에서 손나팔을 하고 외쳤다.

"하나님은 없다. 가상의 인물이다. 이제라도 그런 하나님을 버리겠다고 돌아서면 자유를 주겠다. 누구든지 그렇다고 인정하고 앞으로 나오면 살려준다. 나와라."

침을 꿀깍 삼키는 소리가 들릴 정도로 깊은 잠잠함이 한동안 계속되었다. 앞에 있는 세 사람을 무작위로 끌어냈다. 10개의 총구가 저들을 향해 난사했다. 그 중 한 사람의 골이 하얗게 얼굴에서 흘러내리기도 했다.

책임군관이 모인 사람들을 향해 다시 고함쳤다.

"하나님을 버리지 않으면 이놈들처럼 될 터이니 죽는 길밖에 없다. 하나님을 버리겠다고 이 앞으로 나서라. 사랑하는 부모, 형제, 처자들이 기다리고 있다. 나오면 자유를 준다."

그러자 한 사람이 앞으로 뛰어나왔다.

"이때까지 예수 미치광이들에게 속아서 아편에 중독되듯 예수를 믿었습니다. 죽음의 함정에 빠진 우리를 지금 이 자리에서 하나님이 구원해 줄 수 없다는 걸 확신합니다. 하나님은 없습니다. 나는 지나간 잘못을 뼈저리게 느껍니다."

이때 평북 차련관에서 목회하고 있는 한순옥 목사가 의젓하게 모두가 지켜보는 앞으로 나갔다.

"이 더러운 마귀야! 변절자야! 너는 하늘에 계신 거룩하신 하나님을 부인하고 배반한 죄로 심판을 면치 못할 것이다. 우리는 너와 같은 비겁한 겁쟁이가 아니다. 자기의 더러운 육신 때문에 목숨을 위하여 복음의 진리를 저버리는 저 어리석은 자는 참으로 가련하다."

그러자 책임군관이 밧줄로 한 목사의 목을 묶어 개처럼 질질 끌고 바로 앞에 있는 산속의 자그마한 늪으로 갔다. 순한 양처럼 끌려간 그의 몸을 물속에 집어넣고 얼굴만 내놓게 했다.

"우리가 네 얼굴을 물속에 넣고 7분만 지나면 넌 죽는다. 이래도 하나님을 믿는가?"

"나를 죽여라. 무슨 짓을 해도 나는 하나님의 사람이다."

분이 머리끝까지 오른 책임군관은 소리쳤다.

"저놈을 물에서 죽이기는 싫다. 너무 쉽게 죽이지 않겠다."

화가 머리끝까지 치민 그는 자신의 분노를 삭이지 못하여 부들부들 떨면서 손수 땅을 파기 시작했다. 부하 여러 명이 거들기 시작했다. 한 사람을 눕힐 만한 구덩이가 파이자 그는 한 목사를 땅 속으로 밀어 넣었다. 전신을 다

흙에 묻고는 얼굴만 남겼다.

"이제 몇 삽만 더 묻으면 너는 죽어 흙이 된다. 아직도 하나님을 믿느냐?"

한순옥 목사는 빙그레 웃으면서 그들을 측은한 듯 그윽한 눈으로 바라보기만 했다.

"이 지독한 놈이 미쳤구나. 마지막으로 할 말이 없느냐?"

"너희들이 나를 미쳤다고 하나 나는 정신이 똑똑하다. 나는 한없이 의롭고 자비로우신 하늘에 계신 하나님 아버지께 내 목숨을 산제사로 드리게 되어 한없이 기쁘다. 지금 나는 영생하는 하나님을 바라보고 있다."

"이놈을 이렇게 죽이는 것은 너무 관대하다. 꺼내 불에 태워 죽여라."

즉시 장작이 산처럼 쌓이고 나무 위에 매달린 한순옥 목사는 죽음이 임박했다.

"마지막 기회다. 이래도 하나님이 있느냐?"

한순옥 목사는 하늘을 우러러보며 모든 힘을 다해 찬송을 부르기 시작했다. 갑자기 1,600여 명의 성도들이 모두 함께 따라 부르자 삼수갑산 산속은 마치 천상의 천사들이 부르는 것처럼 웅장한 찬송 소리로 가득했다. 당황한 무장인민군 300명은 공중을 향해 총을 난사하다가 성도들을 향해 총구를 겨누고 발사하기 시작했다. 앞줄에 있던 성도들이 우르르 넘어졌다. 그래도 찬송소리는 그치지 않았다. 분에 못 이겨 펄펄 뛰던 인민군들은 장작더미에 휘발유를 뿌린 뒤 불을 붙였다. 밧줄에 묶여 있던 한순옥 목사는 장렬하게 순교하였다.

수희는 이런 장면을 숨어서 전부 목격했다. 아버지는 정신이 나간 듯 수희에게 몸을 기대고 눈을 감았다. 아버지는 몸을 바들바들 떨더니 입술이 파랗게 질리면서 중얼거렸다.

"북만주 오소리강에서 산 채 얼음구덩이 속에서 순교한 만주의 사도바울, 한경희 목사를 아버지로 둔 아들답게 순교하는구나."

한순옥 목사가 바로 15년 전 순교한 한경희 목사의 둘째아들이었다. 그가 성도들의 찬송 소리를 들으며 장렬하게 순교한 뒤에 1,600여 명의 목사, 장로, 집사들을 해방 전에 폐광이 되어 여기저기 흩어진 굴들 속에 몰아넣기 시작했다. 여러 군데의 폐광 속에 갇힌 성도들은 여전히 잔잔한 음성으로 찬송을 부르고 있었다.

"수희야. 우리는 곧 총살당할 것이다. 다행히 폐광 속이니 내가 너를 안으마. 총알을 전부 내 몸으로 받으마. 너는 살아야 한다. 살아서 돌아가야 한다. 네 어머니는 동생들을 기르지 못한다. 마음이 약해서 아마도 내가 죽은 걸 알면 바로 따라 죽을 사람이다. 너는 강하고 담대해라. 하나님이 너와 함께할 것이다. 너는 장녀다. 이 집안의 기둥이다. 3명의 동생들을 너에게 맡긴다."

아버지의 속삭임이 끝나자마자 굴 입구에서 총을 난사하기 시작했다. 모두 쓰러졌다. 그리고 아버지는 수희를 몸으로 이불처럼 덮으면서 땅에 쓰러졌다. 머리를 바닥의 돌에 부닥친 수희는 기절하고 얼마나 지났을까. 끈적거리는 핏물 속에서 정신이 든 것은 새벽이었다.

굴 입구로 가느다란 빛이 새어 들어와 주위를 볼 수가 있었다. 희끄무레한 빛 속에 드러난 소름끼치는 광경에 수희는 다시 한 번 정신을 잃었다. 시체들 속에 수희는 갇혀 있었다. 아버지는 전신에 셀 수 없이 많은 총알을 받으면서 숨을 거두는 순간까지 딸 수희를 이불처럼 감싸 안고 있었다. 옆에도 뒤에도 모두 죽은 사람들뿐이었다. 그렇게 이틀을 보냈을까. 깨어났다가 다시 기절하기를 반복하면서 수희는 심한 갈증과 배고픔을 느꼈다. 살아야 한다. 아버지의 말처럼 살아서 돌아가야 한다. 동생들이 있는 곳으로 가야 한다. 아버지의 유언대로 동생들을 돌봐야 한다.

수희가 삼수갑산을 미친 듯이 내려온 것은 겨울 초입이었다. 피로 물든 몸을 산 개울에서 씻고 옷을 빨아 말려서 입고 고향으로 돌아온 그녀는 얼마동안 말문을 열 수 없는 벙어리가 되었다.

7

아침나절에 수희는 인천공항에 내렸다. 택시를 타고 곧바로 대동병원으로 향했다. 수향이가 있던 곳이다. 중국의 주소를 알아내거나 한국에 있다면 어디로 갔는지 거취를 알 수 있을 거란 소망을 부여잡았다. 밖은 가을이 한창 무르익어서 나무들이 갖가지 색의 옷을 입었다. 보도 위로 나뒹구는 나뭇잎들이 수향을 찾아 나선 수희의 마음을 달래주었다. 푹신한 이불 속에 발을 디밀듯 낙엽을 밟으면서 걸었다. 그 애를 만날 수 있을 것이다. 살아있다는 것이 확실해졌으니 이제 동생 수향을 찾아야 한다. 대동병원에 도착했을 때는 미국을 떠난 지 24시간이 흐른 뒤였다. 병원에서는 수향의 흔적을 찾을 수가 없었다. 장수향이란 이름과 생년월일만 남겨놓고 흔적이 없이 사라진 뒤였다. 익숙지 못하게 삐둘 빼둘 쓴 서약서에는 이렇게 적혀 있었다.

'죄송합니다. 의사 선생님. 제 목숨이 붙어있는 한 어떻게 해서든지 돈을 벌어 훗날에 병원비를 갚겠습니다. 용서해주세요.'

수향이 지불하지 못한 돈을 몽땅 갚고 병원 문을 나왔다. 등이 시렸다. 진작 소식을 들었다면 병원에 연락해서 수향을 붙잡아 놓고 치료하라고 할 걸 하는 후회로 속이 상했고 그때까지 만이라도 지켜주지 못한 수영으로 인해

화가 치밀었다.

어렵게 묻고 돌아다녀서 수향을 뉴스에 올렸다는 여기자를 찾았다. 머리를 흔들 뿐이었다. 배에 꽂은 튜브를 빼놓고 사라졌으니 아마 죽었을 것이란 말을 했다. 화농이 심해 더 치료를 받아야 하는데 없어졌기 때문이다. 다시 병원으로 가서 간호사들에게 간청하여 어렵게 수향의 주치의를 만났으나 그도 몹시 기분 나쁜 표정을 지으면서 머리를 흔들었다. 농양이 너무 많이 퍼져서 충수를 절제하지 못했는데 곪아터진 배를 지금까지 항생제 투여와 적당한 치료를 받지 못했으면 십중팔구 목숨을 부지하기 어려울 것이란다.

수희는 병원의 차가운 복도 바닥에 털썩 주저앉았다. 억장이 무너져 내렸다. 모두가 그녀의 잘못이었다. 아버지의 유언을 지키지 못한 것이 이런 아픔을 가져왔다는 생각에 가슴이 찢어졌다. 동생 수향을 지키지 못한 자신이 미워서 병원복도가 출렁거릴 정도였다. 수향이가 죽었다면 어디에 묻혔는지 알아야 한다.

수희는 미친 듯이 택시를 잡아타고 수영의 집주소를 가방에서 꺼내들었다. 벌써 하루해가 뉘엿이 서쪽으로 기울어서 흐린 눈에 수영의 주소가 가물거렸다.

청담동의 궁궐 같은 집 앞에 택시가 멎었다. 미국의 부자들 마을인 말리부에 몇 번 가본 적이 있는 수희의 눈에 수영의 집은 거대한 왕궁 같았다. 인터폰을 통해 자신이 미국에서 온 수영의 언니라고 하자 정원을 가꾸고 있던 정원사가 대문을 열어주었다. 아직 수영은 돌아오지 않았다고 안에 들어가 기다리라고 한다.

거실은 너무 커서 마치 엄청난 부장품과 장식품을 보관한 박물관이나 미술관에 들어선 기분이었다. 얼굴이 비칠 정도로 매끈한 대리석 바닥은 파리가 앉아도 미끄럼을 탈 정도라 수희는 넘어질 것 같아 조심조심 발걸음을 내딛었다. 거실의 크기에 비해 지나치게 큰 샹들리에에 매달린 구슬들이 모두 진짜처럼 번쩍번쩍 빛을 발했다. 이렇게 살면서 수향의 수술비만 내고 치료비를 거부한 그 심보가 고약했다. 어떻게 피가 섞인 피붙이끼리 그럴 수가 있단 말인가. 밤이 되어서야 수영은 술이 취해서 들어왔다. 수희를 보고는 의외라는 듯 헛손질을 한다.

"그렇게 도도하시던 귀하신 분들이 왜 이렇게 자주 내 눈에 나타나지. 이젠 내가 필요한 때가 된 모양이지."

수영이 구슬이 번쩍번쩍 매달린 반코트를 벗어 내던지자 옆에 여종처럼 서 있던 여자가 받아가지고 안방으로 들어간다. 안의 정경과는 어울리지 않게 통유리를 통해 드러난 후박나무의 커다란 잎이 바람을 따라 뚝뚝 떨어진다. 정원에 밝게 켜놓은 외등 불빛을 따라 쓸쓸한 정원의 가을이 훤히 드러났다.

"수향을 찾아야 한다. 우리 옛날 일은 따지지 말기로 하자. 수향이가 배에 박힌 튜브를 팽개치고 병원을 빠져나

갔다니 지금쯤 어디서 고생을 하고 있을지……. 흑흑
……."

"수술까지 내가 해준 것도 하나님의 도우심이야. 그것
도 사양할까 하는 마음이 굴뚝같았지만 그래도 내가 선심
을 쓴 것이지. 그 이상은 내게 더 요구하지 말라고."

그러더니 손을 수회의 코앞에 내민다.

"내가 지출한 수술비를 내놓아."

기가 딱 막혔다. 이렇게 살면서 어떻게 이럴 수가 있을
까.

"넌 돈에 미친 아이구나."

"그래. 난 돈에 목숨을 건 여자야. 날 그렇게 만든 것이
누군데 이래. 요즘 나도 바쁘신 몸이야. 오늘 나 어디 갔
다 온 줄 알아. 앞으로 신도시가 될 곳에 돈 벌 땅을 사러
열심히 돌아다녔다고. 부동산업자들과 어울려 술도 먹고,
끄윽……."

토할 것처럼 몸을 비틀자 부엌에 숨어 있던 여자가 그
릇을 가지고 뛰어나와 입에 대주었다. 아마도 이런 일이
자주 있어서 미리 대기하고 있는 듯했다.

수영의 얼굴을 찬찬히 뜯어보았다. 눈도 크고 콧날도
오뚝한 것이 가히 미인에 속한다. 그러나 입언저리에 번
진 개기름이 역겨웠다. 입도 두툼하게 큰 것이 부티가 나
지만 코언저리와 입가에 천한 빛이 역력하게 고여 있다.
마치 돼지가 귀와 눈이 귀여운데 주둥이가 동그랗고 삐죽

한 것이 우습듯 그런 얼굴이었다. 돼지의 코에 빵빵 뚫린 두 개의 콧구멍은 귀엽기도 하지만 수영의 코는 돈 냄새를 너무 맡았는지 징그럽게 널름거린다. 지독한 돈 냄새를 토해낸다. 코언저리와 입가에 고여 번지르르하게 흐르는 개기름이 샹들리에 불빛에서 더 번쩍거린다.

오랜만에 만난 수희 앞에서 수영은 긴 안락의자에 반듯하게 누워서 이죽거린다.

"돈이 필요해서 왔을 터이고. 그런데 어쩌지. 난 그 돈 내놓을 수가 없어. 어서 수향이 수술비나 내놓고 가라니까."

분을 참아가면서 노려보는 수희를 향해 수영이 옆에 놓인 핸드백을 내던진다. 아무리 술이 취했다지만 지나친 행동에 부엌일을 맡아하는 여인의 눈에 당황하는 빛이 어린다.

"이건 악어가죽이야. 아르테사노 천연 악어핸드백은 악어의 자연스러운 무늬를 그대로 살려서 유명하지. 자기가 들고 있는 그 비닐 백의 만 배도 더 넘는 가격이야. 일반 가죽이 흉내 낼 수 없는 그런 무늬라고."

그녀는 이죽거리면서 수희에게 내던져서 거실 바닥에 나동그라진 핸드백과 수희가 들고 온 핸드백을 번갈아 보면서 아주 만족한 웃음을 삼킨다.

"이런 악어가죽 핸드백을 몸에 지녀야 재물이 불어난다고, 그따위 비닐 백을 들고 다니면 들어오던 복도 도망가는 법이야. 이런 사실을 몰랐지. 끄윽……."

수희는 그냥 나올까 하다가 돌아섰다.

"네 통장번호나 대라. 지금은 돈이 없고 미국 가서 부치마."

"거봐. 그런 거지발싸개 같은 가방을 들고 다니니 돈이 붙지를 않는 거라고. 요렇게 생긴 백이 내 농 안에 세 개나 더 있는데 하나 줄까."

수희는 분노에 떠는 눈으로 수영을 노려보았다. 아무래도 안 되겠다 싶었는지 비서처럼 늘 따라붙는 여자가 소파에 누워있는 수영을 진정시키려고 한다. 부엌에서 일하던 여인도 거들기 위해 부엌문을 활짝 열어놓고 나왔다.

앵두색의 빨간 부엌 조리대와 식탁과 장식장이 아주 심플한 디자인이다. 이건 카탈로그에서 십만 불 이상을 호가하는 이탈리아의 몰테니의 다다가 틀림없다.

도대체 수영은 어떻게 해서 이런 재물을 지녔단 말인가. 자고나면 떼부자가 된 졸부들이 돈으로 신분상승을 하느라고 최고급품으로 치장을 하기 때문에 옷과 장신구는 물론이고 가구까지 외제 명품을 사들인다는 보도를 읽은 석이 있다. 시골 논두렁이었던 강남지역이 영동이라는 신흥부촌으로 부각되면서 처음으로 명품이란 말이 나돌았다고 한다.

비서와 몸 씨름을 하면서 소파에 누워있겠다고 고집을 부리는 수영의 기세가 거의 미친 증세에 가까웠다. 앵두

색의 소파도 명품이라 미국에서도 거부들만이 사들인다
는 란치아 소파 세트로 엄청난 가격대에 있는 걸로 안다.
앞에 놓인 정사각형의 탁자 위에는 유치하게도 진짜가 아
닌 가짜 그것도 조악한 인조과일들이 수북이 담겨있다.

벽시계가 10시를 친다. 벽을 올려다보니 헤를레 골드
트리밍 명품 벽시계로 독일제다. 어디를 둘러봐도 명품들
만 득실했다. 이런 것을 사들이려고 얼마나 고심했을까.

수영의 외양은 언뜻 보면 상당히 우아하고 멋이 있어보
였다. 겉치레가 모두 수준급이 되었는데 지금 하는 행동
을 보면 내면과 인격은 이 집안의 명품 장식과 조금도 조
화를 이루지 못하고 있다. 사람이 명품이 되어야 하는데
수영은 거죽만 명품이고 속은 텅 비어 있었다.

이런 수영에게서 수향의 행방을 묻는 것은 어리석은 일
이다. 혼자서라도 수향을 찾아야 한다. 수희는 작은 단서
라도 잡기 위해 병원주변과 의료진들을 접촉했으나 모두
머리를 흔들었다. 하긴 야반도주했으니 자기가 어디 있다
고 드러낼 처지가 아니다. 꽁꽁 숨어버렸으니 흔적조차
추적하기 힘들었다.

8

단동의 동항에서 배를 탔다니 단동에서 살고 있는 것이

아닐까. 설핏 머리를 스치는 생각은 그리로 가면 압록강을 사이에 두고 신의주가 있으니 막내 수숙의 소식이라도 들을 수 있으리라는 기대감이 앞섰다.

신의주를 바라보는 단동으로 가면 두 동생의 행방을 잡을 수 있다는 희망의 줄을 단단히 붙잡고 무조건 심양으로 향하는 비행기를 탔다. 거기서 단동으로 가는 버스를 타고 4시간 만에 압록강변에 닿았다. 한글간판이 지천이라 마음이 푸근해졌다. 저 사람들을 통해서 수향과 막내 수숙, 두 동생의 행방을 추적하는 것이 대한민국 오천만 명을 상대로 하는 것보다 훨씬 수월하다는 생각에 이르자 양 어깨에 날개라도 달린 듯 마음이 가벼워졌다.

바닷가에서 잃어버린 바늘을 찾듯 조선족들 사이를 헤집고 다니면서 두 사람을 찾으려 수소문했으나 모두 머리를 흔들었다. 고맙게도 그 와중에 이곳에 와서 사업을 하는 남한사람이 수희에게 귀띔을 해주었다.

"차라리 이 지역에서 숨어서 활동하고 있는 선교사를 만나보세요. 저들은 절대로 목사라고 하지 않습니다. 사장님이라고 통용되지요. 그러니 한국에서 온 사장님이라는 사람들을 찾아가서 물어보면 찾을 수 있을지도 모릅니다."

그 사람의 소개로 곽 사장이란 사람을 만났다. 우선 눈가가 부드럽고 선하게 보였다. 눈초리가 날카롭고 주위를 두려운 듯 흘끔거리면서 둘러보기는 해도 조선족들보다 대하기가 편했다.

"몇 달 전에 한국으로 밀항한 장수향이란 여자를 찾고 있습니다. 동항에서 밀항을 했다니 알아볼 수 없을까요?"

"단동은 지금 난리입니다. 거죽으로는 평온해 보이지만 탈북자들이 우글거리고 그 사람들을 잡아가는 일로 살벌합니다. 탈북자들을 잡아다가 팔아먹는 나쁜 중국 놈들도 있어서 단동은 지옥과 천국이 겹쳐진 곳입니다. 밀항한 사람이 한두 사람인가요? 찾기는 힘들 것입니다."

"탈북자라니요?"

"그걸 모르셨어요? 북한은 굶어죽는 사람들이 많습니다. 얼마나 배가 고프면 도강을 하겠습니까."

수희는 눈이 휘둥그레졌다. 굶어죽는 사람들은 아프리카에나 있는 일인 줄 알았는데 한반도에서 그런 일이 있다니!

"탈북자를 만날 수 있을까요? 혹시 북한에 있을 내 동생 수숙의 소식을 물어보고 싶습니다."

"바닷가 모래에 떨어트린 반지를 찾아달라는 소리로 들리는군요. 이름만 가지고 어떻게 사람을 찾습니까. 그러나 수숙이란 이름은 아주 특이하니 수소문은 해보겠습니다."

미국에서 동생들을 찾으러왔다고 사정을 해서 수희는 곽 사장을 따라 도강의 현장을 숨어서 보기로 했다. 탈북자들을 위해서 일을 하고 있는 듯 곽 사장은 그 분야에 일

가견이 있어 보였다. 늦가을 비가 부슬부슬 내리는 이른 아침 수희와 곽 사장은 두만강을 타고 올라가서 강이 두 갈래로 갈라지는 곳에 이르러 큰 느티나무 둥지에 몸을 숨기고 강 쪽을 향해 앉았다.

"제가 가끔 여기에 와서 현장을 봅니다. 이곳이 탈북자들이 가장 많이 이용하는 루트입니다. 다른 곳에 비해 강폭이 좁고 얕지요. 첫 줄기는 허리까지 오는 물이라 쉽지만 두 번째 강줄기는 키를 넘을 만큼 깊습니다. 반드시 두 사람이 손을 잡고 서로 도와주면서 건너야 하는 곳입니다."

아슴푸레 동이 트는 시각에 옷을 두껍게 입고 비닐 우비를 입었지만 이빨이 딱딱 부딪히는 추위다. 한겨울은 아니지만 두만강 유역은 강바람과 산바람이 겨드랑이 밑으로 야멸치게 파고들었다. 두 사람은 침을 꼴깍 삼키면서 두만강 저쪽 북한 쪽을 응시했다. 병풍처럼 깎아 세운 산이 북한 쪽의 달구지 길을 끼고 앞을 가로막았다. 북한의 산들은 사방이 군데군데 버짐을 먹은 까까머리처럼 흠집이 나 있었다. 산이란 나무가 우거진 곳이라는 개념이 통하지 않는 그런 북한의 산을 놓고 곽 사장이 귓엣말을 해주었다.

"배고픈 사람들이 모두 산으로 몰려들어 나무껍질이랑 산나불을 닥치는 대로 뜯어먹어서 산도 저 꼴입니다."

세상에! 상상도 할 수 없는 현장을 바라보면서 수희는

배고파 울고 있을 수숙의 모습이 북한에 버려두고 떠날 적의 아가 모습으로 다가와서 가슴을 도려내는 듯했다.

"이렇게 비가 부슬부슬 오는 날이 탈북자들이 도강하기에 아주 좋은 날이지만 강물이 차서 고생을 합니다. 저들은 죽기 아니면 살기로 덤비는 것이라 강물이 찬지 어떤지도 모른답니다."

멀리 여자 두 사람이 갑자기 두만강으로 뛰어드는 모습이 보였다. 숨을 죽이고 그들의 행동거지에 시선을 모았다. 허리까지 차오르는 강물은 멀리서 보기에도 아주 탁했다. 수렁인 듯 발걸음이 아주 힘들어 보였다. 첫 번째 갈래인 두만강 줄기를 용케 건넌 두 사람은 손을 잡고 두 번째 갈래로 뛰어들었다. 갑자기 북한쪽 초소에서 고함소리가 천둥이 치듯 이쪽까지 들려왔다.

"게 서라. 게 서라."

수희의 가슴이 철렁 내려앉았다.

"그냥 뛰어라. 뒤 돌아보지 마라. 마구 앞만 향해 뛰라니까. 으야, 으야. 어서 이쪽으로 건너와라. 이제 거의 다 왔다."

곽 사장은 자신이 강 속에서 허우적거리는 것처럼 주먹을 휘두르면서 그들을 보며 안타까워했다. 물결에 휩싸여 두 사람이 강물 속에 가라앉았다가 저만큼 떠내려가더니 이쪽 중국 쪽 강 언덕으로 밀려서 올라왔다. 수희가 뛰어내려가서 그들을 도우려했지만 곽 사장이 강력하게 말렸다.

"우리가 몸을 드러내면 중국공안원에게 저들을 넘겨주는 꼴이 됩니다. 탈북자들은 양쪽 국가에서 다 노리는 범죄자들이니 가만히 지켜보다가 완전히 몸을 숨기는 것을 확인한 뒤에 만날 수 있습니다. 나라 없는 백성은 상갓집 개만도 못한 법입니다. 조국을 버리고 뛰쳐나온 저들은 그야말로 난민들입니다."

추수하여 쌓아놓은 수숫대와 옥수숫대 뒤에 잠시 몸을 숨긴 두 사람의 탈북자는 물에 빠진 생쥐처럼 머리끝부터 발끝까지 흠씬 젖어있었다. 오들오들 떨던 그들이 산 뒷길을 타고 어느 농가로 들어가는 것이 보였다. 곽 사장의 눈에 안도의 빛이 완연했다. 그 집으로 들어가라고 염원한 듯 미소까지 흘리면서 천천히 숨어있던 느티나무 뒤에서 몸을 일으켰다.

"어떻게 이런 일이 있을 수 있어요. 백성을 굶겨 죽여가면서 핵무기를 소유하는 나라가 어디 있어요. 그 돈으로 사람을 살려야지요. 백성이 없는 국가는 존재할 수 없는 법이지요."

수희가 헐떡이면서 북한의 체제를 나무라자 곽 사장은 묵묵히 입을 꾹 다물고 있다가 한마디 툭 던졌다.

"독재자가 절대우상이 되면 논리나 인격, 그리고 지성과 윤리, 도덕은 없어지고 백성은 노예가 되는 법이지요."

곽 사장과 탈북자들이 숨은 집과는 연락이 자주 되는지 서로 눈인사만 나누었지만 곁에서 보기에 친밀감이 넘쳤다.

두만강을 넘어온 두 사람은 조선족인 농가에서 끓여준 된장국에 쌀밥을 게눈 감추듯이 말도 하지 않고 급히 먹었다.

"이밥은 5년 만에 처음입니다. 이밥은 혈血밥이지요. 밥이 피와 같이 귀한 음식이라 북조선에는 이밥이 사라진 지 오래 되었습니다. 먹지를 못해 길에는 아사자들이 늘비합니다."

곽 사장은 바쁜 일이 있다면서 내일 저녁에 온다고 가버리고 수희만 오붓하게 탈북자들과 함께 남았다.

"왜 탈북하셨습니까? 여기 와도 남의 땅인데 어떻게 살려고 이렇게 강을 넘었습니까?"

이렇게 묻는 수희를 두 여인은 멍하니 쳐다보다가 무겁게 입을 열었다.

"굶어 죽으나 도강하다가 잡혀서 총살당하거나 여기 중국에 와서 죽으나 다 똑같은 일입니다. 그래도 중국에 오면 지금처럼 이밥을 먹어보니 지금 죽어도 여한이 없습니다."

하긴 수희도 6·25전쟁을 치르는 동안 너무 배가 고파서 이밥에 고추장을 넣어 북북 한 그릇 비벼 먹고 죽어도 한이 없다고 고백한 적이 있지 아니한가. 아아! 이 나라는 어째서 이렇게 백성들이 배가 고프단 말인가.

"그래도 모두 함께 굶어죽지 어쩌자고 두만강을 넘었습니까? 두 분은 자매인 것 같은데 다른 가족들은 어떻게 하고요."

그러자 나이 어린 쪽이 삐죽 삐죽 울기 시작했고, 두 자매는 와락 껴안고 뒹굴면서 울었다. 너무 직선적인 물음이 저들의 상처에 소금을 뿌린 격인가 싶어 당황한 쪽은 수희였다.

"제가 알기로는 국가에서 일정하게 배급을 준다고 들었는데 그런데도 그렇게 배가 고픕니까?"

수희가 이렇게 신랄하게 따지자 농가의 주인 남자가 딱하다는 듯 거들었다.

"배급이 끊어진 지 오래되었습니다. 김일성 시절에는 그래도 매달 굶어죽지 않을 정도로 배급을 주었는데 김정일이 들어선 뒤에는 반으로 줄다가 나중엔 일주일 양식으로 한 달을 살라고 을러대더니 막바지엔 아예 한 톨도 주지 않아요. 인민들 보고 밥을 굶는 고난의 대행진을 하라는 구호를 내걸어놓고 말이요. 자기는 일본 요리사까지 데려다 놓고 진수성찬 차려먹으며 기쁨조를 끼고 온갖 방탕과 사치를 누리는 동안 불쌍한 인민들은 나무껍질 벗겨먹고 풀뿌릴 캐먹고 있습니다."

주인 남자의 말에 두 여인은 다시 삐질 삐질 울기 시작했다. 잠시 방안에 무거운 침묵이 흘렀다.

"사실은 제 오빠가 너무 배가 고파서 양복지를 훔쳤습니다. 그걸 팔아 강냉이라도 사다가 갈아서 죽을 끓여먹으려고요. 식구들이 닷새를 굶으니까 모두 질펀하니 방안에 누워 꿈쩍할 수가 없으니 그럴 수밖에요."

"쯧쯧……. 죽일 놈의 김정일. 그 새끼는 왜 칵 뒈지지도 않아. 요즘 암 병이 흔한데 그 병도 그놈을 피해가는 모양이야."

하긴 이곳에서 수없이 넘어오는 탈북자들을 제일 많이 대하고 있으니 주인 남자 입장에선 그런 말을 할 수도 있다.

"그 양복지를 팔아서 양식을 샀습니까?"

수희가 다그쳐 물었다.

"웬걸요. 바로 붙잡혔지요. 글쎄 아직 장가도 가지 않은 총각을 공개처형했습니다. 동네사람들이 다 보는 앞에서 그까짓 양복지를 훔쳤다고 기둥에 묶어놓고 머리에 총을 쏴서 죽였습니다. 북한 전 지역에 총소리를 울리라는 김정일 지시가 떨어진 시기에 양복지를 훔쳤으니 무조건 시범적인 총살을 당한 거지요. 저는 오빠가 총에 맞아 머리를 꺾으면서 푹 쓰러지던 모습을 평생 잊을 수가 없습니다. 흑흑……. 그런 나라에서 굶어 죽느니 차라리 자유를 찾아 나선 것이지요."

두 자매는 다시 얼굴을 감싸안고 울어댔다. 그것도 마음껏 우는 것이 아니라 소리가 혹시 밖에 새어나갈 것이 두려워 손으로 입을 틀어막았다.

"배급이 끊겼으면 어떻게 살았어요?"

"집안의 모든 것을 들고나가 팔아서 하루하루 연명했습니다. 나중엔 수저까지 들고 나가 팔아서 집집마다 수저 없는 집이 숱하게 많습니다."

"가구를 다 내다 팔아먹고 그다음엔 어떻게 살았습니까?"

"산과 들로 나가 풀을 뜯었지요. 아이들도 배가 고프니까 학교에 가지 않고 들로 나갑니다. 옥수수 밭에 가서 익지도 않은 옥수수를 속까지 깡그리 먹고 옵니다. 식구들을 위해 혹시 하나 둘 강냉이를 따가지고 오다가 들키면 비사회주의 그루빠(그룹)라고 몰려 노동단련대에 끌려가 6개월간 노역을 할 수도 있습니다. 그러나 옥수수 밭에 들어가 먹고 나오면서 소피보고 나왔다고 하면 증거가 없으니 자기 혼자만이라도 허기를 면할 수 있어요."

하긴 90년대 중반의 북조선 기근은 철의 장막에 가려져서 일부만 드러났지 실상이 다 밝혀지지 않았다. 그런 현장을 지금 수희는 생생하게 듣고 있었다.

"어떻게 풀뿌리만 먹고 삽니까?"

"낟알이 한 톨도 없으니 들에 나가 돼지나 먹는 비듬 풀과 능쟁이 풀을 뜯어다가 솥 밑에 깔고 찌꺼기 비지를 한 줌 넣고는 푹푹 끓여서 먹습니다. 아이들은 부황으로 퉁퉁 붓고 배가 불뚝 튀어나오고 얼굴은 노래서 길을 걷다

가도 여기저기 쓰러집니다. 다 자란 저희들도 속이 매슥
거리고 토할 듯 울컥하다가 하늘이 노래집니다."

그때 마침 수희의 핸드폰이 울렸다. 곽 사장이었다.

"찾으시는 동생 이름이 수숙이라고 했지요?"

"네 맞습니다."

"여기 한복을 짓는 집에서 일하고 있는 탈북여인의 이
름이 수숙이라고 합니다. 한번 만나보시지요."

9

막내 동생 수숙을 이렇게 쉽게 찾을 수 있는데 그동안
무거운 짐처럼 여기고 반세기 가깝도록 팽개쳐둔 것이 죄
스러워 수희는 소리도 내지 못하고 울어서 얼굴이 세수한
것처럼 젖었다.

곽 선교사는 눈짓으로 구석 조용한 곳으로 수희를 끌고
가더니 주의를 준다. 이건 보통 일이 아니고 진심으로 말
한다는 아주 근엄한 얼굴이다.

"절대로 저를 목사나 선교사라고 부르지 마세요. 이곳
에서는 제가 한국과 중국 사이에 무역을 하러 온 사장으
로 알려져 있으니 실수 없이 저를 곽 사장님이라고 불러
주세요. 지금도 사업상 사람을 만나러 가는 길입니다. 아
시겠지요."

백화점이나 슈퍼마켓에 눈이 익은 수희에게 단동 한구석의 허름한 시장은 낯설기만 했다. 조국을 떠나기 전 보았던 5일장이나 3일장처럼 땅바닥에 물건을 펴 놓고 파는 사람도 있고 좌판 위에 고기를 뭉떵뭉떵 쌓아놓고 썰어서 파는 사람도 있었다. 이름도 모를 전혀 낯선 과일도 있고 기이한 모양을 한 푸성귀도 팔았다. 덤을 달라고 옥신각신 하는 장면도 간혹 눈에 띄었다.

꽉 사장이 수희를 데리고 간 곳은 시장의 끝머리에 자리 잡은 한복집이었다. 시장 한 모퉁이에는 조선 사람들이 모여서 물건을 팔았다. 고추장, 된장, 심지어는 우리 민족만이 먹는 낯익은 반찬들도 진열되어 있었다.

수애한복집이란 간판을 내건 상점에는 화려한 천들이 벽면을 덮을 정도로 걸려 있고 한복을 입은 여인이 단아한 모습으로 이미 지어 걸어놓은 한복들 사이에 앉아서 동정을 달고 있었다. 수희의 가슴이 뛰기 시작했다. 문이 열리는 소리를 듣고 머리를 든 여자는 네모나게 각진 얼굴이지만 눈빛은 영롱했다.

"죄송하지만 성함이 수숙이라고 했지요?"

수희가 먼저 에둘러 표현하지 않고 바로 입을 열었다. 갑자기 낯선 여자가 들어와서 이름을 묻고 펑펑 울어버리니 수숙이라는 여인은 동정을 달고 있던 저고리를 내려놓고 멍하니 쳐다보았다.

"너 수숙이 맞지? 내 동생 수숙이 맞아. 나는 네 언니 수회다. 제일 큰 맏언니니까 어렸을 적에 헤어졌어도 기억이 날 것이다. 우리가 헤어질 때 네 나이가 겨우 세 살이었으니 날 기억할지 모르겠다마는 수숙이란 이름은 조선 땅에서 너 하나일 거다. 이런 이름 가진 사람을 만난 적이 없다."

혼자 떠들고 울어대는 수회를 한참 바라보던 여자는 머리를 살래살래 흔들었다.

"나를 보고 너무 놀라서 그러는 거지. 내가 바로 네 언니다. 살아 있어 줘서 고맙다. 이 언니를 용서해다오. 너를 버린 이 못난 언니를 용서해라. 흑흑……."

무조건 수숙을 안고 몸부림치는 여자를 차마 떼어내지 못하고 엉거주춤 서 있는 한복집 여인의 얼굴은 벌레 씹은 표정이다. 어느 정도 시간이 흐르자 울음을 그치고 정신을 차린 수회를 향해 수숙이란 여인이 방석을 내놓으면서 앉으라고 권한다.

두 사람의 상봉을 지켜보던 곽 사장은 슬그머니 자리를 떴다.

어느 정도 감정이 가라앉은 뒤에 수숙이 찬찬히 침착하게 말문을 열었다.

"전 강수숙입니다. 뭔가 착각하시는 것 같군요."

"아니야. 성이 바뀔 수 있어. 널 북조선에 두고 떠날 때 겨우 세 살이었으니 네 성이 길러준 집의 성으로 뒤바뀔 수 있어. 넌 장수숙이 내 동생 맞아."

그러자 수숙이라는 여자는 주위를 살피면서 극도로 불안해한다. 나중에는 그 불안이 고조에 이르러 한복집 문을 걸어 잠그고 커튼을 내려서 안을 들여다 볼 수 없게 가려버렸다.

"이렇게 절 귀찮게 하시면 전 큰일 납니다. 중국에서도 살지 못하고 쫓겨나면 전 갈 나라가 없습네다. 그러니 나가 주세요."

"넌 내 동생이라니까 왜 그러네. 메가 그리 무서워서 그러네. 여기서 살 수 없으면 나를 따라서 미국으로 가자우. 내레 너를 그리워 하멘서 얼매나 울었는디 아네."

수희도 옛날 사용했던 이북사투리를 사용하면서 수숙을 달랬다. 그러나 수숙은 머리를 세차게 흔들면서 자기는 수희가 찾고 있는 그런 여자가 아니라고 강하게 반박했다.

"내레 우리 오마니, 아바지가 다 아직도 살아 있어요."

"그 분들은 널 길러준 분들이야. 넌 내 동생 수숙이가 맞아. 너무 어려서 잘 모르는 것이라고."

"아니래도요. 전 태어난 곳이 황해도예요. 장수숙이란 여인은 어디서 태어났나요?"

"널 기른 부모가 널 진짜 딸로 삼으려고 그런 거짓말을 할 수도 있어. 그들은 우리 이웃사람으로 아주 좋은 사람들이었다."

"그곳이 어디예요?"

"거기가 그러니까 삼수갑산에서⋯⋯."

하도 수희가 자기 동생 수숙이라고 우겨대자 여자는 답답한지 가슴을 치면서 아니라고 도리질을 했다. 그때 커튼을 들치면서 들어선 곽 사장이 두 사람의 대화를 듣다 못해 제동을 걸었다.

"아무래도 동명이인 같습니다. 우선 나이를 물어 보시지 그랬어요. 지금 몇 살이지요?"

"제 나이 서른셋입니다."

나이가 서른셋이라고 하자 그제야 정신을 차린 수희가 부스스 깊은 잠에서 깨어난 듯 머리를 들었다. 아아! 우리 수숙이가 지금 살아 있으면 마흔 줄일 터이니 이 사람이 아니구나. 난감한 표정을 감추지 못하고 머쓱하게 서 있는 수희에게 다가와서 곽 사장이 위로한다.

"이따금 저를 찾아 양식을 구하러 오는 북조선 사람들이 있습니다. 그 분들을 통해서 장수숙이란 분의 생사여부와 주소를 알아보도록 합시다."

그 밤에 수희는 강수숙이란 여인과 함께 잠자리에 들었다. 밤새워 가면서 들려주는 그녀의 이야기는 눈물겨워서 함께 붙들고 울기도 하고 벌떡 일어나 앉아 서로 끌어안기도 했다. 강수숙은 북조선에 갓난아기와 아들을 두고 나온 여자다. 하긴 북한의 기아 상태가 심각하다는 소식은 이미 들어 알고 있었지만 이렇게 실감나게 들은 적은 없었다.

10

한 해만 고생하면 끝나려니 또 조금만 굶으면 되겠지 하고 참았으나 고난의 대행진은 끝이 없이 계속되었다.

강수숙은 갓난아기를 낳고 사흘을 굶었더니 허깨비가 눈앞에서 오락가락했다. 겨울이 오고 양식은 없고 추위는 다가와서 살 수가 없었다. 이래 죽으나 저래 죽으나 생명은 단 한 번 있는 것이라 양식을 구하러 산후의 부숭부숭한 얼굴을 하고 친척 집을 돌았으나 허사였다. 모두가 굶어 서서히 죽어 가고 있었다. 제 때에 밥을 먹고 사는 사람들은 의사도 아니고 교사도 아니었다. 저들도 서민들과 똑같이 굶어 죽어갔다. 길거리에 죽어 나자빠진 아이들이 눈에 띄고 어떤 집에서는 행인의 머리에 보자기를 씌어 도끼로 때려죽여 내장으로는 순대를 만들어 내다 팔았고 뼈는 고아 먹었고 살은 말고기라고 속여서 팔았다는 소문도 돌았다. 실제로 장터에서는 그런 사람을 공개사형한 적이 있었다. 인민들 모두가 나와서 봐야 이런 짓을 하지 않는다고 해서 끌려 나가 본 적도 있었다. 세 명을 사형했는데 어린 아이들 셋을 죽여서 먹었다는 이유 때문이었다. 사형 현장에 있던 수숙은 먹은 것도 없는데 울컥 속에 고인 물까지 토하면서 땅바닥을 기어 다녔다. 지금도 눈에 선한 깃은 총알이 머리를 관통하자 허연 골이 쑥 삐져 나오고 다시 얼굴가죽이 척 본래로 돌아가는 처절한 모습이다. 이따금 그 꿈을 꾸면서 땀에 푹 섞어 고함을 치면시 꿈에서 깨어나기도 한다.

강수숙은 남편과 시어머니, 그리고 갓난아기와 세 살 난 아들, 이렇게 네 식구의 양식을 구하러 북쪽으로 올라가 강폭이 제일 좁은 두만강을 건넜다. 남편은 나가는 직장이 있어서 꼼짝할 수가 없었기 때문이다. 잡히면 죽는다는 걸 각오해야 했다. 순수하게 배가 고파서 먹을 것을 구하러 중국으로 탈북했다 잡히면 6개월간 노동단련대에서 노역을 하는 무서운 벌을 받아야 한다. 한국행을 시도한 탈북자는 5년 교화형에 처하는데 살아나오기 힘든 중벌이었다.

장군님, 수령님을 위해 일생을 살아오고 그렇게 살도록 세뇌당했던 가엾고 착한 인민들은 그래도 윗사람을 욕하지 못하고 꾸벅꾸벅 고난의 대행진에 참여하라니까 그런 줄 알고 걷고 있었다. 무엇을 향한 목표가 있는 것이 아니고 먹지 말라는 행군이니 거기에 가담하고 굶어죽어 나동그라지면서까지 순종을 했다.

강수숙은 순전히 양식을 구하기 위해 북한 쪽 두만강을 건너기로 결심했다. 두만강 초입은 꽁꽁 얼어붙어서 걸어서 건넜지만 중국 쪽은 물이 흘러서 그냥 물속을 걸었다. 다행히 깊지는 않아서 머리까지 물속에 잠기지는 않았다. 중국 땅을 딛는 것은 좋았으나 겨울의 찬바람에 몸과 옷이 동태처럼 얼어붙어서 발걸음을 떼어놓을 수가 없었다. 얼어붙은 바지가 몸을 억죄니 걸을 수가 없었다. 어릿대면서 강가에서 머무적거리다가 동사직전에 중국공안원에게 잡혔다. 그러나 그들은 잡은 수숙을 감옥으로 데려가는 대신 중국 남자에게 돈을 받고 팔아버렸다.

"그럼 지금 중국 남자하고 살고 있나?"

수숙이라는 여자는 가만히 머리를 끄덕였다.

"몇 년?"

"3년이 되었어요."

"아이는?"

"하나를 낳았지요."

"그럼 북한에 두고 온 아이들하고 남편은 어쩌지?"

"그래서 돌아갈 수가 없어요. 이런 몸으로 어떻게 다시 두만강을 건너가서 자식들과 남편을 만납니까. 다행히 중국남편이 잘 해줘서 굶지는 않아요. 농사를 짓고 있는데 아기를 시어머니에게 맡기고 저는 여기 나와 돈을 벌고 있답니다."

아아! 그렇다면 우리 수숙이는 북한에서 굶어죽었을까. 인육을 먹을 정도로 사람이 굶어 죽어나간다면 수숙이라고 다를 리 없지 아니한가.

"지금은 많은 북조선 인민들이 한국으로 가려고 합니다. 거기가 천국이라고 믿고 죽음을 각오하고 한국행 탈북을 하려고 수없이 많이 밀려옵니다. 중국공안원들의 감시도 심해요. 서노 중국 남자하고 설혼하여 아기까지 낳았으나 탈북자라는 것이 알려지면 바로 잡혀서 북송되니까 절대로 극비로 해주셔야 합니다."

그러자 곽 사장은 한국 국적을 지닌 사람들이 탈북자를 도와서 한국행을 시도하다가 잡혀서 옌지 감옥에만도 수십 명이 갇혀 있다고 했다. 저들은 강도나 살인, 절도죄로 잡혀 온 것이 아니라 난민인 탈북자를 도왔을 뿐인데 감옥으로 간 셈이다.

그렇다면 먼저 동생 수숙을 찾아서 북한에서 탈출하도록 돕고 그 다음에 중국에서 한국행을 시도해야 한다. 그 나이면 가정을 가졌을 것이고 그렇다면 온 가족이 함께 탈북 하여 남한 행을 감행하자면 돈이 적잖게 필요할 것이 아닌가.

조용히 곽 사장과 이야길 나누는 중에 어쩌면 수향이도 찾을 수 있을 것 같았다. 중국 어디엔가 살아 있을 수향이와 북한에 살아 있을 수숙을 찾는 것이 수희가 앞으로 할 일이었다.

수희는 한복집 여인에게 중국 돈을 주면서 비밀리에 신의주에 살고 있을 장수숙을 찾아 달라는 부탁을 해놓고 단동을 떴다.

11

한편 장수향은 어떻게 되었는가. 병원을 탈출하여 도심

변두리의 허술한 여인숙에 짐을 푼 수향은 날이 갈수록 수척해졌다. 가진 돈도 없지만 아픈 배에서 쏟아지는 진물과 농양은 주체할 수가 없었다. 전신이 무겁고 찌뿌드드하여 움직일 기력도 없이 가물가물 정신을 놓기도 했다.

"이제야 정신이 드는 것 같군."

사람들의 두런거림이 아득하니 멀리서 들리고 팔에 꽂힌 주사가 억죄어 몸을 잘 움직일 수가 없었다. 힘을 다해 정신을 모아 가늘게 눈을 뜨고 주위를 살폈다. 열 명도 더 되는 여자들이 둥그렇게 수향의 주위에 원을 그리고 앉아서 근심스러운 얼굴로 수향을 응시한다. 여기가 어딘가. 천국에 온 것일까. 지옥에 내려간 것일까. 도저히 감을 잡을 수가 없었다. 중국집도 아니다. 분위기가 사뭇 낯설었다.

"명줄이 길군요. 하나님이 쓰시려고 이분을 살려주셨습니다. 우리 감사하면서 찬송을 부릅시다."

저들은 모두 가방을 뒤적여 책을 꺼내들고 찬송을 부르기 시작했다. 곡이 아주 은은하고 잔잔한데다가 내용을 들어보니 가슴에 와 닿아서 울컥 눈물이 나왔다. 저들의 시선을 피해 얼굴을 베개에 묻었다.

"우리는 이 여인숙 바로 뒤에 있는 상보교회 교인들입니다. 이 여인숙 주인이 우리 교우라 자매님이 아프다는 소식을 듣고 이렇게 왔습니다. 누구신지 모르지만 주 예수를 믿고 온 가족이 구원을 받으시기 바랍니다."

저들의 말에 수향은 머리를 설레설레 흔들었다. 중국에서는 성경책을 가지고만 있어도 공안원의 눈이 시퍼렇게 변하는데 예수를 믿으라니, 절대로 안 될 일이다. 돈 벌러 왔다가 빈손으로 병만 얻어 가지고 예수를 믿는다고 하며 돌아가면 어떻게 되는가. 아찔했다. 고향에서 추방당해 영원히 나그네가 될 수도 있다.

방안에 앉아있는 사람들은 안에 고여 있는 역한 냄새를 참지 못하고 핸드백에서 손수건을 꺼내 민망해하면서 입과 코를 가렸다. 그만큼 수향의 몸에서 나는 냄새가 지독하다는 뜻이다. 하긴 고름과 진물이 고여서 며칠이 지났으니 그럴 만도 했다.

수향의 정신이 돌아오자 교인들은 수시로 드나들었다. 까치가 새끼에게 먹이를 물어 나르듯 부지런히 오갔다. 셀 수 없이 많은 사람들이 먹을 것을 해왔다. 죽 종류만도 많았다. 검은 깨죽, 잣죽, 호박죽, 팥죽에다가 더러는 비싼 전복죽을 쑤어 나르기도 했다. 팔에 꽂힌 링거에는 영양제와 항생제가 들어갔다. 의사인 그 교회의 장로가 수시로 와서 아프다고 하면 진통제도 놓아주었다. 고희를 넘긴 의사 장로님은 안타까움에 머리를 흔들면서 측은한 표정을 감추지 못하고 혀를 찼다.

"어쩌자고 수술 뒤에 병원을 나와서 치료시기를 놓쳤소. 당신은 하나님의 도움이 없으면 살아나기 힘들어요.

배가 전부 곪아터졌으니 손대기도 힘들어요. 어디부터 어떻게 치료해야할지 난감합니다."

의사를 따라 심방을 온 교우들이 훌쩍훌쩍 울면서 머리를 숙이고 기도하기 시작했다. 눈물을 흘리는 사람도 있고 마구 가슴을 치면서 기도하는 사람도 있다. 의사와 교우들의 예상을 뒤엎고 수향은 죽지 않고 목숨을 부지했다. 링기를 통해 항생제와 영양제가 꾸준히 투약되었고 너무 아파서 견디지 못하면 수시로 진통제도 링거 줄에 넣어주었다. 한 달이 지나자 교우들이 가져오는 연한 음식을 조금씩 먹기 시작했다.

목사님의 간절한 설교도 계속되었다.

"여보시요. 수향자매님. 인간의 생사화복은 하나님의 손에 달렸습니다. 아무리 죽을 병에 걸려도 하나님이 머리를 흔들면서 거절하시면 죽지 않습니다. 그러니 하나님을 믿으세요. 하나님만이 자매님을 살려낼 수 있습니다."

어느 정도 낯이 익어진 뒤에 교우들은 이구동성으로 수향에게 물었다.

"어쩌자고 병원을 탈출해서 이 지경이 되었소. 병원에서 수술을 했으면 진득하니 있어야지요."

"돈이 없어서 그랬어요."

"설마 죽어가는 사람을 돈이 없다고 병원에서 내쫓겠어요. 그냥 죽치고 병원에 있었으면 이 지경까지 가지는 않았을 겁니다. 사람 있고 돈이 있지 돈 있고 사람이 있는 건 아닙니다."

"수술비가 없다고 이 지경이 되도록 응급실에서 그냥 팽개쳐 두었습니다. 그런데 그냥 치료를 해주었을까요?"

"처음 이 방에 들어왔을 적에 시체 썩는 냄새가 진동했습니다. 이미 몸이 많이 썩어 들어갔다는 뜻입니다."

수향은 저들의 말을 들으면서 눈을 감았다. 아아! 그럼 이제 죽을 수밖에 없는 몸이 되었단 말인가. 명줄만 붙어 있지 뱃속이 다 썩은 모양이구나. 마치 시장바닥 좌판 위에 놓여 싱싱함을 잃어버린 며칠 지난 생선처럼 눈도 이제 곧 썩어 들어갈 것이 아닌가. 더욱 참을 수 없는 일은 수시로 심방을 오는 교인들과 목사님이 끈질기게 수향에게 믿음을 권하는 것이었다.

"주 예수를 믿으세요. 좋으신 하나님이 곧 치료하실 것입니다. 예수님은 죽은 지 사흘이 지난 나사로도 살려냈습니다. 시체 썩는 냄새가 진동하는 나사로를 향해 '나사로야 일어나라' 하니 벌떡 일어났습니다. 맹인도 예수님이 손을 대니 번쩍 눈을 떴고 문둥병자도 고치셨습니다. 자매님처럼 이런 병은 아무 것도 아닙니다. 단지 믿기만 하세요."

모인 교인들이 울면서 기도하기 시작했다. 이런 일이 하루 이틀 아니고 몇 달이 넘도록 계속되었다. 조용히 죽고 싶어도 도대체가 너무 시끄러워서 눈을 감을 수가 없었다.

순간 이런 생각이 수향의 머릿속에 번쩍 번개처럼 스치고 지나갔다. 나와 아무 상관도 없는 저들이 도대체 누구인데 이렇게 울어가면서 마음 아파한단 말인가. 저들이 믿는 하나님이 누구든 간에 생면부지의 나를 위해 저토록 사랑하고 있다면 좋은 사람들이고 좋은 신神이 아니겠는가. 생각이 이에 이르자 울컥 울음이 터지면서 소리를 질렀다.

"주여! 저를 불쌍히 여겨 주세요. 예수님을 내 주인으로 모시겠습니다."

저들이 기도할 적에 주여, 주여 외치는 것을 귀 따갑게 들었기 때문에 주여! 란 말이 자연스럽게 터져 나왔다. 수향이 예수를 영접하자 모인 무리들은 기쁨으로 환호성을 지르면서 찬송을 불렀다. 영업장소인 여인숙에서 이렇게 많은 사람들이 모여 시끄럽게 하는 일도 정도 문제이지 사업을 방해하고 있는 셈이다. 어쩔 수 없이 수향을 교회로 옮기기로 했다. 변두리 개척교회인 상보교회는 산기슭에 허름하게 판자 울을 두르고 슬레이트 지붕으로 엉성하게 지어 놓은 가건물이었다. 밤이 되면 찬바람이 세차게 수향이 머물고 있는 곳까지 휭휭 들어온다. 이불을 두껍게 덮고 요를 두툼하게 깔았으나 새벽녘에는 몸을 가눌 수 없이 추웠다.

성도들이 다 돌아간 한밤중엔 수향이 혼자 성전에 엎드렸다. 어쩌다가 예수를 믿게 되었는지 한숨이 나오기도

하지만 차츰 회복되어가는 몸을 보면 하나님이 살아계신 것은 확실했다. 의사까지 포기한 사람이 살아났으니 말이다. 하루 종일 누워 있다가 일어나서 주춤주춤 걸음마를 연습하는 아가처럼 성전 안을 돌아다녔다. 차츰 다리에 힘이 오르고 얼굴에도 화색이 돌았다.

낮에는 더러 성도들이 교회에 들르기도 했으나 거의 혼자다. 밤에는 10시까지 두런두런 기도하던 권사들도 밤중이면 모두 돌아가든지 아니면 성전의 긴 의자에서 잠이 든다. 그런 한밤중에 수향은 혼자 깨어서 성전의 강단 밑에 꿇어앉았다. 성경을 읽다가 찬송을 부르다가 슬며시 잠이 든 모양이다. 새벽녘에 추워서 몸을 앙당그리고 있을 적에 누군가가 다가와 등에 두껍고 푹신한 담요를 덮어주었다. 다정하게 등을 도닥여주기도 했다. 너무 놀라서 뒤를 돌아보니 아무도 없었다. 그러나 몸에는 두껍고 푹신한 것이 덮여있는 듯 아주 평안하고 따뜻했다. 하도 이상한 체험을 해서 수향은 다음날 밤에도 혼자 강단 밑에 쪼그리고 앉아서 강단에 켜진 형광등에 들어난 십자가를 바라보았다.

이번에는 너무나 놀라운 환상을 보았다. 예수님이 커다란 십자가를 지고 넘어져가면서 교회에 들어서고 있었다. 모두 곤하게 잠이 들어있고 수향이 혼자 깨어있었다. 얼마나 십자가가 무거운지 숨찬 주님의 가쁜 호흡소리도 들렸다. 머리에 쓴 가시관 밑으로 선명하게 붉은 피가 뺨과 이마 위로 줄줄 흘러내렸다. 수향은 뛰어가서 그 주님의 발 앞에 꿇어앉았다.

"주님, 왜 그렇게 무거운 십자가를 지고 가십니까? 저 피를 어쩌지요. 너무 아프시지요."

그러자 주님은 잔잔한 미소를 삼키면서 부드러운 음성으로 말했다.

"수향아! 네가 십자가를 지지 않으려고 하니 내가 지고 가는 것이다."

"제 십자가를 왜 주님이 지십니까. 제가 지겠습니다. 주님은 2000년 전에 진 것으로 충분합니다. 이젠 제 십자가를 제가 져야지요."

그 순간 환상에서 깨어났다. 사방에서 향내가 났고 몸이 날 것처럼 가벼웠다. 평안함이 강처럼 잔잔하게 밀려왔다. 아아! 주님은 정말 살아계셔서 역사하시는 분이구나. 그 분은 지금도 내 곁에서 지켜주시면서 살아서 역사하시는 분이구나. 순간 찬송이 터져 나왔다. 어깨가 딱 벌어지고 씩씩하여 남성적인 기질이 있는 수향은 목청도 걸걸하고 힘이 있었다. 더구나 주님을 만나는 놀라운 체험을 한 수향은 힘이 넘쳐났다.

그런 뒤 교회에 머물면서 성경을 통독하고 구역예배에는 다 참석하고 새벽기도회며 철야까지 철저하게 참석하면서 성도의 생활과 성경을 철저하게 배웠다. 몇 십 년을 배운 성도들보다 더한 성경실력도 있고 체험한 신앙이라

기도도 씩씩하고 우렁차게 잘 했다.

집도했던 의사는 맹장수술을 다시 해야 한다고 했지만 건강을 되찾은 수향은 다시 수술할 필요를 느끼지 않았다. 수향의 생일에는 죽음에서 살아난 것을 축하할 겸 전교인이 잔치를 베풀었다. 전교인이래야 60명이 조금 넘는 작은 교회지만 마치 가족인 것처럼 수향의 회복을 기뻐했다. 바로 그날 수향은 세례를 받았다. 그리고 중국 선교사로 파견을 받았다.

성도들이 정성껏 돈을 모아 심양행 비행기 표를 사주었고 얼마간의 여비도 마련해주었다. 수향이 중국으로 향하는 비행기에 오르는 날 성도들이 공항까지 따라 나와서 헤어짐을 안타까워했다. 저들은 모두 한 마디씩 했다.

"중국을 복음화하는 주의 종이 되시기를 바랍니다."

"중국의 사도바울이 되세요."

"주님께서 생명을 연장시켜주었으니 이제 주의 것입니다. 덤으로 사는 인생입니다. 자매님은 죽으나 사나 주의 사람입니다."

"주님이 행하신 기적입니다. 놀라운 주님의 은혜입니다."

공항까지 나와서 눈물을 흘리며 배웅하는 저들을 뒤로하고 수향은 씩씩하게 비행기에 올라 중국 집으로 향했다.

12

한편 단동까지 갔으나 수숙이나 수향을 찾지 못한 수희는 한국에서 하룻밤을 묵고 미국으로 갈 예정이었다. 그 밤을 수영과 지내고 싶은 마음이 들었다. 이번에는 차분한 마음으로 청담동 궁궐 같은 수영의 집을 찾아갔다. 마침 금요일이라 구역예배를 드리는지 찬송 소리가 대문 밖까지 은은하게 들려온다.

저들이 거실에서 모였기 때문에 수희는 부엌아줌마가 인도하는 문간방에서 기다렸다. 거실의 대화가 또렷하게 들려온다. 일하는 여자가 문을 조금 열어놓고 나간 탓인가 보다.

"오는 봄에는 봄나들이를 조금 멀리가자. 구역모임이 서로 재미있게 지내야 하는 것이 아니야. 교회 다니는 것이 먹회가 아니냐고. 우리끼리 서로 서로 좋아하신다고 했잖아."

컬컬한 목소리의 주인공은 수영이었다. 그러자 모두 좋다고 박수를 치면서 한껏 기분이 고조되어 와와 무논의 개구리들처럼 떠들어댄다. 동네가 부촌이라 모두 시간과 돈에 여유가 있는 모양이다.

"우리 홍도나 가보자."

"홍도 가보지 않은 사람 있으면 나와 봐. 다 갔다 왔을걸. 그런데 말고 아주 새로운 곳, 남이 가보지 않은 데로

2박 3일 정도 잡아서 우리 다녀오자."

"그럼 우리 울릉도로 가자."

"거기도 다 가봤잖아. 거긴 개인이 가고 우리 중 어떤 사람도 다녀오지 않은 아주 생소한 곳으로 가자."

저들은 왈가왈부 떠들고 있다.

"우리 이번에는 국내가 아닌 외국으로 가는 것이 어떨까?"

그 목소리의 주인공도 역시 수영이다.

"좋다, 좋아. 어디로 갈까?"

"태국이나 인도네시아, 아니면 중국도 괜찮아."

그러자 모두의 의견이 일주일간 더 탐색해서 다음 금요일 구역예배에서 결정하기로 하고 주기도문으로 끝이 났다.

그리고는 음식파티가 한참이다. 푸짐한 과일을 먹고 난 뒤에 다시 뷔페식당으로 직행하는지 거실은 옷 입는 소리, 화장실에 가는 소리로 요란했다.

왜 구역예배를 하는 것일까? 수희는 자신에게 질문을 던졌다. 북한에서 굶어 죽어가는 사람들이 길에 늘비하다는 소식을 들은 탓일까. 수희는 골방에 앉아 깊은 생각에 빠져들었다. 구역예배의 첫 시작은 가난한 사람을 구제하기 위하여, 더 자세히 말하자면 혼자된 여자들을 돕기 위하여 모인 것으로 안다. 그런데 성도의 교제를 중시하여 구역예배에 모이면 주로 놀러 갈 일, 먹는 일을 모의하는 곳이 되었으니 한국의 교회는 미국의 교회보다 더 이상한 길로 가고 있는 것이 아닐까.

수향을 찾았다는 사건이 터지기 전에 읽었던 존 번연의 『천로역정』의 한 부분이 또렷하게 떠올랐다. 물론 공상소설이고 또한 알레고리 소설이긴 하지만 수없이 책을 앞에 놓고 묵상기도를 할 수밖에 없는 소설이었다. 어째서 성경 다음으로 가장 많이 읽힌 책이라고 했는지 알만했다. 무식한 땜장이가 쓴 것이지만 천국까지 가는 여정을 얼마나 진솔하고 명백하게 묘사했는지 읽으면서 전율했던 기억이 생생하다.

그 중에 나오는 한 장면이 수영이가 구역예배를 인도하고 있는 현장이 아니겠는가. 허영의 도시가 바로 수영의 거실이란 생각을 지울 수가 없었다. 불평하는 소리, 훼방하는 소리, 흥정하는 소리, 욕하는 소리가 너무 커서 서로 대화를 나눌 수 없는 곳이다. 노점 상인들이 물건을 사라고 아우성인데 얼핏 보기에 화려하고 멋져 보인다. 그러나 자세히 보면 보석은 싸구려 페인트를 칠한 돌이고 더러는 유리에 색을 입힌 것들이다. 천상의 과일이 아닌 이곳의 과일들은 다 썩었고 도자기는 토기에 지나지 않았으며 장신구는 아무짝에도 쓸모없는 쓰레기다. 상인들은 팔 수 있는 것은 다 팔고 있었다. 할 수만 있다면 자기의 영혼이라도 팔아치울 기세다. 이곳을 지나면서 하나라도 사지 않으면 저들의 공격을 받게 되기 때문에 어쩔 수 없이 한통속이 된다는 알레고릭한 소설의 내용이 생생하게 살아났다. 1600년대에 쓰인 이 소설의 한 장면이 지금 수영의 거실에서 벌어지고 있는 허영의 시장과 똑같다는 생각을 떨쳐버릴 수가 없었다.

"미국에서 언니 되시는 분이 문간방에 와서 기다리고 있어요."

일하는 여인의 말에 이어 와와 거리면서 현관까지 나온 무리들을 향해서 의기양양하게 수영이 큰 목소리로 말했다.

"미국에서 예까지 구걸하려고 온 모양이지. 왜 또 왔어."

그녀의 말에 와그르르 웃는 소리가 허영의 시장에서 버글거리는 군중들의 소리로 둔갑해서 수희의 가슴이 철렁했다.

"구역식구들 하고 식사하고 와서 만나보겠다고 해."

이내 차들이 부릉거리는 소리가 나고 저들은 사라졌다. 괴괴한 방에 앉아 수희는 갈등했다. 그냥 갈까. 그래도 왔다는 소리는 들었으니 오면 만나고 가자. 피가 섞인 사람이 아닌가. 누가 뭐래도 완전타인이 아니고 핏줄이 아닌가. 더구나 교회에 나가고 있으니 이교도나 예수를 전혀 모르는 사람들보다 낫지 아니하겠는가. 수희는 일하는 여자가 들여놓은 과일과 커피를 먹으면서 이런 저런 생각 속으로 빠져들었다.

아직 한 일이 아무것도 없었다. 북에 있을 수숙을 만나지도 못했고 중국에 가 있을 수향을 찾지도 못했다. 큰일을 앞에 두고 미움이나 질투, 그리고 의심이나 비판을 삼가자. 특히 불평이나 투덜댐을 삼가자는 마음이 들어서 천천히 커피 맛 속으로 빠져들었다. 3시간의 기다림 끝에 수영이 나타났다.

"왜 또 왔소? 온라인으로 부쳐준 수영의 수술비는 잘 받았어. 이 일이 끝나면 우리 사이는 다 완결된 것이 아닌가?"

"교회에 다니는 걸 보니 마음이 놓인다. 그래도 순교한 순교자의 집안이니 다르긴 다르구나."

"흐흑, 순교자 좋아하네. 집단사살이 어떻게 순교가 돼. 순교자라면 신문과 잡지에 심지어 어떤 책에라도 기록이 되어있어야지. 내가 그 아버지 이름으로 인터넷에도 검색하고 도서관에 가서 순교한 사람들의 이름을 뒤져가며 많은 책을 봐도 아버지가 순교자라는 구절은 단 한 구절도 보지 못했다. 괜히 사람들 앞에서 순교자, 순교자 하면서 으쓱거리지 말라고."

수희는 입을 다물었다. 현장에서 모든 걸 보고 경험한 사람을 앞에 놓고 어떻게 이렇게 야비한 말을 할 수 있을까 하는 울컥함이 치밀어 올라왔지만 참기로 했다. '순교자 중엔 이름 없이 빛도 없이 죽어간 사람들이 이 역사의 뒤안길에 얼마나 많이 있는 것인가. 이런 토양 위에 이 나라가 잘 사는 것이 아니냐.' 라는 말이 하고 싶어 복이 간지러웠으나 참기로 했다.

수회가 말이 없자 겉옷을 벗어던지면서 부엌을 향해 물수건을 가져오라고 소리친다.

"나도 권사라고. 권사 앞에서 아는 척하지 말라고."

"권사가 구역예배를 인도하면서 먹고 마시고 노는 이야기만 해서 쓰겠니."

"또 아는 체 하는군. 나는 그 집안사람들의 아는 체하는 도도함에 질린 사람이야."

"권사다워야 권사지 권사라고 다 권사냐."

"또 그 기질이 나오는군. 그 집안 식구들 말장난이 대단한 걸 익히 잘 알고 있으니 고만 두고 어서 용건이나 말해."

"아무튼 예수를 믿는 생활을 하니 고맙고 기쁘다."

"요새 사람들 예수 믿는 것은 필수 코스가 아닌가. 사교장에 가서 예수를 믿고 권사라고 하면 벌써 대하는 태도가 달라. 그러니까 쉽게 말하자면 교회에 나가는 것은 생활의 한 부분이고 밥을 먹듯이 꼭 먹어야 하는 그런 것이 아니냐고. 우리나라에도 정치범이나 살인자나 심지어 유명인사도 다 기독교인이야. 왜 거대한 법원 앞의 건물이 폭삭 내려앉은 사건 있잖아. 그 건물의 주인도 안수집사라더군. 뭐든지 이 나라에 큰 사건의 주인공은 기독교인이야."

"그래서 너도 그런 기독교인이 되고 싶어 권사 직분을 받았니?"

"난 그런 사고뭉치는 아니야. 이 나라에서 고위층으로 살려면 교회에 한 발을 들여놓고 있어야 된다 이거지."

그럼 넌 예수를 믿는 것이 외투의 깃에 달고 다니는 브로치처럼 여기고 믿느냐 하는 말이 치밀어 올랐으나 자제하기로 했다.

"예수를 믿어도 믿는 사람답게 믿어라. 예수님은 너의 장식품이 아니다."

"호호……. 그 말 한 번 멋있네. 장식품. 그럴 수도 있지."

'성령 체험을 하지 않은 신앙은 헛것이다.'라는 말도 하고 싶었으나 이런 상태에 있는 신앙수준에서는 말이 통하지 않아 고만 두었다. 그래도 온 식구들이 교회에 갈 적에 함께 합류했고 주일학교에 한 번도 빠지지 않고 다녔던 어린 시절이 있으니 변할 것이란 소망을 가져 보았다. 지금 이 상황에서 수희가 해야 할 우선순위는 무슨 수를 써서라도 동생인 수향과 수숙을 찾는 일이다.

2부
고난의 골짜기

1

부엌아줌마가 위스키와 안주를 담은 쟁반을 거실 탁자 위에 놓는다. 손님이 있으나 조금도 망설임이 없다.

"아하! 이건 내가 빈혈이 심하고 저혈압이 중증이라 의사의 처방으로 매일 밤 잠들기 전에 약으로 먹는 거야."

"그래도 포도주나 맥주를 마셔라. 위스키는 너무 센 것이 아니냐. 그러다가 알코올중독자가 되는 걸 많이 보았다."

"나를 걱정하는 거야? 오호호……. 이 집안에 내가 술을 마신다고 걱정하는 사람이 있으니 이거 세상이 변했군. 나 혼자만 버려두고 모두 가버렸을 때는 언제고."

수영의 비아냥거림을 뒤로 하고 막 현관을 빠져나오는

데 핸드폰이 울린다. 직감으로 중국에서 온 것이란 생각에 손이 떨린다. 수향이나 수숙과 연락이 닿아야 올 수 있는 전화이기 때문이다. 발신인은 단동에서 활동하는 곽 사장, 그러니까 곽 선교사이다.

"아시지요? 다 말씀 못 드립니다. 어서 단동으로 오세요."

일방적으로 전화를 끊어버린다. 하긴 요즘 단속이 심해서 목사가 들어가서 활동하면 다 감옥행이다. 공안원들의 눈이 불꽃처럼 번쩍이니 오금이 저려 신분을 숨기고 비즈니스로 온 사장님 행세를 하자니 얼마나 힘들까. 중국의 선교는 다분히 위정자들과 백성들에게는 예민한 일이다. 역사가 그랬기 때문이다.

"중국에서 왔어? 찾았대?"

"으음, 자세히는 몰라, 거기 가 봐야 알아."

수영은 호기심이 잔뜩 어린 얼굴이다.

"나도 함께 가 볼까?"

"훼방 놓으려고?"

그래도 많이 가까워졌다. 미움도 만남이 잦으면 대화의 통로가 보이기 시작하는 모양이다. 언니인 수희가 화를 내지 않고 다소곳이 그녀를 대해 주었던 행동이 그녀의 마음 문을 연 셈이다.

"여기서 자고 가. 남편은 돈도 벌지 못하는 사업을 한다고 호주에 가 있고 하나뿐인 아들 주은主恩은 요 몇 년간 레지던트 수련으로 집에 들어오지 않아."

그냥 갈까하다가 짐을 이 큰 집의 문간방에 풀었다. 호텔로 가서 자는 것보다 두 사람의 간격을 좁히기 위해서다.

다음날 수희와 수영은 단동으로 향했다. 두 시간의 비행이지만 침을 흘리며 자는 수영의 모습이 언니인 수희의 눈엔 아직도 철이 덜 든 아이로 보였다. 비록 돈으로 덕지덕지 처바른 모습이지만 잠든 얼굴에는 가여운 티가 흘렀다. 비행기 안에서 주는 담요를 그녀의 어깨까지 덮어주었더니 눈을 가늘게 뜨고 수희를 일별하고는 다시 잠에 빠진다.

단동에 가서 곽 사장을 만난 곳은 평양산장이었다. 단동 시내에서 반 시간 떨어진 곳으로 신의주가 바로 건너다보이는 음식점이다. 한국 사람이 차린 아주 고급스러운 음식점으로 비밀스럽게 사람을 만나는 장소로는 매우 적합한 곳이다. 절벽에 지어진 음식점은 도도하게 흐르는 압록강을 끼고 한껏 운치를 자아내고 있다. 신의주가 빤히 건너다보이는 호젓한 방에 자리를 잡았다. 앉으면서 수희는 곽 사장에게 어서 약속된 사람을 만나야겠다고 재촉했으나 함께 동석한 수영이 걸리는지 눈치를 살핀다.

"이 애는 제 사촌동생입니다. 걱정하지 마세요."

그래도 의심의 눈길을 풀지 못하고 한참 뜸을 들이다가 무겁게 입을 열었다.

"장수숙이란 분을 찾았습니다, 평양에 살고 있더군요."

수희는 와락 선교사의 손을 잡았다. 살아 있을 것이라고 내심 굳건하게 믿고 있었지만 세 살 때 버린 고아가 지금까지 목숨을 부지했다는 사실에 더 감격했다.

"접선을 했습니다. 내일 모레 금요일에 여기로 옵니다. 평양에 산다면 당 일꾼이나 보위 일꾼, 아니면 안전 일꾼에 속하니 굶지는 않았을 것 같습니다. 평양에서도 신분이 보장된 사람들만 굶어죽지 않고 산다고 들었어요. 하지만 평양도 식량사정이 심각해서 최근에 배급이 완전히 끊겼다는 소식을 들었습니다."

여전히 마음이 놓이지 않는지 경계의 눈초리를 감추지 못하고 곽 사장은 수영을 흘끔거린다. 나이 사십이 되면 얼굴에 자신의 인격을 말해주는 문자가 새겨져 있다고 한다. 그래서 사십이 되면 자기 얼굴에 책임을 지라고 하지 않던가. 아무래도 부티가 줄줄 흐르는 수영에게선 무언가 일반 사람들하고 다른 낌새를 느끼게 되는 모양이다.

금요일 이맘 때 수숙을 만나기로 해놓고 약속시간까지의 공간을 메우기 위해 수영과 수희는 떡가래처럼 누운 단동시내를 돌기도 하고 택시를 타고 압록강을 끼고 동서로 달렸다. 수요 예배는 관전 삼자교회로 갔다. 농촌이라 들일을 하다가 점심시간을 전후하여 11시에 30여 명의 신자들이 모여들었다. 권사라는 분이 예배를 인도하면서 설교를 했다. 일꾼이 모자라서 권사나 일반성도들이 돌아가면서 설교를 한다고 했다.

허름한 옷을 입은 뚱뚱한 할머니가 일어서서 큰 목소리로 우렁차게 기도를 했다. 그 내용이 너무 놀라서 수희는 실눈을 뜨고 사위를 살폈으나 모두 잠잠히 머리를 숙이고 있었다.

"김정일은 회개해야 합니다. 불쌍한 인민들은 모두 굶어 죽어나가고 있는데 너무 처먹어서 배때기는 불뚝 나오고 얼굴에는 개기름이 줄줄 흐르고 호사하고 있으니 이런 일이 세상에 어디 있습니까. 내 친척들도 거의 다 굶어 죽고 이제 몇 사람 남지 않았습니다. 어서 저들도 밥을 먹을 수 있도록 하나님이 긍휼을 베풀어주시옵소서. 불쌍한 저들을 돌봐주셔야 합니다. 북한에 하나님이 직접 손을 대셔서 김정일 일파에게 회개의 바람이……"

중국에 자본주의 물결이 한참 밀려오는 90년대 중반이지만 중국에 이 정도로 자유가 있다니! 수희는 가만히 한숨을 삼켰다. 일이 어떻게 돌아가든 수숙이 평양에 있다니 아직 굶어죽지는 않은 모양이다. 사람이 어떻게 먹질 못해 죽는단 말인가. 끔찍했다.

수숙을 만나기로 한 금요일, 수희와 수영은 약속장소에 한 시간 먼저 나가 있었다. 압록강 쪽으로 뚫린 큰 유리창을 통해 바라본 북한 땅은 초겨울의 앙상한 나뭇가지로 인해 더욱 을씨년스러웠다. 두근거리는 가슴을 누르려고 유속이 빠른 지점에 눈길을 던졌다.

가만히 다가오는 발소리에 이어 방문이 열리자 수희는 화들짝 놀라서 문 쪽을 응시했다. 폭삭 늙어버린 여자가 여기 온다고 한껏 모양을 냈는지 새빨간 스웨터에 검은 바지를 입었으나 얼굴의 주름살은 감추지 못했다. 들어선 여인은 엉거주춤 멈춰 서서 낯선 두 여인을 멍하니 쳐다봤다. 반가움도 서러움도 없는 그저 멍멍한 표정이다. 얼어서 굳어버린 돌 같은 얼굴이다. 촉광 낮은 외등이 켜지는 시각이라 수희는 수숙의 얼굴을 가까이서 보려고 바짝 다가갔다. 그러자 수숙은 무의식적으로 뒷걸음질을 한다. 손을 잡았다. 갈퀴손이다. 뻣뻣한 장작개비를 잡은 기분이다.

"미안하다. 이제야 와서 미안하다. 내가 너의 제일 큰 언니 수희다. 너의 바로 위에 수향이라고 있는데 아직 찾지를 못했다. 여기 내 옆에 앉아 있는 이 사람은 수향이와 동갑내기 수영이다. 기억하겠니?"

수숙은 머리를 살래살래 흔든다. 수희는 질질 울면서 말했다.

"살아 있어 줘서 고맙다."

"언니레 미국에서 왔다고?"

"그래 미국에서 왔다."

"와 우리들이 굶어죽게 시리 미국사람들은 그렇게 폭탄을 넌지기오? 미국 놈들 등쌀에 우리 모두 다 굶어 죽어가고 있소."

무슨 소리를 하는지 몰라서 수희가 어릿거리자 옆에 있던 곽 사장이 통역을 한다.

"북조선 사람들이 미국 사람을 미워하는 표현입니다."

수숙이 겁에 질려 곽 사장을 흘끔거리면서 몸을 사리자 자기는 밖에서 기다리겠다고 눈짓을 하면서 나가버린다.

"왜 그렇게 미국사람들을 미워하니?"

"우리에게 주려고 세계우방들이 모아준 양식을 잔뜩 싣고 오는 배에 폭탄을 던져 우리가 먹어야 할 양식이 몽땅 바닷물에 빠져 북조선 인민들이 이렇게 굶고 있는 걸 몰라서 묻는 거요?"

수숙의 눈에 증오의 빛이 이글거린다. 수희는 이런 수숙의 손을 가만히 끌어다 쓰다듬는다. 지문이 지워진 손이다. 마디가 굵어서 불뚝 튀어나올 정도로 일을 너무 많이 한 손이다. 미국에서 일을 가장 많이 한다는 농부나 히스패닉들도 이렇지는 않다. 밤늦게까지 일하는 멕시칸도 이런 손은 아니다. 바짝 말라서 몸집까지 작아 보이는 수숙은 잎을 몽땅 떨어버린 겨울나무처럼 앙상하다.

"수숙아! 너도 굶고 있지? 소문으로 평양도 완전히 배급이 끊어졌다고 들었다. 너 밥을 먹지 못했구나. 먼저 음식을 시켜야겠다."

이집 주 메뉴인 토종닭에 인삼을 넣어 뭉그러지게 삶은 삼계탕을 시켜서 앞에 놔주었으나 두어 숟가락 뜨고는 먹지를 못했다.

"내레 위가 작아서 많이 못 먹어요."

몇 숟가락 뜨고는 수저를 놓고 눈물이 그렁하게 고인 눈으로 수희와 수영을 쳐다본다. 아마도 두고 온 가족 생각이 나서 그러는 모양이라는 생각이 수희의 머리에 언뜻 스친다.

"평양으로 돌아갈 때에 양식을 많이 사서 보낼 터이니 다른 식구들 걱정하지 말고 너나 어서 많이 먹어라. 잔뜩 먹어."

수숙의 오른손에 수저를 손수 쥐어준다. 수숙은 마지못해 수저를 들고 걸쭉한 삼계탕 찹쌀 죽을 주저주저하면서도 조금씩 먹는다. 수희는 이렇다 저렇다 무얼 묻기도 전에 수저를 들지 않은 수숙의 왼손을 붙잡고 닭똥처럼 굵은 눈물을 뚝뚝 떨어뜨린다.

"얼마나 고생을 했으면 손이 이렇게 되었니. 가엾은 내 동생, 수숙아! 내가 너를 이렇게 만들었다. 미안하다."

"우리는 위대한 수령 김일성 동지를 모시고 잘 살았습니다. 지금은 친애하는 지도자 김정일 동지를 모시고 부족함이 없이 잘 지내고 있어요."

앵무새가 감정이 없이 말하는 것처럼 수숙은 종알댄다.

"그런데 네 손은 왜 이 모양이냐. 더구나 네 꼴은……."

수영과 나란히 앉아있으니 더 비교가 된다. 수영은 삼십 대의 팽팽한 여인이고 수숙은 육십 대도 더 되었음직한 노파로 보이지 않는가. 살갗도 수영은 기름기가 넘쳐 흐르고 팽팽하여 주름살도 없건만 수숙은 눈가가 쪼글쪼글하고 심지어 윗입술 가에도 노인에게 제일 먼저 찾아온다는 세로 선 주름이 오그르르 하다. 검둥이처럼 바짝 타버린 얼굴은 먹지 못하여 영양실조에 걸렸고 손등의 까칠한 살갗은 햇볕에서 막노동했음을 말해준다.

"무슨 일을 해서 손이 이렇게 되었니?"

"전 김일성대학을 나왔어요. 거기서 약초공부를 해서 지금 연구소에서 약초를 길러 실험하고 있지요. 날마다 햇볕에 나가 약초를 많이 가꾸어서 손이 이렇게 거칩니다."

수숙이 변명을 늘어놓으며 수희에게 잡힌 손을 확 잡아뺀다.

"아버지는 하나님을 믿고 순교하셨다. 그런 우리 가문에서 태어난 네가 신앙생활은 하고 있니? 교회가 거긴 없다지?"

수희가 안타까워서 이렇게 묻는다.

"우리는 김일성 수령님을 믿습니다. 지금은 친애하는 지도자 김정일 동지가 우리의 하나님입니다."

"뭐라고! 어떻게 인간이 하나님이 되니?"

수희가 강하게 그 말을 잡아채서 나무라는 투로 항의한다.

"댁은 하나님을 믿고 우리는 우리나라 종교인 김일성 수령님과 김정일 동지를 믿는데 왜 그래요."

김일성과 김정일을 말할 때에는 달달 외운 것을 잊어버릴까봐 긴장하는 표정이 역력했다. 순간 수희는 아찔했다. 어떻게 이렇게 될 수가 있단 말인가. 공산당 의식교육이 이 정도로 깊어서 세뇌를 완전히 당했구나 하는 생각에 이르자 등골이 오싹했다.

"먹는 것은 풍족하냐?"

"살만합니다."

"듣기로는 모두 굶어 죽어가고 있다는 소문이 전 세계에 파다하다. 300만이 굶어 죽어서 길에는 죽은 사람이 늘비하고 심지어 인육을 먹기도 한다는데 너는 어떻게 사니? 숨기지 말고 솔직히 말해다오. 많은 사람들이 배고파서 월경하는 판이 아니냐."

"국가마다 다 자기 나라 사정이 있게 마련이지요. 우리는 그저 참고 또 참아서 어서 미국 놈들을 무찔러버리기 위해 먹는 것도 줄이고 위도 줄이고 허리를 졸라매고 있습니다. 쌀밥에 고깃국은 우리나라가 통일이 되면 먹어야지요. 집안에 걱정거리가 많고 반 동강이 나서 싸우고 있는 처지에 어찌 좋은 것을 먹고 희희낙락하겠습니까. 먼 훗날 통일이 되면 그땐 잘 먹을 거요."

이렇게 말하는 수숙의 눈에는 처음 들어올 때는 느끼지 못했던 증오의 불길이 눈 속 깊은 곳에서 활활 타올랐다. 섬썩지근했다. 무서웠다. 이 애가 그렇게도 오매불망 그리던 내 동생이란 말인가. 아무리 서로 다른 나라에서 살았다지만 어떻게 이렇게 되었을까. 사람이 아니고 생경스러운 기괴한 동물을 대하는 느낌이라고 한다면 너무 지나친 표현일까.

"미안하다. 너를 이렇게 만든 것이 바로 나다."

수희는 국물을 훌쩍거리고 있는 수숙을 보면서 달리 무슨 말을 할 수가 없었다. 공통의 화제를 전혀 끌어낼 수가 없었다.

"내가 너를 세 살 때에 신의주 이웃에 사는 먼 친척에게 맡겼단다. 넌 그 집에서 자랐지?"

수숙의 눈에 더 짙은 외로움과 괴로움이 고이더니 팽하니 토라져서 외친다.

"내 부모는 수령님 이외는 없수다. 그 사람들이 나를 고아원에 버려서 나는 죽어라 공부를 해서 그래도 평양에 살면서 결혼도 하고 당원이 되어서 잘 살고 있습니다. 반에서 언제나 일등을 놓치지 않았고 죽자 사자 공부를 했시오. 당원이 되기를 소원해서 무엇이나 순종하면서 장군님 지시를 따랐더니 그 결과 이제 살만해요. 그러니 나를 건드리지 마세요. 어서들 가세요. 하도 나를 보기를 원하는 사람이 있다고 해서 여행증을 끊어 잠깐 단동에 왔습니다."

"안다. 알아. 너는 지금 양식이 귀해서 나를 만나러 온 것이 아니냐. 우리는 한 핏줄을 받은 자매다. 우리끼리 솔직하도록 하자."

조금 전에 곽 사장에게서 지금 북한 전역에는 먹지를 못해 다 죽어가니 양식을 듬뿍 줘서 보내든지 달러를 줘서 우선 굶어죽지 않도록 도우라는 귓엣말을 들은 터다.

"다 자기 나라에 충성하고 사는 것이니 각자 자기 나라 사정에 맞도록 살아야지요."

여전히 북조선을 지지하는 발언을 하는 수숙에게 큰돈을 주면 혹시 바꿀 때에 어려움이 있을까 싶어서 20불, 10불, 5불짜리 달러 뭉치와 옷가지를 내놓았다. 영양제도 가져온 것을 챙기고 수영이도 값이 나가는 옷들과 소고기를 말린 절키를 한보따리 안겼다. 이런 물건들을 보더니 수숙의 얼굴이 상기되기 시작했다.

헤어지면서 수희는 수숙을 안고 무척 울었다.

"내 미국 주소를 잘 간직해라. 도움이 필요하면 단동으로 나와서 연락해라. 너를 도와주고 싶다. 하나님은 한 분뿐이다. 하늘에 계신 분이고 우리를 창조하신 분이다. 너는 유아세례를 받았고 하나님의 딸로 생명록에 등록이 되어 있으니 꿈에라도 네 하나님이 김정일이라고 생각하지 마라. 지금 세상은 지구촌이 되어가고 있다. 눈을 크게 뜨고 세상을 보아라. 넌 지금 깊고 깊은 동굴에 갇혀 있어. 밑을 가늠할 수 없는 깊은 함정에 빠져 있어."

그러나 수숙은 챙겨준 돈 가방에만 신경을 쓰고 거기에만 골똘해서 수희의 말은 귓전으로 흘렀다. 수영이도 말없이 한편에 앉아서 묵묵히 지켜보다가 자기 손목에 차고 있던 값비싼 손목시계를 풀어서 수숙의 손복에 채워주었다. 나중에 곤경에 처하면 연락하라고 서울 주소와 전화번호를 수숙의 손에 쥐어주고도 마음이 놓이지 않아서 짐 속에 또 한 장을 써서 넣어 주었다.

"나는 내 나라에 충성하고 언니들은 언니 나라에 충성하시라요. 수영언니는 남한이고 수희언니는 미국이니 모두 흩어져버렸네요. 나는 김정일 동지를 위해 북한에서 충성할 것이외다."

받아든 돈과 양식에 만족해서 자신의 몸보다 더 큰 가방을 질질 끌고서 등을 돌리는 수숙을 수희는 아연한 표정을 짓고 바라보면서 눈물만 흘릴 뿐이었다. 이런 상황에서 이상하게도 수영은 말이 없었다. 무얼 생각하는지 잠잠했다. 그러더니 돌아오는 비행기 안에서 심통어린 말들을 쏟아냈다.

"우리만 남았네. 위엣 사람들은 다 죽고 우리만 남았군. 그것도 동서남북으로 다 헤어져서 말이야. 수희언니는 미국에 수숙이는 북한에 나는 남한에 그리고 수향이 살아 있다면 중국에 있을 터이니 가지각색이군. 요란한 집안이더니 결국 우리만 남았군, 요 모양 요 꼴로 말이야."

아무래도 수숙을 만난 것이 수영에게 큰 충격이 되었던 모양이다.

2

돌아오는 비행기 안에서 수희는 자꾸 과거로 빨려 들어 갔다. 여직 아버지를 위대한 순교자로 생각하고 존경하면 서 살아왔는데 지금 남은 사람들을 생각하니 억울하다는 외침이 솟구쳤다. 아버지는 혼자 그렇게 쉽게 간단하게 죽어버렸지만 그의 핏줄인 딸들은 무엇이란 말인기? 와세다대학까지 나온 분이 왜, 무엇 때문에 그 많은 재산을 포기했을까? 그냥 남쪽 바닷가에 살지 않고 북쪽으로 간 이유는 무엇일까? 동경에서 학창시절 YMCA에 나갈 정 도로 신앙생활을 하시던 분이 어째서 가족을 돌보지 않고 팽개쳐서 다 죽게 하고 우리 代의 자매들이 비참하게 뿔뿔이 흩어져서 살아남았단 말인가. 누가 우리 가족을 이런 고난의 골짜기로 밀어 넣었을까. 그게 조국인가? 아 니면 하나님인가? 이런 가족이 이 세상 천지에 또 어디 있단 말인가. 더구나 그 당시 어린 십대의 수희에게 동생 들을 돌보라는 무거운 짐을 안겨 주고 말이다. 이제 아버 지가 살아 돌아온다면 과연 장녀인 수희에게 무슨 책망을 할 자격이 있는가. 모두 흩어져서 뿔뿔이 제 갈 길을 걸어 가고 있지 아니한가. 수숙의 말이 맞다. 모두 자기가 속한 나라에 충성하면 되는 것이 아니겠는가. 그렇다면 이것으 로 모든 만남이 끝일까. 사랑하는 가족들인 남은 사람들 은 이렇게 흩어져서 살다 이 땅을 떠나야 하는가.

평양에서 온 동생 수숙이 수희의 모든 가치관을 잡아 흔들었다. 그렇게도 살아가는 사람이 이 지상에 있다는 사실이 이상해서 머리를 흔들었다. 왜 우리는 이렇게 흩어져서 살아야 하는가? 어째서 우리는 이렇게 살아남아서 제각기 살아야 하는가? 이 두 가지 명제를 놓고 수희는 내내 고민하기 시작했다. 앞으로 우리는 어떻게 살아야 하는가? 하는 문제도 수희의 가슴을 답답하게 했다.

　인천공항에 내려 수영을 따라 청담동 집으로 향했다. 여전히 궁궐처럼 큰 집은 썰렁하다. 온기가 전혀 없다. 이날 저녁에는 뭐라고 말했는지 위스키와 안주가 들어오지 않았다. 이상할 정도로 수영의 몸에서 풍기는 냄새가 외롭고 숨이 막힌다. 마치 깊은 웅덩이에 빠져든 눅눅한 무드라고 표현하는 것이 좋을 것이다. 이 애는 고독하다. 그래서 그 고뇌의 서러움을 메우기 위해 미친 듯이 사들이고 먹고 장식하고 떠들어대고 꾸미는 게 틀림없다 저녁에 두 사람은 거실에 나란히 앉아 삼각관계에 있는 드라마를 시청하고 있었다. 그때 수영이 드라마 내용을 보고 분노했다.

　"요즘 작가들 문제 있어. 모든 드라마가 불륜을 다뤄. 삼각관계가 아니면 쓸 재료가 없나 봐. 그리고 불륜을 말해야 출세하는 작가가 된다고 믿는 모양이야. 신경질 나서 못 보겠어."

그리곤 텔레비전을 확 꺼 버린다. 있을 수도 있는 일인 데 그냥 재미로 봐라 하고 말하려다가 수희는 입을 다물었다. 그 순간 이 애가 그런 문제로 불행한 것이 아닌가 하는 생각이 스쳤다.

부엌아줌마가 내온 과일과 차를 들면서 수희는 본인이 견디지 못해서 고백할 때까지 기다리기로 했다. 아픈 상처를 건드리면서까지 한의사가 맥을 짚듯 파고들고 싶지 않아서다.

수영은 자정이 지날 때까지 이용이 부르는 「잊혀진 계절」을 반복해서 틀어 놓았다. 10월이나 11월, 낙엽이 지면 언제나 이 나라 사람들은 이 노래를 크리스마스 캐럴처럼 어김없이 듣는 모양이다. 오늘 따라 수희에게도 그 가사가 동생, 수숙을 만났던 아픔인지 마음에 서글프고 찡하게 파고든다.

'그날의 쓸쓸했던 표정이 그대의 진실인가요. 한 마디 변명도 못하고 잊혀져야 하는 건가요. 언제나 돌아오는 계절은 나에게 꿈을 주지만 이룰 수 없는 꿈은 슬퍼요. 나를 울려요.'

이용이란 가수의 애수어린 목소리에 아스라한 슬픔이 담겨 간드러지게 넘어가서 듣는 이들의 심금을 울린다. 수영도 그런 마음으로 듣고 있을까? 바깥은 겨울을 안고 나뭇잎을 벗은 잔가지늘로 쓸쓸하다. 특히 높이 쌓은 담장의 한 귀퉁이에 서 있는 감나무에서 떨어진 잎들이 발목이 빠질 정도로 수북이 나무 밑에 쌓여있고 강풍에도 끝까지 매달렸던 몇 개의 감잎이 나풀나풀 떨어져 내리고 있었다. 바깥과 안에 켜놓은 외등으로 인해 희끄무레한 빛을 받고 떨어진 낙엽과 아직도 떨어지고 있는 몇 잎의 낙엽은 보는 이의 가슴을 뭉클하게 한다.

팔짱을 끼고 거실의 큰 유리창 밖을 응시하던 수영이 조용히 수희를 향해 돌아섰다. 눈물로 범벅이 된 얼굴이다.

"언니 눈엔 내가 행복해 보여?"

수희는 동생의 질문이 무엇인지 몰라서 잠시 움찔했다.

"난 말이야 사람들이 잘 되고 행복하게 웃는 걸 보면 화가 나서 참을 수가 없어. 박박 긁어내리고 짓이겨 망가트리고 싶어. 해변에서 모래성을 쌓은 아이가 기뻐서 환호하면 발로 그 모래성을 마구 밟아버려야 직성이 풀린다고 할까. 특히 감나무 잎이 떨어져 내리는 걸 보면 우울하고 눈물이 나고 불행해서 미칠 것 같아. 세상의 모든 걸 깨부수고 싶은 충동을 누를 수 없어."

미국 이민생활에서는 누구나 상담을 해야 한다. 이민생활에서 상처를 받고 가정불화로 인해 잠을 못 이루는 사람들이 많기 때문이다. 수희도 나이가 들어가면서 그런 상담을 자주 받아서 많은 사람들을 치유하는 사람처럼 살고 있다.

"왜 하필이면 감나무냐?"

"옛날 우리가 살았던 집 울안에 감나무가 있었지. 바로 내 방 옆에 하늘을 가릴 정도로 큰 거목 말이야."

"그래 맞다 맞아. 그 감나무는 족히 100년은 더 되었다고 해서 일꾼들이 나무 신神이 산다고 그 감나무에 올라가지도 않았고 높이 매달린 감들은 따지도 않았어. 해서 겨울이면 나무 끝에 매달린 홍시들이 마치 크리스마스트리의 장식품처럼 아름다웠다는 생각이 드는구나. 그 나무 위에 아침마다 감을 쪼아 먹느라고 까치들이 수없이 앉아서 깍깍거렸지."

수희는 단숨에 고향의 울안에 서있던 감나무에 대해 신나게 늘어놓았다. 그러자 수영의 얼굴이 잔뜩 찌그러지면서 바로 옆에 놓인 화분을 집어 내던졌다. 연한 녹색 바탕에 단아하게 새겨진 난초를 심은 화분이 세 조각으로 깨어져서 거실 바닥에 나동그라졌다. 수영은 악을 쓰면서 무엇이라도 잡아 찢어야 직성이 풀릴 듯 분노에 몸을 떨었다. 결국 창에 치렁하게 늘어진 황금색 커튼자락에 대롱대롱 매달려서 자지러지게 통곡했다.

"모두 나를 버렸어. 나만 혼자 남았어. 어린 나를 버리고 자기들끼리 가버렸어. 수희도 수향도 수숙이도 다 가버렸어."

"내가 옆에 있잖니."

"내가 필요로 할 때 모두 나만 혼자 두고 다 가버렸어. 자기들끼리만 가버렸단 말이야. 난 혼자야. 이 세상에서 혼자야."

수희는 이런 수영을 바라보면서 아연했으나 막으려들지 않았다. 쌓인 분노는 표출되어야 하고 실컷 울어야 치료되기 때문이다. 수희 앞에서 무의식 속에 가라앉아 있는 앙금을 토해내던 수영은 과거로 빨려 들어갔다.

3

쌀쌀한 가을바람이 오싹했지만 아직 온돌에 군불을 지필 정도는 아니었다. 그 당시 다섯 살이었던 수영은 온기가 하나도 없는 구들에 배를 깔고 낮잠을 잤다. 찬 구들에 배를 깔고 잤더니 베고 자던 손이 저리고 입가로 흘러내린 침이 긴 머리칼을 적셔서 자고 난 뒤끝이 텁텁했다. 특히 팔이 너무 저려서 눈물이 나오는 판에 여기저기 빙 둘러봐도 아무도 없다. 어머니, 아버지가 떠나버린 뒤 단 한 사람 의지하고 있는 작은 할머니도 눈에 띄지 않았다. 버럭 창호지 문을 열어 젖혔다. 담 너머 탐진강이 보이고 첫눈이라도 내릴 듯 음흉한 날씨다. 하늘을 올려다보니 휘휘 머리를 풀어헤친 귀신처럼 생긴 구름이 흘러간다. 댓돌 위에 나란히 벗어놓은 그녀의 고무신 속에 감나무 잎이 두어 개 바람에 날려 떨어져 있고 댓돌 밑으로 감나무 잎이 소복이 쌓여 있다. 감나무에서는 아직도 낙엽이 풀풀 날리고 있었다. 까치 수십 마리가 깍깍거리면서 감나무 우듬지에서 사랑 놀음을 하고 있다. 울컥 무섬증이 안겨왔다. 세상에 혼자 버려졌다는 외로움이 몸을 가눌 수 없을 정도로 덮쳐 와서 소름이 끼쳤다. 수영을 혼자 버려 두고 다 도망 가버렸나 하는 공포심이 치밀어서 우레 같은 소리를 내면서 발버둥치고 목청껏 울었다. 그때 계단 높은 곳에 살고 있는 큰할머니가 빗자루를 들고 쏜살같이 수영이 자고 있는 행랑채 방으로 달려왔다.

"요 배라먹을 계집애가 금쪽 같은 내 새끼 수호를 잡아먹더니 또 갓 태어난 아기를 잡아먹으려고 이 발광을 해."

싸리 빗자루로 수영의 볼기짝과 종아리를 사정없이 때렸다. 식식거리는 큰할머니 눈에서 불덩어리가 확확 뿜어나왔다. 무섭다기보다는 억울하다는 생각으로 빗자루가 종아리에 떨어질 적마다 화가 치밀어 수영은 힘을 다해 더 거세게 울어댔다.

"지금 산모가 아기를 낳고 잠을 자고 있는데 이 집안을 망치려고 이러니. 이젠 산모까지 네 어머니가 아니라고 죽이려는 심사냐고. 아기도 칭얼대다가 막 잠들었는데 그 애까지 깨워서 집안이 소란해야 되는 거냐고. 너란 아이는 이런 아이야. 나쁜 아이야. 저주받을 아이라고."

계속해서 울어대자 길게 매를 맞고 있었지만 그 누구도 그녀를 구해주지 않았다. 이렇게 맞다가 죽는 것이 아닌가 하고 발버둥치다가 까무룩 혼절한 것으로 안다.

　어른이 된 지금 수영은 그때의 공포심과 큰할머니에 대한 분노로 가슴이 마구 떨렸다. 진정할 수 없을 정도였다. 거실 바닥에 털썩 주저앉았다. 부엌아줌마도 나오지 않는 걸 보니 이렇게 발작할 때는 피하는 모양이다. 얼마를 그렇게 난리를 치다가 제풀에 지쳐서 울음소리가 잦아질 때쯤 수희는 가만히 다가가서 가슴에 수영을 안았다. 심장 박동소리가 아주 컸다. 마라톤 선수가 장거리를 뛰고 들어섰을 때처럼 쿵쿵거린다.

　"높은 계단 위에 살았던 큰할머니가 싫어. 미워. 증오해."

　"나도 알아. 넌 어렸을 때도 밥을 먹다가 큰할머니만 보면 밥도 먹지 않고 얼어버렸었지."

　더구나 수숙이 태어나면서 모든 사람들의 관심은 그리로 쏠려있었다. 온 식구들이 외동아들이었던 죽은 수호를 생각하면서 아들이 태어나기를 갈망하고 기다렸는데 딸이 태어나서 집안은 짙고 깊은 음울한 골짜기 속으로 빠져있는 판에 호기 있게 울어버린 것이 잘못일까. 그렇다고 그렇게까지 혼절할 정도로 때리는 것은 너무하지 않은가. 물에 빠져 죽은 수호만 해도 그렇지 그게 어떻게 수영의 잘못이란 말인가. 혼자 헤엄쳐 나오지 못한 그의 잘못이 아닌가. 물론 물에 빠져 허우적대던 사촌동생 수영을 건지려한 것은 당연한 것인데 그걸 가지고 큰할머니는 수영이 밥을 먹는 꼴까지 보기 싫어하고 고함을 쳐대니 분노할 수밖에 없지 아니한가.

어른이 된 지금도 수영은 아직도 큰할머니의 그늘에서 벗어나지 못하고 있는 셈이다. 다 큰 어른이 마음속 어린아이의 감정에 지배당하면서 난리를 치고 있다. 유년시절 무의식의 세계에 자리 잡은 아픔이 수십 년이 지나서도 현실과 연결되지 않은 상태라고 할까. 많은 상담을 받다가 이해할 수 없는 성격을 지닌 사람들을 놓고 고민 끝에 커뮤니티대학(Community College)에서 들은 강의로 이런 병을 이해한 적이 있었다. 이것을 수영의 정신 상태에 적용한다면 마음속에서 분노하고 무서워하는 아이가 무의식 속에 자리 잡고 있어 커서도 그 감정에 지배당하여 어른이 되어서도 이렇게 표출이 되는 것이다. 정확하게 더 파고 들어가면 집안에서 아끼고 받들었던 외아들 수호의 죽음에 대한 죄책감이 어른이 된 수영의 무의식 밑바닥에 깔려있는 셈이다.

생각이 이에 미치자 수희는 수영을 가슴에 안고 등을 덮두들겨주기 시작했다. 마치 아기를 낳을 때에 산고를 겪은 사람처럼 수영은 수희의 가슴에서 축 늘어져버렸다. 가엾다는 생각이 들었다. 아직도 과거의 줄에 묶여 벗어나지 못하고 있는 수영의 아픔이 저리도록 진하게 수희의 가슴에 파고들었다.

부엌아줌마하고 함께 축 늘어진 수영을 침대로 옮겼다. 부부생활을 접었나? 남자의 흔적이 없다.

"아저씨는 언제 들어 오셔요? 내가 이 집에 이렇게 여러 날 있어도 뵐 수가 없네."

그러자 50대 중반의 부엌아줌마는 쭈뼛거리면서 수영의 눈치를 보다가 밖에 나가 이야기하자고 손짓을 하고 입술에 검지를 세워 보인다. 얼마나 심하게 발작을 했는지 이마 위로 땀이 흥건하게 고여 앞 머리카락이 푹 젖었다. 이불을 어깨까지 올려 덮어주고 거실로 나왔다.

"설마 이혼한 상태는 아니지요?"

여자는 두려운 듯 주인여자가 있는 안방을 향해 눈을 고정시킨 채 머리를 흔들었다. 밤은 깊어가고 멀리서 컹컹 개 짖는 소리가 들린다. 그만큼 차 소리와 도시에 사는 사람들의 살아가는 소리가 잦아들어가면 모두 잠자리에 들었다는 뜻이다.

"이 집 뒷산에 아카시아가 상당히 많아요."

엉뚱하게 이 시점에서 대화가 아카시아로 가다니 의아했다. 수희는 석연찮은 눈초리로 오산댁이라고 부르는 여자를 노려보았다.

"요즘은 세상이 바뀌어서 아카시아향기도 없어요."

"왜 그렇지요. 나무는 옛날 나무인데."

"세상 사람들의 몸에서 나오는 냄새와 도시의 악취가 아카시아향기를 능가하거든요."

"그 아카시아향기하고 이 집 주인마님하고 무슨 관계가 있나요. 설마 이야기하기 싫어서 말을 돌리는 것은 아니지요."

오산댁은 세차게 머리를 흔들었다.

"세상이 변해서 이런 가정이 많다는 뜻이지요. 이상하게 보지 마세요. 아카시아향기가 없어지면서 날이 갈수록 세상에 마음 아픈 사람들이 늘어나요."

"그럼 혼자되었단 뜻인가요?"

수희는 남편이 죽어 혼자되었지만 수영은 별거나 이혼을 한 상태인가 하여 조심스럽게 다가갔다.

"지금 발작하는 걸 보셨지요. 저 정도는 약과예요. 어느 때는 집안을 쑥대밭으로 만들어요."

"그렇다면 정신과 치료를 받아야 하는 것이 아닌가요."

"정신과 의사의 소견에 따라 더러 약은 먹지만 그게 그렇게 쉽게 고쳐질 병은 아닌 걸로 압니다."

"그럼 바깥어른은?"

"호주에 3년째 가 있습니다. 이런 아내 곁을 잠시 떠나서 자신도 살아보려는 것이 아닐까 해요. 더 큰 이유는 거기에서 사업을 벌이고 있다고 하더라고요. 이따금 전화가 오고 마님이 일 년에 두어 차례 호주에 가기도 해요."

"이 집에 하나뿐인 아들은?"

"아하! 주은主恩 총각 말인가요? 오죽했으면 의사공부를 하겠어요. 어머니를 치료해보겠다는 각오가 대단하지요."

수영의 병엔 할머니의 잘못도 있다. 하지만 우리 전 세대의 부모들은 다 그런 환경에서 살다 가지 않았는가. 더구나 하나뿐인 외동아들 수희의 남동생 수호는 이 집의 대를 이을 아들이다. 그런 아들이 그렇게 허망하게 갔으니 그 분노가 모두 수영에게 돌아간 것은 어쩔 수 없는 상황이 아니었던가. 이 병을 어떻게 치료한다지. 수영은 어른이 되었지만 아직도 마음속의 아이가 살아서 지배하는 어른이 되었다. 그 근원인 할머니의 분노에서 당한 아픔을 어떻게 벗어나야 한단 말인가.

밤은 깊어가고 잠이 오질 않아서 수희는 엎치락뒤치락했다. 수향도 찾아야 하고 이를 어쩌지 하면서 어름어름 잠들려고 애를 썼다. 소음이 사라진 서울의 밤은 괴괴했다. 거미처럼 살아가는 수영의 병든 흐느적거림이 이 밤중에 더 질퍽하게 수희의 마음속으로 파고들었다.

4

장흥의 젖줄인 탐진강변은 장마철을 빼고는 늘 같은 양의 물이 흐른다. 영암군 금정면에서 발원하여 남동쪽으로 굽이치는 강줄기는 장흥 시가지를 적신 뒤에 강진을 거쳐 남해로 흘러들어가는 강으로 총길이가 55킬로미터나 된다. 탐진강 상류에 자리 잡은 보림사는 가지산 자락에 위치하며 탐진강을 따라 강변에는 부춘정, 용호정, 동백정, 창랑정, 수녕정, 흥덕정 등 많은 정자들이 세워질 정도로 풍광이 빼어난 곳이다.

수희의 아버지는 이렇게 경치가 뛰어난 탐진강 가에 낚시 드리우는 걸 무척 좋아했는데 그 정도가 지나치다 싶을 정도였다. 어머니와 결혼한 첫날밤 신혼 방을 들여다본 할머니는 기절할 정도로 놀랐다. 마땅히 있어야 할 신랑신부가 사라진 방은 썰렁하니 텅 비어있었다. 시계를 보니 새벽 2시. 머슴들을 모두 깨워 관솔뭉치에 불을 붙인 횃불을 높이 들고 고기가 잘 잡힌다는 탐진강의 윗물을 따라 올라가기 시작했다. 늘 아버지가 밤낚시를 가는 곳이다. 월향네 주막을 지나 인적이 드문 강가를 얼마나 걸었을까. 동이 훤히 터올 정도로 긴 걸음을 한 끝에 신랑과 각시가 나란히 앉아서 낚시를 드리우고 있는 지점에 이르렀다. 뺨에 아직도 선명한 연지곤지 흔적이 남아 있는 각시의 얼굴은 울었는지 앙꽹이를 그린 듯 엉망이다. 이른 봄이라 강가의 꼭두새벽은 무척 추워서 신부는 오들오들 떨고 있었다. 이런 새색시의 심정도 모르고 고기잡이에 넋이 나간 새신랑은 낚시찌만 뚫어지게 노려보고 있었다. 머슴들이 횃불을 들고 두런거리면서 강가에 이르러서야 뒤늦게 동이 튼 것을 알고 부스스 일어선 신랑은 뒤통수를 긁으면서 계면쩍은 웃음을 흘렸다. 신랑을 통제 못하고 따라나선 새색시에게까지 할머니의 호통이 떨어졌고 그 일화는 지금까지도 간간히 집안에서 자주 회자되고 있었다.

이런 아버지가 자식들을 낳고 변할 리가 없다. 장마철이 지나고 물이 빠져나가면 식구들을 데리고 낚시를 간다. 해마다 연중행사가 된 것은 동경서 공부를 하고 여름방학에야 집에 돌아온 남편으로서 또 아버지로서 식구들에게 생색을 내고 본인도 즐기기 위한 방편이었기 때문이다.

장녀인 수희는 집안에 하나뿐인 남동생 수호秀浩를 잘 지키라는 할머니의 간곡한 부탁을 받았다. 물가에 내놓는 것도 마음 졸이는 귀한 손자이기 때문이다. 아들이 귀한 집안의 금쪽 같은 자식이라고 할머니는 귀가 따갑게 늘 말했다. 나이답지 않게 장난기가 심한 수호는 딸이 많은 집안의 외동아들이라 과잉보호하는 바람에 여러 가지 사건이 많았다. 할머니의 지나친 보호막이 덮일 때마다 더 부담스러워지는 수호는 집안의 애물단지였다. 온 식구들이 낚시 가는 날은 아침부터 할머니의 심기가 편찮았다. 수호 못지않게 부잡스럽다고 믿고 있는 수영이가 따라나선다는 사실에 속이 상한 할머니의 눈결이 곱지 않았다.

장마 끝이라 흙탕물로 흐르던 강물에 햇볕이 내리쬐자 물속이 훤히 들여다보일 정도로 맑아졌다. 아버지가 늘 식구들을 데리고 고기잡이 가는 단골장소는 산모롱이를 돌아 강물이 굽이쳐 흐르는 곳이다. 강과 산이 아담하게 나란히 앉아있는 자태로 사방이 잘 어우러져 강산의 그윽한 향취가 듬뿍 고인 곳이다. 게다가 강변이 비스듬히 평평하게 기울어지면서 강 속으로 빠져 들어가서 아이들이 놀기에 적합하고 위험하지 않아 가족나들이로는 기막히게 적합한 장소였다.

살이 통통하게 오른 깨알처럼 자잘한 모래알갱이들이 훤히 들여다보이는 물속은 공기 속처럼 맑았다. 아버지는 여자아이들인 수희와 수향이, 그리고 수영이 가지고 놀 유리 고기잡이도구를 늘 준비해 왔다. 물고기를 쉽게 잡을 수 있는, 한 쪽이 트인 유리항아리였다. 먹이를 몇 알 집어넣은 맑은 유리도구 안으로 일단 들어간 물고기는 되돌아서지 않으면 절대로 나올 수 없는 그런 어항 스타일의 고기잡이도구였다.

수희는 어머니가 손수 마름해 재봉질을 해서 만든 진달래색 원피스를 입고 있었다. 그 당시는 일제 강점기라 그런 옷은 아주 귀했다. 처녀시절 학교 선생님이었던 어머니는 치마저고리보다는 수희에게 원피스를 만들어 입히는 걸 즐겨했다. 수희는 게다가 얼굴이 탄다고 챙이 넓은 모자를 썼기 때문에 고개를 한껏 뒤로 젖히지 않으면 사방을 볼 수 없을 정도로 시야가 좁았다.

어머니는 강가 마른 땅 위에 큰 돌 두 개를 세워 솥을 걸러놓고는 매운탕을 끓일 준비를 하느라고 정신이 없었다. 수향은 어머니 곁에서 불을 지피느라고 꿇어앉아 입술을 모아 호호 불어대느라고 법석을 떨다가 풀풀 피어오르는 연기로 인해 눈이 매워 쩔쩔매고 있었다. 수희는 맏딸이라 마땅히 동생들 관리를 해야 하는데도 물고기들이 고물고물 유리어항 속으로 들어갈까 말까 하면서 주위를 맴도는 통에 애가 탔고 어머니가 새로 지어 입힌 진분홍 원피스자락이 물에 젖을까 걱정이라 온통 옷에 신경을 쓰면서 챙 넓은 모자에 얼굴을 가리고 있어 주위가 어떻게 돌아가는지 전혀 몰랐다. 수희의 손 길이만한 암청갈색 가물치가 드디어 어항 속으로 쏙 들어가는 찰라 너무 좋아서 두 손을 번쩍 치켜들고 기쁨의 함성을 내질렀다. 동시에 아버지는 아버지대로 외마디 고함을, 어머니는 수숙을 임신한 만삭이라 몸을 놀리는 것이 아주 굼떴으나 항아리 깨지는 소리를 했다. 사건이 터져도 크게 터진 모양이다.

아버지의 외마디 고함에 수희는 순간적으로 할머니의 얼굴이 떠올랐고 수호가 걱정이 되어서 챙 넓은 모자를 벗어들었다. 고함치는 아버지 손끝을 따라 가보니 수영이 물에 빠져 허우적거렸고 그곳을 향해 수호가 아주 빠른 속도로 헤엄쳐가고 있었다.

아버지의 애타는 고함이 탐진강 모롱이를 잡아 흔들었다.

"안 돼. 수호야! 네 힘으로는 절대로 안 된다니까. 멈추라고. 어서 멈춰. 함께 빠져 죽으려고 그러니."

아무리 아버지가 발을 굴러가며 고함을 쳐도 수호는 수영을 향해 힘차게 헤엄쳐 나갔다. 아버지도 그들을 향해 몸을 던져 급하게 수영하기 시작했다. 어머니와 수향과 수희는 그런 그들을 향해 발을 구르며 울상이었다. 수영이 물살에 휩쓸린 곳은 이미 아버지가 집을 떠나면서 미리 수차례 주의를 주었던 곳이다. 거긴 물살이 세고 소용돌이치는 곳이다. 해마다 익사자가 많이 나오기 때문에 절대로 가까이 가지 말라고 타이른 곳에 어쩌자고 수영이 혼자서 그 먼 데까지 헤엄쳐 갔단 말인가. 매사에 청개구리식인 수영은 호기심이 발동해서 겁도 없이 그곳으로 간 모양이다. 급류에 휩쓸려서 수영은 떠올랐다가 가라앉고 다시 떠오르고 여러 번 그러면서 밑으로 흘러내려가기 시작했다. 강변에서 많이 떨어져 있는 곳이라 아버지가 헤엄쳐 가기에는 꽤 시간이 걸리는 거리였다.

"어쩌자고 저년이 저기까지 갔는지 모르겠다. 아무튼 저년은 우리 집안의 근심 덩어리이고 말썽꾸러기야."

어머니는 부른 배를 껴안고 안타까워서 발만 굴렀다,

"주님 살려주세요. 우리 수호를 살려주세요."

급류에 휩쓸려 내려가고 있는 수영은 안중에 없고 단지 수호만을 위해서 어머니는 안타까운 기도를 했다. 수호가 수영에게 가까스로 접근해서 그녀를 소용돌이에서 끄집어내고는 자신은 급류에 휩쓸려갔다. 가까이 다가간 아버지도 수호와 함께 물속으로 가라앉았다. 잠시 후에 떠오른 아버지는 수호를 찾기 위해 연신 자맥질을 했으나 수호를 찾아내지 못했는지 물살을 따라 흘러가면서 부침浮沈을 거듭했다.

근 한 달 동안 동네사람들이 다 뛰어나왔고 경철들도 동원되어 야단을 쳤으나 수호의 시신을 찾지 못했다. 할머니는 수호의 시신이 발견되지 않기를 기도하면서 수영을 향한 미움이 극도에 달했다. 수영은 할머니의 구박덩어리가 되어 밥상에 앉지도 못할 지경에 이르렀다.

"저년이 제 오라비를 잡아먹었어. 저년이 이 집안을 말아먹은 년이야. 수호가 어떤 자식이라고 저년이 그런 짓을 했어. 제까짓 계집애 백 명을 줘도 바꿔주지 않을 금쪽같은 내 새끼를 저년이 잡아먹었어."

몇 달이 지나도 수호의 시신을 찾지 못했다. 남해 바다로 흘러가버렸는지 아니면 어딘가에 살아있을 것이란 할머니의 믿음대로 살아있을지도 모를 일이다. 물에 빠져 허우적이며 흘러가다가 어느 신령한 손길에 닿아 살아난 수호는 머리를 다쳐 과거를 잊어버려 집을 찾아오지 못한다고 할머니는 입버릇처럼 되뇌었다. 할머니의 바람이었지만 그건 사실처럼 믿음이 되어버렸다. 매일 밥상에는 수호의 밥그릇과 수저가 놓였고 수호의 방은 그대로 주인을 기다리도록 항상 깨끗하고 말끔하니 정돈되어 있었다.

서너 달 멀리 외지에 나가있던 수호가 반드시 집을 찾아서 돌아올 것이라는 믿음은 할머니의 종교나 다름없었다.

5

그간 아버지의 눈치를 보면서 입을 다물고 있던 할머니의 분노가 이제는 가릴 것이 없이 일상생활에 떠올라 마구 쏟아져 나왔다. 수호가 죽고 나서 내놓고 수영을 구박하기 시작했단 뜻이다. 이 모든 것이 수영이 때문이란 원망은 수호가 죽은 물 사고 때문만 아니라 근원적인 문제를 놓고 떠들었다.

해마다 늦가을이 오면 뒷산기슭에 심은 황토 범벅 고구마를 캔다. 수레에 넘치도록 실은 고구마를 끌고 오는 머슴의 노고는 아랑곳없이 수레 뒤에 수영과 수향이 대롱대롱 매달려서 킬킬거렸다. 껍질째 먹은 날고구마로 인해 입언저리가 누렇게 황토칠 범벅이다. 둘이는 똑같이 얼굴에 땀과 콧물로 앙꽹이를 그렸다. 이마 위로 가을바람에 흩날리는 앞 머리칼이 헝클어지고 그 밑에 반짝이는 눈이 살짝 드러났다. 이런 두 아이를 향해 할머니가 회초리를 들고 쫓아왔다. 작은 시누대로 만든 회초리가 연신 수영의 종아리에 떨어졌다. 할머니의 시퍼런 서슬에 질려서 훌쩍이고 있는 수향 곁에 수영은 멍청히 그 많은 매를 다

맞으면서 꼼짝도 하지 않았다. 종아리에서 피가 줄줄 흘러도 멈추지 않는 할머니의 폭발적인 분노의 매질은 결국 어머니가 나서서 회초리를 빼앗는 것으로 종결되었다.

"우리 집안을 망칠 년이야. 수호 대신 저 년이 이 집을 나가야 편안한데 거꾸로 되었어. 어이쿠! 우리 불쌍한 수호는 어느 집 문전을 헤매고 다닐꼬. 아이쿠, 내 가슴이야."

할머니의 넋두리가 계속되었다. 할머니는 화가 치밀면 언제나 10개의 계단 꼭대기 대청마루 앞에 놓인 댓돌 위에 올라서서 전 세계를 향해 고함치듯 우레 같은 소리로 너른 마당과 온 동네를 향해 목에서 피가 터질 정도로 악을 썼다. 중문과 솟을대문에 연이은 야트막한 돌담으로 인해 할머니의 피맺힌 절규가 조금 차단되기는 하지만 온 마을 사람들에게 다 전해져서 이 집안에서 무슨 일이 일어나고 있는지 소상하게 다 알고 있었다. 할머니의 목소리는 왕방울을 단 것처럼 또 좀 큰가!

아마도 이때 받은 상처로 인해 수영이 우리 자매를 미워하는 근원이 되었고 이제 그 미움도 치료될 만큼의 세월이 흘렀지만 아직도 앙금으로 가라앉아 문제가 되고 있으니 보다 근본적인 원인은 밝히고 지나가는 것이 좋겠다.

할머니는 일찍 수희의 아버지인 아들을 하나 낳고 소박

을 맞았다. 첩을 얻어 집을 나가버린 할아버지를 원망하면서 울다가 대문을 박차고 남정네들의 사회라고 알려진 바깥사회로 뛰어나갔다. 그 당시로는 여성혁명가요, 여성해방자의 행동이었다. 수줍기만 하던 할머니는 용감하게 새로운 사회로 뛰어들었다. 일본제국주의 시대에 장흥에 여관을 열어서 손님들을 받기 시작했다. 여자가 이런 장사를 한다는 자체가 그 당시 돌연변이라 해도 좋을 사건이었다. 교통의 요로인 장흥의 차부 바로 옆에 문을 연 여관은 음식상이 푸짐하고 주인마님의 심덕이 후하다는 소문이 나서 손님들로 버글거렸고 그 당시 거물급들이 묵는 장소가 되었다.

아들이 중학교에 들어가서 광주학생사건의 소용돌이에 끼어 감옥에 갇히자 돈을 듬뿍 주고 빼내어 일본광도중학교로 조기 유학을 보냈을 정도로 남정네도 못하는 과감성을 보였다. 거기를 졸업하고 아버지는 와세다 대학을 다녔고 할머니는 아들의 학비를 충족히 희생적으로 성실하게 보내주었다. 아버지는 그 시절 기타를 매고 동경시내를 휩쓸 정도로 호탕하게 지냈다고 한다. 그 시절을 담은 사진을 보면 유행의 첨단을 달리는 청년이었다.

이렇게 잘 나가던 아버지가 결혼을 한 뒤 자식을 낳으면서 문제를 일으켰다. 갑자기 자신을 낳아준 아버지를 찾아내라는 요구 때문이었다. 당시 유치원을 다녔던 수희의 귓전에 지금도 할머니의 고함이 스친다.

"내가 살아있는 동안에 그것들을 다시 보지 않을 것이다. 내 눈에 흙이 들어가거든 네가 원하는 걸 모두 하려무나."

아버지의 침착하지만 다부진 음성이 잇따른다.

"내 아버지가 누구요? 내 핏줄의 근원을 찾아야 해요. 내가 하늘에서 뚝 떨어진 것도 아닐 터이니 내 아버지를 어머니는 알 것이 아닙니까?"

할머니의 대응도 만만치가 않았다.

"공부시켜 키워놓으니까 이 어미의 가슴에 못을 박는구나. 내가 싫다면 너도 눈을 감아줄 수 없겠니. 넌 여직 모든 일에 어미를 거슬린 적이 없었는데 이번 일은 왜 그렇게 고집을 피우고 야단이냐. 제발 이번 문제는 그냥 넘어가자꾸나."

"아버지를 찾는 것이 자식의 도리가 아닌가요?"

"아버지가 필요한 어린 시절을 묵묵히 보냈으면서 여직 가만히 있다가 훌쩍 커버린 뒤에 너에게 아버지가 무슨 소용이 있다고 이렇게 찾고 난리를 치는 게냐."

그간 조용히 할머니의 처사만을 따르던 순진하고 고분고분하던 아들이 아버지를 찾아내라고 성화를 부리기 시작하여 하루도 평안한 날이 없었다. 많은 파란을 겪은 뒤 어쩔 수 없이 할머니는 아들에게 양보하고 말았다. 대문과 중문 사이 공터에 집을 한 채 준비한 뒤에 노인당지기로 있던 할아버지를 집으로 모셔왔다. 동동리 노인들을 위하여 군불도 때주고 잔심부름을 하던 할아버지는 가난에 찌들어 나이보다 훨씬 늙어보였다. 작은 할머니는 큰할머니 앞에 서면 꽁꽁 얼어붙었다. 몸피도 작은 탓에 선불 맞은 새끼 노루처럼 고개를 숙이고 살았다. 큰집과 합치는 과정에서 작은집에 태어난 아들이 문제였다. 딸도 없이 하나뿐인 작은집의 아들과 며느리는 부모의 뜻에 반기를 들고 나대다가 그 사이에서 대이닌 갓난아기, 수영을 맡겨놓고 간도로 떠나버렸다. 자리 잡으면 부모님을 모시러오겠다는 마지막 말을 남기고 말이다.

작은 할머니와 아래채에 들어와 살게 된 손녀, 수영이 자라면서 큰집 울안 마당은 어린 수영의 눈에 너무 넓어서 하늘만큼 광활하고 우주처럼 넓어 보였다. 아침저녁으로 동네 아낙들이 물동이를 이고 줄을 서서 들어선다. 추석, 달 밝은 밤이면 곱게 차려입고 댕기를 넣어 땋은 머리를 허리까지 치렁치렁하게 늘이고는 강강술래를 할 때에 숨 가쁘게 빨라지던 템포와 허덕거림이 수영의 귓가에 고여 있다.

그 넓은 마당을 향해 할머니는 새벽마다 오장육부를 다 건드려 토해내는 고함을 치다가 나중에는 기진하여 목이 쉬었다. 막판엔 계단을 내려와서 아래 마당에 심어진 함박꽃나 오송五松을 걷어차고 매화와 뾰족한 가시투성이인 애기씨꽃을 쥐어박았다. 심지어 100년 가까이 된 감나무를 잡아 흔들기도 했다. 땀이 송송 이마 위에 맺히고 흥건히 젖어야 할머니는 제풀에 꺾여 안방에 들어와 누워 버렸다. 이럴 때마다 집안 식구들은 모두 숨을 죽이고 괴괴하다. 특히 아래채에 할아버지는 기가 죽어 움직이지도 않는다. 해서 나이 어린 수영은 친구를 찾아 어쩔 수 없이 구박을 받으면서도 안채로 들어가서 수희네 자매들과 함께 어울렸다. 이런 수영은 할머니의 눈엣가시였다. 매일 할머니의 호구였고 구박 덩어리에 화풀이 대상이었다. 그런데도 혼자 있질 않고 눈만 뜨면 아래채에서 위채인 큰집으로 올라와서 악착같이 수희 자매들 틈에 끼어들었다. 이런 수영을 어머니는 수향과 동갑내기라 쌍둥이처럼 돌보았다. 영특하고 우락부락하고 성격이 사내 녀석처럼 괄괄한 편인 수향은 늘 지청구를 듣는 반면 수영은 다소곳하고 여성스러웠기 때문에 어머니의 은근한 사랑을 받았다.

수영이 홍역을 앓을 적에 혼수상태에 빠진 적이 있었다. 어머니는 그런 수영을 살려내기 위해 고운 채를 얼굴에 대고 물을 뿌려가면서 인근에 자리 잡은 호생병원으로 데려가는 소동을 벌였다. 그때 할머니는 마땅히 천벌을 받아야 한다면서 이죽거렸고 어머니는 할머니의 눈치를 보면서 수영을 데리고 건넛방으로 가서 따뜻한 아랫목에 눕히고 빨강치마에 노랑저고리를 입히고 쓰다듬었다. 이 옷은 지난 추석에 수향이 입었던 치마저고리로 손이 모자라서 수향이만 입히고 수영은 작년 것을 그냥 입힌 것이

못내 죄스러워 그랬던 모양이다. 그날 어둑해질 저녁 즈음 수희가 들어가 보니 수영이 입었던 옷을 갈기갈기 찢고 있었다.

"그 좋은 옷을 왜 찢어?"

수희가 노랑저고리와 빨강치마를 앗으면서 꾸중을 했다. 그러자 수영이 악을 쓰면서 대들었다.

"이건 내 것이 이니고 수향이 거야. 내가 죽으려고 하니까 입힌 거야."

수영의 입가와 눈에서 살기까지 번득이는 증오의 불길을 읽을 수 있었는데 그 분노가 어른이 된 지금도 수영의 가슴에 그대로 남아 있었다.

네 자매 중에서 지극히 소극적이고 내성적이었던 수영이 반세기를 지나 만나보니 변해도 너무 많이 변해서 수희를 당황하게 했다. 하긴 전쟁 전에 고향을 떠나 평안북도로 이주할 때에 수영은 작은 할머니가 맡았다. 그때 헤어지고 지금 만났으니 역사의 격동기를 통과하는 가운데 자반뒤집기를 거듭하면서 보냈을 터인데 성격이 변할 만도 했다.

6

미국에서 다시 한국으로 나온 수희는 마음이 바빠졌다.

중국이든 한국이든 돌아다니면서 수향이를 찾아야 한다. 중국행 비행기 표를 사놓고 짬을 내어 반세기 동안 단 한 번도 다녀온 적이 없는 고향, 장흥을 찾아 나섰다. 내심 수영이 세월이 많이 흘렀건만 할머니와 수호의 죽음을 놓고 이렇게 일생을 고통 받아야 하는 것인가 하는 의구심도 있어서 다시 한 번 현장을 확인하고 싶었다. 그것 말고라도 고향 없이 부평초가 된 이민의 신세를 풀고 다시 다짐하는 시간을 가지고 싶었다.

고향으로 가는 길은 잘 뚫려서 거침없이 차가 달렸다. 아직도 수희의 뇌리에 남은 것은 높은 계단을 밟고 올라가서 그 위에 우뚝 자리 잡은 큰 기와집과 뒤란의 울창한 대나무 숲이었다. 아침 희뿌연 안개 속에 아늑하게 내려앉았던 행랑채와 작은 할머니가 살았던 집의 야트막한 지붕이 안개 속에서 부유浮游했다.

야트막한 산을 등에 지고 앞에는 탐진강이 도도하게 흘러가는 마을이었다. 수향과 바로 밑에 동생 수호가 태어난 동동리에 들어서니 옛집들은 다 사라지고 없어서 어디쯤인지 짐작만 갈 뿐 과거는 다 사라지고 없었다. 초창기 이 가정의 사랑과 정이 어린 기와집은 불타 없어지고 잔 부스러기만 남아서 땔감으로 추스르는 시골 아낙의 손길이 바빴다. 빈 터만 덩그러니 남은 울안에 앉았다. 아는 사람은 아무도 없다. 모두 가 버렸다. 새 집을 짓는다고 다듬어 놓은 재목이 빈터 위에 동그마니 쌓여있어 달걀을 번철 위에 프라이하기 위해 깨놓은 것처럼 보인다. 옛 도시는 사라지고 새 도시로 단장하느라고 장흥도 소란했다. 굴착기의 꽹음이 여기저기서 나고 땅이 들썩이면서 산의 나무들처럼 도시는 자라고 있었다.

골목길에 들어서니 유년의 후반기를 보낸 그 집이 앞을 가로 막았다. 솟을 대문도, 중문도 그대로, 행랑채와 작은 할머니가 살던 집까지 고스란히 수희의 앞에 옛 모습을 드러냈다.

탐진강은 상류에서 댐을 만들어 물을 막는 바람에 도도하게 흐르던 물줄기는 사라지고 큰 개천으로 변해버렸다. 할머니가 운영하던 여관이 있던 자리에는 토요장터라는 큰 간판을 내걸고 시장으로 변했고 여관은 개인집이 되었으며 우람하다고 생각했던 대나무는 다 죽어버리고 어린 것들이 났는지 모두 작아 보인다. 대궐처럼 크다고 믿었던 기와집도 빌딩에 눈이 익은 수희의 눈에 자그마한 집이었고 마당도 손바닥만 했다. 게다가 사각우물은 얼마나 작은지! 뒷산과 강은 그대로 있지만 마을도 사람도 거리도 다 변했다. 하긴 변한다는 것만 변하지 않고 세상이 모두 곤두박질치면서 변하는 것이 진리가 되어버렸으니 여기 와서 옛날을 찾으면서 두리번거리는 수희가 자신이 변한 걸 모르고 찾아 온 격이 되었다.

옛집의 터 밭에서 수건을 쓴 아낙이 깻잎을 따고 있었다.

"혹시 여기 살았던 사람들 어디로 갔는지 아세요?"

"누굴 찾으시오?"

순간 말을 잊었다. 어떻게 물어야 할지 아는 것이 너무 없었기 때문이다. 아낙의 사투리 억양이 정답게 들려왔다. 낯설지 않고 귀에 익었다.

"행랑채에 살던 분들인데 할머니 할아버지였지요. 왜 노인당지기를 했던 장씨 할아버지를 기억하시나요?"

"아하! 이제 생각이 나네. 아들이 빨갱이가 되어서 이곳에 내려와 큰할머니 친척들을 다 죽이고 악질적으로 굴어서 동네가 떠들썩하게 야단이 났었고 끔찍한 일이 벌어졌었지."

"그럼 노인에게 딸렸던 손녀를 기억하세요?"

손녀 이야기가 나오자 여인은 갑자기 얼굴이 굳어졌다.

"옆에 마을회관에 가서 물어보구려. 90이 넘은 노인들이 더러 있으니까요."

대화가 그렇게 진행되는 동안 아낙은 수희를 유심히 보다가 소스라치게 놀라면서 손을 더럭 잡더니 눈물이 글썽했다.

"어머! 수희 아씨가 아니요. 장씨 가문의 맏손녀 수희 아씨가 맞지요. 어메메, 세상에! 나 옥자요. 옥자. 부엌에서 잔심부름을 하면서 아씨를 돌봤던 옥자란 말이요."

수희도 옥자의 손을 와락 붙들고 흔들었다. 허리까지 머리를 땋아 내려뜨리고 콧물을 훌쩍이면서 막내 수숙을 업고 다녔던 모습이 선명하게 떠올랐다.

"아니 어떻게 여기에?"

"결혼에 실패하고 고향에 돌아와 혼자 외롭게 살고 있었는데 수영 아씨가 나를 불러 이 옛집을 지키게 했지요. 나도 여기서 옛날처럼 배불리 밥을 먹으면서 노후를 잘 보내고 있지요. 아씨는?"

"나는 미국에 살아."

"어메메, 으짜꼬! 그 먼 데까지 가서 살다니."

"도대체 어떻게 된 거지?"

"이 집의 소유는 수영 아씨의 것이라오. 윗대가 다 팔아치운 것을 10년 전에 사가지고 잘 보존하고 있어요. 옛날 모습 그대로를 복원하려고 가끔 동네 촌로들을 찾아 옛 모습을 묻기도 하면서 아주 착실하게 지키고 있지요. 나도 늘그막에 서로 의지하고 말이요."

그랬었구나. 그렇게 하고 있었구나. 문패가 눈에 들어왔다. 장수호張秀浩라는 이름이 황옥에 새겨져서 번듯하게 걸려있다. 그 밑에 장수영張秀英이란 이름이 다른 황옥 위에 나란히 새겨져 있다. 그럼 수호가 살아서 돌아왔단 말인가. 잠깐 정신이 아찔했다. 헷갈렸다.

"장수호란 명패가 붙었는데 그 애가 살아 돌아왔나?"

"무슨 소리. 그건 할머니가 늘 수호가 돌아온다고 해서 그렇게 믿고 써 붙인 것이지요. 물에 빠져 죽은 아이가 어떻게 살아서 돌아온다고 그러오."

"그럼 수영이도 수호가 돌아올 것이라 믿고 그렇게 써 붙였을까? 그냥 형식적으로 한 건가 아니면 그걸 믿고 그런 건가?"

"수영 아씨는 수호가 돌아올 걸 철석같이 믿고 있어요. 매번 전화로 오빠 방에 따뜻하게 군불을 지피고 꼭 밥상도 봐놓으라고 해서 그게 이 집을 지키는 일 중에 가장 큰 일이라오."

"그랬구나. 그랬어. 수영이가 그랬어."

수영을 건지려고 급류 속에 뛰어들었던 어리디 어린 소년의 모습이 수희 앞에 떠올랐다. 시신을 찾지 못했기 때문에 돌아올 것이라고 확신을 했던 할머니의 믿음을 할머니가 가장 미워했던 수영이 그대로 이어받아 지키고 있는 셈이다. 수희는 옥자의 안내를 받아 동생 수호의 방에 들어갔다. 옛날 그대로였다. 책상이며 어릴 때 입던 옷까지 그대로 걸려있다. 단지 변한 것이 있다면 어른 침대를 들여놨고 화려하고 고급스러운 명품으로 침대를 장식했다는 점이다. 그리고 옷장에는 살아있다면 육십대를 바라볼 수호의 몸 사이즈에 맞는 오버랑 정장 등 다양한 옷들을 사다가 걸어놓았다.

"매달 한 번씩 서울에서 여기까지 내려와서 꼭 물어보지요. 오빠 소식이 없었느냐고. 그럼 전 가만히 머리를 흔들지요. 그러면 슬픈 얼굴을 하고 오빠 방에 들어가 한참을 앉아있어요. 십 년을 두고 늘 봐온 일이지만 너무 안타까워 미치겠어요. 할머니가 너무했지. 강바닥이나 남해 먼 바다로 나가 고기밥이 되었을 수호가 살아있다고 우긴 바람에 이날 이때까지 수영 아씨가 수호를 기다리고 있으니 말이요."

수호는 반세기 가까운 세월 식구들의 머리에서 사라졌지만 오직 유일하게 수영과 함께 이 옛집에 살아있었다.

뒤란으로 갔다. 어쩜 그렇게 옛날 그대로를 살려냈는지 아악! 소리를 지를 뻔했다. 마치 타임머신을 타고 옛날로 돌아온 듯했다. 꽈리며 옥잠화, 심지어 석류나무 옆에 황매화까지 그대로 심겨 있다. 울타리를 따라 빙 둘러 심은 앵두나무를 끼고 자리 잡은 사각우물을 들여다보았다. 이제 수돗물이 들어와서 쓰지는 않지만 옛모습 그대로 그 자리에 그냥 있었다.

"이 우물은 무엇에 쓰지?"

"비가 오지 않을 때 퍼 올려서 나무에 물을 주지요."

옥자는 헛간에서 나일론 줄이 달린 두레박을 가져와서 물을 퍼 올린다. 수영이네 식구들이 살았던 아래채도 잘 정돈되어 있었다. 지붕과 벽에 페인트칠도 깨끗하게 해서 오히려 옛날 그 시절보다 더 산뜻하게 보였다.

"늘 비어 있으니 세를 주자고 해도 수호 오빠가 돌아왔을 때에 다른 사람들이 살고 있으면 놀란다고 그냥 두라고 해서 늘 청소하느라고 바쁘다고요."

옥자는 사람 좋게 생긴 그대로 걸걸 시원스럽게 웃어댄

다.

눈에 띄게 변한 것이 있다면 100년 묵었다는 감나무가 고사하고 그 자리에 단감나무를 심어서 이제 한창 알이 실한 단감을 많이 맺는 장년의 나무로 자란 것이었다. 대청마루에 앉아서 하염없이 집안 여기저기를 둘러보다가 옥자에게 물었다.

"수호가 살아서 돌아올 것이라고 자네도 믿어?"

한참을 머무적거리다가 힘 있게 그녀는 입을 열었다.

"우리 주인아씨가 그렇게 믿으니 저도 믿어야지요. 어디엔가 살아 있다가 기억을 되찾으면 옛집을 찾아올 거야요. 그 기다림으로 우리 주인마님은 이 집을 가꾸면서 소망을 가지고 살고 있으니까 나도 그래야지 매일 밥상을 보고 군불을 지피는 보람이 있지요."

대청마루 안으로는 김치냉장고도 있고 어른 키가 넘는 에어컨도 있다. 기름이 자르르 흐르는 우물 정자 모양의 마루도 흠이 없이 잘 가꾸어서 금방 방문을 열고 수호가 "누님 오셨어요." 하고 인사하면서 뛰어나올 것만 같았다.

특히 수호가 초등학교 다닐 적에 그림대회에 나가 수상한 「소풍날」이란 제목이 달린 그림을 액자에 넣어 대청마루 정면에 걸어놓았다. 여기 살았던 사람들은 다 저 세상으로 가버리고 남은 사람이라곤 여기저기 여러 나라에 흩어져서 살고 있는 4자매뿐이다.

7

그간 일어난 비화를 옥자를 통해 소상히 들을 수가 있었다.

전쟁이 나자마자 노인의 아들과 며느리는 빨갱이가 되어 돌아와서 눈에 불을 켜고 수희의 어머니와 아버지를 찾았고 이를 갈면서 할머니를 찾았다. 모두 떠난 것을 알고는 동네가 떠나가게 대성통곡을 했다. 아버지가 서둘러서 북으로 가지 않았다면 아마도 수희와 수향, 수숙이도 살아남지 못했을 것이라고 옥자가 수희에게 기어들어가는 목소리로 속삭였다. 수희 할머니와 친했던 동네 사람들까지 모두 대나무 창으로 비참하게 찔러 죽였다. 특히 할머니의 친척을 전부 찾아다니면서 다 죽여버렸는데 다행히 한 분만 서울에서 공부하다가 보성까지 와서 이 변란을 듣고 피신하여 살아남았고 그분은 지금 강진에 자리를 잡고 많은 토지로 인해 잘 살고 있다고 한다.

따지고 보면 할머니의 인생도 파란만장했다. 친정이 가난해서 할아버지가 첩을 얻고 자신을 무시했다고 믿었기 때문에 돈에 한이 서려 몸을 아끼지 않고 돈을 벌었다. 그 돈으로 친정에 술도가를 차리게 도와주었고 그 술은 여관에서도 쓰고 도매도 했다. 땅도 많이 사서 친정붙이들에게 수었는데 그게 지금은 황금 값이 되었다고 한다.

나중에 9·28수복 때 작은 할머니의 아들과 며느리는

마을 광장에서 총살을 당했고 수영은 작은할머니와 할아버지 손에서 거지처럼 고생을 하다가 전쟁이 끝날 무렵 그 노인들마저 죽어버리자 고아원으로 보내졌다.

수영이가 고아원에서 자랐다고! 그건 처음 접하는 소식이었다.

94세의 촌로에게 물어서 광주에 있는 고아원을 찾아갔다. 광주의 변두리에 있는 외딴 고아원 원장은 수영을 기억하고 있었다.

"처음에 고아원에 들어와서는 어찌나 많이 우는지 살아남을 것 같지가 않았어요. 전쟁 직후라 먹을 것도 흔하지 않았는데 조금씩 귀하게 주는 밥까지 거절해서 굶어죽을 수도 있다고 보모들이 걱정을 했답니다."

옛일을 회상하면서 이제는 은퇴하여 고아들의 할머니로 남아 살아가는 분이 소상하게 수영을 기억하고 있었다. 너무 굶어서 거의 기아상태에 빠져 허우적이던 수영은 땀을 흘려가면서 바짝 마른 입을 열어 수호를 찾았다. 목청껏 오빠를 부르다가 어느 날 갑자기 부르르 떨면서 깨어나더니 열심히 음식을 찾아먹기 시작했다. 먹으면서 수영은 그 이유를 설명했다.

"수호 오빠가 막 야단쳤어요. 밥을 먹으라고. 그리고 우리 집을 사야 한다고요. 우리 식구들이 다 모여 살 집을 내가 꼭 사야 한다고 옆에 와서 나를 안아주면서 달랬어요. 끝까지 따라다니면서 날 도울 터이니 용감하게 살라고 했어요. 오빠가 곁에서 도와준대요. 수희와 수향이, 수숙이도 모두 나를 버리고 가버렸지만 나중에 이리로 다 돌아오게 되어있다고 했어요."

그 꿈을 꾼 뒤에 수영은 완전히 딴 사람이 되었다. 초등학교를 졸업하고 중학교를 나온 뒤에 공장에 다니다가 돈을 모아 자그마한 전파상을 차렸다. 한창 텔레비전이 나올 적이라 그걸 팔기 시작하면서 돈을 벌기 시작했다. 수상기를 놓을 조각보를 밤새도록 만들어 파는데 그것도 너무 불티나듯이 팔려나가 눈코 뜰 새 없었다. 전파상을 사방에 차렸다. 돈을 갈퀴로 긁듯이 수북하게 긁어모았다.

좋은 신랑감이 나서서 결혼도 하고 사업은 번성해서 강남에 큰 집을 짓고……. 수영의 소식은 원아들에게 큰 소망이요, 자랑거리요, 또한 롤 모델이 되었다.

돈을 버는 만큼 수영은 고아원에도 자주 찾아와서 언니 역할을 잘 감당했다. 겨울이 오면 아이들의 옷도 트럭으로 사다 풀어놨고 연탄도 수천 장씩 들여놓을 정도였다고 한다.

너무 일을 많이 한 탓에 간이 나빠져서 얼굴이 까맣게 되어 황달이 생기고 죽음을 앞두게 된 것이 큰 난관이었다. 그때 원생들이 얼마나 울면서 기도를 했는지 모른다. 수영은 올 때마다 아이들을 부둥켜안고 보모들과 함께 뒹굴면서 한 몸이 되어 살려달라고 울었다. 시댁을 따라 교회에 나가면서 깊이 기도하고 성령을 체험하고 거듭나면서 병 고침을 받았는지 다시 건강해지더니 고아원엘 오지 않는다고 했다.

그 시절 수영이 원생들과 찍은 사진 속에서 활짝 웃고 있는 경쾌한 모습이 담긴 사진첩이 보관되어 있었다.

"병은 치료되어 건강해졌는데 돈독이 올라 영혼이 병든 걸로 압니다."

은퇴 원장님의 견해였다.

"여기서 생활할 때도 수호 오빠를 그리워했습니까?"

"그럼요. 일기장을 늘 검사했는데 매일 수호 오빠에게 쓰는 편지가 바로 일기였습니다. 오빠가 아버지도 되고 오빠가 어머니도 되었어요. 때로는 친구도 되고 때로는 연인이 되기도 했어요. 수호 오빠는 수영의 수호신이었지요. 늘 옆에서 지키는 천사이기도 했고요. 그 오빠가 소망이요, 힘이 되어서 성공했다고 봅니다. 또한 자기만 두고 가버린 수희, 수향, 수숙에 대한 미움은 대단했어요. 자기 혼자만 버리고 갔다고 원망하는 일기도 자주 썼어요."

온 가족의 뇌리에서 할머니와 함께 영원히 사라졌다고 생각한 수호가 아직도 수영의 곁에 살아있었다. 할머니 자리에 대신 들어앉아 수영은 아직도 수호를 기다리고 있었다. 장차 올 메시아처럼 수호는 수영의 소망의 줄이요, 믿음의 줄이었다.

8

보따리를 들고 들어서는 수숙의 얼굴은 홍분으로 인해 하늘을 나는 기분이었다. 모두가 굶어 죽어 나가는 이 시절에 이런 횡재가 어디 있단 말인가! 우선 달러를 모두 계산해 보니 5,000불이나 되었다. 주로 20불짜리가 주축을 이뤘지만 경우에 따라 소액을 쓰라고 5불, 10불짜리 잔돈을 많이 끼워준 수희언니의 사랑이 그제야 절실하게 다가왔다.

짐을 안방에 내려놓고 돈다발을 세면서 수숙은 과연 핏줄을 나눈 자매란 어떤 것인가 하는 생각을 하기 시작했다. 현장에서 전혀 감지하지 못한 묘한 심정이었다. 붙들고 껴안고 울었어야 했는데 어쩌자고 이렇게 가슴이 메말라 버려서 덤덤하게 있다가 형광등처럼 헤어진 뒤 이제야 이런 생각이 드는 것일까. 기름기로 번지르르한 사촌언니 수영의 뚱뚱한 얼굴이 떠올랐다. 눈물이 글썽해서 자신이 차고 있던 손목시계를 벗어 수숙의 손목에 채워주지 않았던가. 상당히 비싼 것인지 수희언니의 눈이 잠시 출렁하는 걸 보았는데도 수영에게 고맙다는 말을 전해주지 못한 것이 그지없이 미안하고 서운해지기 시작했다.

달러 뭉치를 두 딸 복희와 복란이가 돌아오기 전에 농 밑에 깊숙이 밀어 넣어놓고 소고기 말린 것은 찬장에 몇 겹 싸서 보관했다. 종합영양제가 10병이나 되었다. 수희가 미국에서 가져온 것으로 영어를 모르는 수숙을 위해 일일이 깨알처럼 작은 글씨로 설명한 종이 쪼가리가 테이프로 착 달라붙어 있다. 수숙의 나이에 먹을 종합영양제가 3병이나 되었고 두 딸을 위한 병에도 상세하게 설명한 종이 쪼가리가 붙어 있었다. 남편을 위한 것에는 남성용 영양제라고 쓰여 있었다. 겨울용 남자 점퍼와 여성용 코트도 다섯 벌이나 들어있다. 이곳에서는 감히 입고 나가기 어려울 만큼 색깔이 고왔고 속에 털이 달린 최고급품으로 거친 손을 넣어보니 보드라운 촉감이 살아났다. 자상한 언니라는 생각에 이르자 그제야 눈꼬리를 타고 눈물이 질금질금 흘러내렸다. 감정이 메말랐는지 현장에서 무감각하게 있던 목석 같은 마음이 왜 이제야 발동을 거는지 몰라 수숙은 머리를 가만히 흔들었다.

사범대학을 금년에 졸업하고 교사로 나가는 큰딸 복희와 내년에 대학에 입학할 작은딸 복란이가 돌아왔으나 수숙은 단동에 가서 피붙이를 만나고 왔단 말을 애써 숨겼다. 만에 하나 밖에 나가 이런 말을 했다가는 비판의 대상이 될 것이고, 더구나 미국시민권자인 친언니와 한국인인 사촌언니를 만나서 달러와 옷가지 등 물건을 받아온 사실이 알려지면 비판의 대상이 될 수 있기 때문이다. 영양제나 코트 그리고 소고기 말린 것들까지 모두가 걱정거리였다.

저녁 늦게 들어온 남편 한영기의 눈가에 피곤이 덕지덕

지 매달려 있었다. 무엇이 두려운지 현관문 밖 어둠 속을 연신 둘러보고는 문을 닫았다.

"왜 무슨 일이 있소?"

"쉬! 미행당하고 있어."

"무엇 때문에요?"

"내가 친한 동료들이 모인 곳에서 그들을 믿고 한 말이 상부에 보고된 것이 아닌가 싶어. 오늘 정치부에 불려가서 사상검토를 받았거든."

출장을 간다고 일주일간 나갔다 들어온 사람의 꼴이 말이 아니다. 남편이 하는 일은 주로 중국 상대지만 외국과 무역업을 하는 일이었다. 북한의 원료들을 수출하고 생산제품을 수입하는 일이었다. 때로는 북한 전역을 돌면서 남아있는 고려청자나 이조백자 등 값나가는 골동품을 모아다가 수출하는 일도 했다. 인민들이 양식이 모자라 굶어 죽어 나자빠지는 기근을 앞에 놓고 지도자 동지를 위해 어떻게 해서든지 자금이 될 것은 다 긁어다가 내다팔아서 돈을 들여와야 하는 수출입업자 자리였다.

수숙의 남편이 처한 자리가 문제였다. 1980년대 후반부터 북한으로 밀려들어오는 쓰레기더미를 관찰하면서 한영기는 점점 북한 체제에 대한 의구심을 갖기 시작했다. 항구로 밀려오는 전 세계의 고철이나 생필품 쓰레기가 산더미처럼 쌓여있었다. 이 쓰레기를 돈을 받고 들여와서 그 중에서 골라 쓸 것은 쓰고 나머지는 쓰레기하치장으로 내주는 일이었다. 산업폐기물을 들여와서 돈을 버는 관계로 산업폐기물 오염은 심각한 단계로 가고 있었다. 문제는 남한에서 온 고철더미를 뒤져 북한의 주민들이 생계를 삼을 정도로 성장한 남한의 경제력에 대한 찬사를 금할 수 없다는 점에 있다. 수숙의 남편 한영기가 처한 이런 상황은 북한의 일반 서민층은 도저히 짐작할 수 없는 고위층의 위치로 특권층에 들어있었다. 평양의 특권층이란 먹는 걸 해결할 수 있는 특혜를 받는다. 즉 굶어 죽지 않는다는 뜻이다. 남한의 고철더미에서 보듯 쓸 만한 것을 버릴 수 있는 정도의 풍요로움은 절대 아니다. 상대적 빈곤에서 잘 산다는 뜻이지 여기 형편은 겨우 입에 풀칠하는 정도였다. 그러나 그것도 1996년도에 들어서면서 평양의 배급도 완전히 끊겨져서 점점 배가 고파 몸부림치게 될 지경에 이르렀다.

중국 상인이나 외국인들을 대하면서 수숙의 남편도 차츰 북조선 체재에 대하여 비판적인 눈을 뜨게 될 즈음 절친한 사람들끼리 모이면 김정일을 비방하는 일이 자주 있었다. 같은 직종에서 일하면서 몇 십 년간 친근하여 허물없이 나누는 대화중에 한영기는 이런 말을 했다. 그간 여러 사람들이 터놓고 소곤소곤 나누던 내용으로 무심코 내뱉은 말이다.

"우리 솔직히 고백해보자. 김일성 장군시절에는 이렇게 굶주리지는 않았다. 1994년 김일성 주석이 서거한 뒤에 문제가 커지고 있지 아니하냐. 그분은 그래도 배급을 꼬박꼬박 주었는데 지금은 인민들이 너무 불쌍하다. 모두 굶어 죽어 나자빠지고 있다. 우리도 지금 배급을 받지 못하고 있다. 농촌으로 들어가면 길거리에 아이들과 노인들이 굶어 죽은 시체가 늘비하다고 하더라."

북한의 지식인들 사이에서는 아들 김정일이 아버지 김일성을 죽였다는 사실을 이심전심으로 알고 있고 친한 사이에서는 공공연하게 회자되고 있었다. 김일성이 미국의 대통령 지미 카터와 회담을 하고 남한의 김영삼 대통령과 회담을 계획하는 등 개혁개방의 길로 나가려하자 그렇게 하면 정권을 넘겨받을 수 없을 거라는 판단을 내린 김정일이 아버지를 죽였다는 사실을 귓속말로 살금살금 몰래 몰래 숨어서 말하고 있었다.

그것을 가장 정확하게 알 수 있는 객관적인 증거는 김일성이 심장마비를 일으킨 시각에 평양 최고의 의료진 3명이 헬리콥터를 타고 김일성이 머물고 있던 휴양소로 출발했는데 악천후로 착륙이 불가능하여 돌아왔다는 사실이다. 북한의 지식인들은 바로 이 점에서 머리를 흔들었다. 북한의 최고 권력자 김일성 수령이 죽게 되었는데 감히 어떻게 악천후라고 헬리콥터를 되돌릴 수 있단 말인가. 자기들이 죽더라고 착륙을 시도하는 것이 상식인데 말이다. 그 상황에서 누가 헬리콥터의 착륙을 거부했겠는가? 이런 명령을 내릴 수 있는 사람은 오직 한 사람 김정일밖에 없다는 주장이다.

"아버지를 죽인 김정일은 아버지만큼 실력도 없고 자신 감도 없기 때문에 중국처럼 개혁개방의 길로 나가지 못하고 있는 것이 아니겠어. 나라가 점점 더 엉망이 아니냐. 인민을 사랑한다는 일이 이래서야 되겠는가."

묵묵히 옆에 앉아 듣고 있던 동료 김한묵은 그저 긍정도 부정도 않고 가만히 듣고 있다가 뒤에 가서 사상비판시간에 수숙의 남편을 밀고한 것이 틀림 없었다. 고위층에 있기 때문에 이런 낌새를 미리 알고 우선 집으로 들어온 남편은 아내 수숙 앞에 담담한 심정으로 이런 내막을 털어놓았다.

"여보! 내가 아무래도 위험해."

수숙은 소스라치게 놀라서 빳빳하게 몸을 세웠다.

"나하고 친한 김한문이가 나를 밀고한 게 틀림없어. 아마 살아남기 힘들 거야. 강력한 사상검토와 조회사업에 들어갈 것 같아. 그러면 출당, 철직(파면), 생활제대를 시킬 건 뻔하고 당신이나 우리 두 딸도 안전하지는 못할 거야. 난 잡혀가면 아마도 국가안전보위부 산하의 완전통제 구역인 정치범수용소로 끌려갈 것이 확실해. 그러니 마음을 단단히 먹으라고. 우리 가족 모두가 수용소로 끌려갈 운명에 지금 놓여있어. 거긴 죽어서나 나올 수 있는 곳이야. 아직 거기서 살아나온 사람이 단 한 사람도 없다는 소문이 있지. 그러니 이를 어쩌지. 이제 우리 모두 죽게 되었어."

그러자 수숙이 농 밑에 감추었던 5천 달러의 돈을 내놓았다. 그건 단동까지 가서 수희와 수영언니에게서 받아온 돈이었다. 남편의 목숨과 가족을 구하는 일이라면 이런 것을 전부 내줘도 아깝지 않았다.

"당신이 출장을 간 사이 통행증을 끊어 단동에 가서 언니와 시촌언니를 만나고 왔어요. 언니는 미국시민권자이고 사촌은 남한에 살아요."

그러자 남편의 눈이 커졌다.

"당신 나하고 의논 한 마디 없이 어떻게 그런 사람들을 만나고 왔어. 이거 큰일났군. 내 사건이 아니라도 이건 공개처형감이야. 더구나 미국시민권자인 친언니를 만났다는 것이 알려지면 우리 식구 모두 정치범수용소로 끌려가게 되어 있어. 더구나 달러를 받아왔고 사촌인 남한 사람을 만났다니 이거 큰일을 저지른 거야."

"이 돈을 고위층에 바치면 해결할 수 없을까요? 5천불이면 모두가 양식이 없어 굶어 죽어가는 판에 국가에 큰 도움이 될 것입니다. 여기 10병이나 되는 영양제도 있고 소고기 말린 것도 있어요. 또 이런 고급 옷도 있어요. 전부 가져다주면 우리 가족이 안전할 것이 아니요. 돈으로 해결하는 것이 이 사회의 풍조가 아니던가요."

수숙은 수희와 수영언니가 준 모든 물건과 돈을 남편 앞에 수북이 쌓아놓았다. 한 손으로 턱을 바치고 한 손으로는 허리를 고이고 묵묵히 서서 바깥을 내다보고 있던 한영기는 아무 말 없이 아내가 내놓은 물건과 돈을 짊어지고 나갔다.

그렇게 나간 남편은 돌아오지 않았다. 사흘이 지나고 일주일이 가도 아무 연락이 없었다. 그가 나가면서 던진 말이 내내 수숙의 귓가에서 메아리쳤다.

"이걸로 해결될지 모르겠지만 당신도 아이들 데리고 내 소식 기다리지 말고 가능하면 빠른 시일 내에 북한을 떠나도록 하시오. 탈북만이 우리가 사는 길이요."

북한의 국가안전보위부 산하의 정치범수용소는 현대에 실존하는 노예시장이요, 인권의 사각지대이다. 북한의 정치범수용소는 북한의 최근 60년간의 정치적, 사상적 모순이 농축돼있는 곳이기도 하다. 초창기에는 자본가, 지주, 기독교인, 남한출신과 그 가족, 반당종파 분자들이 갇혔던 곳이었다. 엄밀히 말하자면 사회주의, 공산주의 계급독재정책의 희생자들이 시대를 잘못 만나 억울하게 죽어나가는 곳이다. 지금도 김일성, 김정일의 독재정치에 방해가 될 수 있다고 판단될 경우, 어느 날 갑자기 가족들까지 끌려가서 살아나온 사람이 단 한 사람도 없다는 곳이다. 세계역사에 가장 극악했던 유태인 600만 명 대학살은 노역은 시키지 않고 가스실에 넣어 죽였으나 정치범수용소는 최소한의 식량과 강제노역을 통해 사람을 서서히 말려 죽이는 곳이다. 자식들까지 다 수용소로 가는 것은 반동의 씨를 깡그리 말리기 위해서였다. 사촌은 물론 일가친척 3대까지 죽이는 정책이었다.

남편이 집을 나간 지 열흘이 되던 날, 한밤중에 갑자기 트럭을 탄 국가안전원 일곱 명이 우르르 문을 박차고 들어왔다.

"모두 이쪽 방안에 모여 있어."

그래도 처녀들이라고 복희와 복란이는 재빠르게 잠옷을 평상복으로 갈아입었으나 수숙은 잠옷을 입은 채로 덜덜 떨면서 저들을 멍청하게 바라볼 뿐이었다.

"이 간나 새끼들이 아직도 자본주의 사상에 물들어서 세상 돌아가는 걸 모르는군. 미국언니를 만나 돈을 그렇게 많이 받으면서 이쪽 정보로 무엇을 주었어."

수숙은 그저 벌벌 떨기만 했다. 턱이 어찌나 떨리는지 이빨이 딱딱 부닥치는 소리에 귀가 멍멍했다.

"위대한 우리의 지도자 김정일 동지에게 충성할 자리에서 남편이란 작자는 동지를 욕하고 비하하고 아내라는 여자는 우리의 영원한 적인 미제국주의자가 된 언니라는 여자를 만나서 나라를 팔려고 그랬어. 더구나 남조선 사람을 접선해서 국가의 정보를 주었지?"

"그게 아니고 저도 기억 못하는 어렸을 적에 헤어진 언니가 미국에 시집가서 절 만나러 온 걸 모르고 그냥 어쩌다 만나서 미국 물건을 주는 바람에 그만……."

말을 마치기도 전에 구둣발이 수숙의 가슴팍을 걷어찼

다.

"그것들을 만나서 네 남편이 했던 것처럼 우리 지도자 동지를 욕했지? 아직도 자본주의 정신 찌꺼기가 남아있으니 위대한 지도자 김정일 동지의 혁명정신을 완수하지 못하는 거 아냐. 당을 배반하고 수령님을 배반한 악질적인 종파분자들아."

수숙과 복희, 복란이가 지켜보는 가운데 저들은 구둣발로 들어와서 돈이 될 만할 것은 모두 자신들의 주머니에 찔러 넣었다. 탁상시계는 물론이고 수영이 손수 수숙의 손목에 채워주었던 고급손목시계를 제일 먼저 발견한 보위원이 자신의 주머니에 깊이 넣었다. 대충 값나가는 물건들을 전부 한쪽으로 모아놓고 나머지 하잘 것 없는 것들 중에서 이불이랑 취사도구를 꾸리라고 했다. 저들이 다 골라갖고 남은 물건들 중에서 주섬주섬 몇 가지를 싸가지고 세 식구는 트럭 뒤 칸에 올라탔고 거기엔 이미 다른 가족들도 있었다. 트럭은 북쪽을 향해 달리기 시작했다. 정들었던 평양의 시가지가 차츰 눈앞에서 사라져갔다. 평양에서 살게 된 것을 얼마나 자랑으로 여겼던가! 고층빌딩들과 아름다운 대동강이 눈앞에서 아스라하게 어른거렸다.

털털거리는 트럭으로 이틀 밤낮을 달린 끝에 22호 수용소로 들어갔다. 함경북도 회령군에 있는 수용소는 산악지대에 자리를 잡고 있었다. 경비대 정문초소에 이르러 간단한 조사를 받은 뒤에 차단초소를 통과했다. 관리소 본부와 보위원 가족마을을 지나 산속으로 10여리 들어가 니 정치범 마을이 나타나고 그 한가운데 자리 잡은 경비대 본부 앞에 차가 멈췄다. 그 옆 운동장에서는 경비대의 격술훈련을 앞에 놓고 경비대원들을 소대장이 한창 교육시키고 있었다.

"22호 수용소는 당을 배반하고 수령님을 배반한 악질적인 종파분자들과 그 자녀들이 있는 신랄한 계급투쟁의 현장이다. 관리소 내의 정치범들은 악질적인 반동분자의 자녀들이기 때문에 동무들의 신변과 안전에 각별히 주의하라."

이건 1970년대 초에 있었던 함경북도 온성군 창평 12호 관리소 폭동사건을 상기하는 말이다. 탄광에서 일하던 정치범들이 곡괭이, 지렛대, 도끼, 낫, 망치 등을 들고 보위병과 경비대군관 가족마을을 덮쳐 그들 가족들을 거의 몰살한 사건이다. 뒤늦게 달려온 경비대는 고사기관총과 자동소총으로 탄광 정치범 5,000여 명을 모두 무자비하게 쏴 죽여버렸다. 그 일 이후 정치범들 중에 정보원 활용을 강화하여 사소한 정보도 전부 관찰할 수 있도록 했고 격술훈련 등을 통해 정치범들을 무자비하게 조이고 있었다.

수숙과 두 발을 인계하려고 보위원이 사무실 안으로 들어간 사이 트럭 뒤 칸에 앉아서 격술훈련을 받고 있는 현장에 눈길을 돌렸다. 십여 명의 정치범들이 무릎을 꿇고 머리를 푹 숙인 채 일렬로 꿇어앉아 있고 그 앞에 50대로 보이는 남자가 포승 끈으로 발목과 어깨가 기둥에 묶여서 있었다. 눈도 가린 상태였다.

소대장의 교육이 계속되었다.

"여러분들은 우리 인민의 철천지원수이며 짐승 같은 저 이주자(정치범) 새끼들을 단 한 방에 때려눕혀야 한다. 만약 저 새끼들을 사람으로 본다든가 해서 주먹이 떨리면 그때는 너희들의 사상성에 문제가 있는 것이다."

훈련을 받고 있는 경비대는 20명도 넘는 숫자였다.

"상등병, 이만호, 전투 준비!"

그간 훈련받은 360도 돌려차기와 45도 옆차기로 상등병은 묶여있는 정치범을 단번에 쓰러뜨렸다. 턱을 정통으로 맞은 정치범은 억! 소리를 지르면서 땅바닥에 모로 쓰러졌다. 입과 코에서 피거품이 일었다.

"잘 했어. 이렇게 단방에 쓰러뜨려야 된다."

그 다음에 꿇어앉아 있던 정치범 차례가 왔다. 비굴할 정도로 그는 군관들 앞에서 죽어가는 목소리로 빌었다.

"선생님들, 잘못했습니다. 제발 살려주세요."

그러자 소대장은 큰소리로 한바탕 연설을 했다.

"이 종파새끼야! 너희들 때문에 우리가 이 고생이다. 너희들은 우리 피땀을 빨아먹던 계급적 원수들이고 국가 반역자들이다. 짐승만도 못한 것들이다. 자! 준비!"

명령이 떨어지자 역시 발목과 팔이 묶인 그 정치범은 관자놀이를 얻어맞고 죽은 듯이 땅바닥에 나가떨어졌다. 그 광경을 차마 다 보지 못하고 수숙과 두 딸은 부들부들 떨면서 머리를 숙였다. 여기는 인간이 사는 곳이 아니다. 짐승 취급을 받는 사람들이 살고 있는 곳이구나 하는 생각에 전율했다.

수속을 마친 수숙의 가족은 정치범 가족마을로 이동했다. 진흙과 볏짚으로 만든 블로크로 지은 일자형 집은 마치 하모니카처럼 입을 뻐금뻐금 벌리고 있다. 비가 오거나 물기가 차면 흙벽돌이라 한쪽으로 기우는 막기 위해 것을 통나무가 뒤에서 버텨주고 있는 삐딱한 집들이 늘어서 있었다. 꼭 소외양간이나 돼지우리처럼 보였다. 트럭에서 이불 짐과 간단한 식사도구를 내려서 하모니카 구멍 하나를 배치 받았다. 방 한 칸에 부엌 한 칸이 전부였다. 수숙과 두 딸은 방안으로 들어가 털썩 주저앉았다. 돼지우리에 들어온 기분이었다. 앞으로 어떻게 살 것이냐! 세 식구는 그저 멍청하게 넋을 놓고 천장만 올려다보았다.

9

한편 청담동 수영의 집은 수영의 고함으로 천둥이 치는 듯했다. 외과 레지던트를 마치고 전문의를 딴 외아들 주은주恩은 뜬금없이 지구의 절망을 치료하는 국경 없는 의사회의 자원봉사자가 되어 일 년간 남아프리카의 소말리아로 간다며 여행용 트렁크를 들고 어머니에게 인사를 하고 현관문을 나서는 중이었다. 국경 없는 의사회(MSF)는 응급 구호의 카우보이로 알려져 있는 단체로 이들은 비행기나 랜드 크루저, 카누를 타든지 아니면 맨발로 지구상의 가장 위험한 외딴 지역에 들어가 신속하고 효율적인 의료지원을 하는 단체로 소극적인 유엔이나 적십자사의 지나친 중립성에 실망한 사람들의 관심을 끌고 있다.

"너는 하나밖에 없는 내 아들이다. 너 죽으면 난 이 세상에서 살 수가 없다. 내가 널 얼마나 사랑하는 줄 알면서 나를 이렇게 배신하는 거냐."

"저는 죽으러 가는 것이 아닙니다. 의사가 되었으니 의사가 가장 필요한 곳으로 가서 일 년간 봉사하고 오겠다는 것입니다. 거기 간다고 다 죽는 것이 아니니 걱정 마세요."

"언제 이런 결정을 하게 되었니?"

"사실 내 민족의 반쪽이 굶어 죽어가고 있는 북한으로 가려고 했는데 우리 사회가 그걸 허락하지 않으니 어쩝니까. 어머니의 사촌도 북한에서 고생한다고 하셨잖아요. 이렇게 배불리 먹고 편하게 있는 것이 죄스럽다는 생각에 내린 결정이니 받아주세요."

"내 사촌동생, 수숙을 말하는 거냐? 그 나쁜 것들이 우리 가족을 또 괴롭히고 있네. 그 사람들을 잊어버려. 우리하고 관계없는 사람들이야. 아이쿠! 내 가슴이야. 널 보내놓고 걱정이 되어서 내가 어떻게 살아야 한단 말이냐."

어머니 수영의 통곡을 차마 접지 못하고 주은은 어머니 곁에 앉았다. 일 년간 미국에 가서 레지던트 과정을 닦던 중 접했던 세계 기아 문제가 그의 마음 한구석을 늘 차지하고 있었다. 그때 읽었던 자료들과 국경 없는 의사회에 참가하여 지구의 절망을 치료했던 사람들의 간증이 이렇게 일 년간이라도 자원봉사자로 현장에 가고 싶은 마음을 부추겼다.

1995년부터 북한에서 200만 명 이상이 굶어 죽었다고 한다. 대부분이 아이들이었단다. 프랑스의 철학자 레지 드브레는 기아로 죽은 아이들을 '나면서부터 십자가에 못 박힌 아이들'이라고 표현했다는데 200만 명이나 되는 같은 피를 나눈 내 민족이 십자가에 못 박힌 사람들이라니! 북한은 그간 잘 되었던 논농사나 밭농사, 목축 등이 농지와 생산품의 강제집단화 정책으로 완전히 몰락해버렸고 더구나 1995년 몰아닥친 홍수로 인해 대부분의 논과 관계시설이 파괴되었다. 북한 정부는 농업정책을 바로 잡거나 재해복구에 힘을 쏟지 않고 전시망상에 사로잡힌 체 인민군의 과잉무장과 핵무기 개발 프로그램에 매년 엄청난 예산을 들이붓고 있다. 북한에 대한 국제원조가 매달 배급되지만 의약품이나 비타민류, 단백질 보조식품 등의 상당 부분을 군부와 비밀경찰이 가로채고 있는 형편이라 고아원이나 지방의 아이들이 속속 죽어나가고 있다고한다. 이런 구호물자로 인해 지배층은 호화롭게 살고 있다는 소문이 뉴욕이나 제네바에서 열리는 국제기구 관련 회의 참가자들 사이에서는 파다하게 공공연히 퍼져있는 소문이다.

가지 못하도록 말리면서 몸부림치는 어머니 수영의 손을 잡고 주은은 눈물을 글썽거렸다. 그것을 본 수영은 아들을 다잡아보려고 더욱 슬픈 얼굴을 하고 울어댔다.

"가지 마라. 우리 모자 재미있게 살아보자. 그렇게 가난한 지역에 가 보고 싶다면 나하고 아프리카 여행을 해보자꾸나. 소말리아와 에티오피아에도 가 볼 수 있다. 가난한 나라, 인도에 가도 된다. 그게 싫으면 르완다나 방글라데시 등 어디고 여행사를 통해 구경하고 오자꾸나. 내가 돈을 듬뿍 댈 터이니 넌 걱정하지 마라."

수영은 아주 결사적이다.

"어머니, 저는 그런 관광을 원하는 것이 아닙니다. 소말리아 같은 곳에는 아이들이 굶어서 영양실조로 시각장애나 곱사병에 걸리거나 뇌기능 장애로 일생을 힘겹게 살아야 할 운명에 처해 있습니다. 아시아와 아프리카, 라틴아메리카 지역의 맹인 수가 5,000만 명이 된대요. 시력손상의 90퍼센트는 비타민A를 복용하면 간단하게 해결될 그런 실정이랍니다. 아시아에는 5억 5,000만 명이 심각한 영양실조 상태에 있고 사하라사막 이남 아프리카에서는 1억 7,000만 명이 굶주림에 시달리고 있답니다."

그러자 울어대던 수영이 아들의 두 손을 잡고 애걸했다.

"아시아에서 굶는 사람이 5억 5,000만 명이라고?"

"믿을 수 없지요? 그러나 사실입니다."

"그걸 너 혼자 해결할 수 있다고 생각하니?"

"아니요. 그러나 꿈꾸는 상태에서 모호한 이상이나 현실과 동떨어진 인간애를 가지고 일생 의사로 지내는 것보다 현장을 직접 체험하여 바른 인생관을 지니고 싶습니다. 사실을 말하자면 전쟁보다 더 많은 목숨을 앗아가는 기아에 대해 가르치는 학교가 이 세상에는 한 군데도 없으니 직접 가 봐야지요."

"도대체 어떤 놈이 너를 꾀어서 이런 이상한 짓을 하도록 했는지 내가 그 자식을 만나면 가만 놔두지 않을 테다."

주은은 어머니를 끌어안고 등을 토닥이면서 가만가만 부드러운 어조로 말했다.

"저는 부유한 사람들의 감기나 자질구레한 병시중을 들려고 의사가 된 것이 아닙니다. 진짜 저를 필요로 하는 사람들을 만나서 도움을 주고 싶습니다."

"너는 이 어미를 위해 의사가 되고 싶다고 하지 않았더냐. 그 꿈은 어디에 버리고 너 혼자 처리할 수도 없는 세계기아문제를 끌어안고 논하는 거냐? 그건 다 부자나라들이 할 말이다. 너 혼자 할 일이 아니란 말이다. 국제적 십자도 있고 유엔도 있는데 왜 네가 나서는 거냐?"

"미국에서 일 년간 레지던트 훈련을 받으면서 저는 세계를 향해 눈을 떴어요. 세계의 기아의 원인이 자연재해, 정치부패, 시장가격 조작과 전쟁에 있어요. 미국이나 프랑스에서 생산되는 농산물로 현재 이 지구의 인구인 60억 인구가 먹을 수 있을 뿐만 아니라 그 배가 되는 120억 인구도 먹일 수 있는 양이에요. 우리는 이렇게 먹고 살지만 세상의 많은 나라들이 굶주리고 있어요. 특히 북한처럼 정치범수용소에서 배고픔을 무기로 삼아 폭력적으로 다스리는 경우도 있답니다. 그리고 제가 들은 어느 의사의 간증은 저를 며칠 울게 했어요."

아들이 며칠 울었다고 하니 수영은 아들의 품에서 벗어나서 아들과 눈을 마주보고 앉았다.

"소말리아 같이 기아가 심한 곳에서는 부모가 아이를 안고 구호캠프에 와도 영양실조가 심하여 이미 뇌가 상하여 죽어가는 아이라고 간호사들이 거절한대요. 갓난아기를 안고 몇 백 리를 걸어온 아기 엄마에게 이미 늦었다고 머리를 흔드는 간호사도 마음이 찢어질 것이고 그 말을 듣고 쓸쓸히 돌아가는 어미의 가슴은 얼마나 아프겠어요. 그 선별작업을 하는 간호사도 정말 힘이 들 거예요. 손목에 비닐 이름표를 받아야 치료를 받고 음식이 배급되는 기로에 선 절체절명의 순간을 맞는 부모의 마음을 한 번

헤아려 보세요. 이렇게 죽어가는 아이들은 가장 약한 사람들입니다. 우리는 너무 먹어서 다이어트를 한다고 야단인데 하루에 달걀 하나도 먹지 못해 죽어가는 사람들을 어떻게 생각하세요. 필리핀의 수도 마닐라 근교에서는 부자들이 버리는 쓰레기를 뒤져서 먹고 살기 위해 천막촌이 형성되어 있고 그런 음식을 먹고 병에 걸려 죽어가는 사람들이 널려 있대요."

차츰 아들의 말에 끌려들어가던 수영은 그래도 미덥지가 않아서 아들에게 고함쳤다.

"모두 그걸 모른 체하는데 왜 너만 거기에 관심이 있느냔 말이다. 세상의 많은 지도자들도 다 모른 체한단 말이다."

"기아 사실을 금기시하는 것이지요. 사람들이 기아의 실태를 아는 것을 속으로 싫어한다는 말입니다. 해서 침묵의 외투를 걸쳐 입고 못 본 척하고 있어요. 바로 우리의 측근인 북한이 기아로 굶어 죽어가도 우리는 그런 사람을 돕는 것은 적십자나 세계 기아대책본부에서 하는 일이라고 외면하기도 하고 발 벗고 나서서 도와주면 전부 높은 것들이 먹어치우고 진짜 굶는 사람들에게 구호물자가 배당되지 않으니 북한의 힘만 길러주는 거라고 반대하는 사람도 있고 심지어 남북통일을 원치 않는 사람들도 늘고 있는 현실입니다. 하지만 우리나라는 반드시 통일이 됩니다. 꼭 반드시 됩니다."

주은이 열에 들떠 붉게 물든 얼굴로 말을 계속했다.

"북한에서 1990년도 이후에 태어난 아이들이 영양실조로 인해 서서히 죽음을 맞거나 평생 시각장애나 곱사병과 뇌기능 장애 같은 중증 장애에 시달리면서 살아가고 있어요. 먼 훗날이나 가까운 장래에 통일이 되어 이들이 우리와 합쳐진다면 얼마나 큰 사회문제가 될까요? 장차 우리와 후손들이 겪게 될 가장 큰 문제를 한 번 생각해 보세요."

"마치 네가 슈바이처나 된 것처럼 말하고 있구나. 나는 내 자식이 편안하게 잘 살기를 바랄 뿐이다. 그래서 안 된다는 것이다. 다른 사람들이 가만히 있는데 어쩌자고 너만 이 야단이냐. 가지 마라. 가지 말라고. 우리나라에도 굶주리는 사람들이 많단다. 여기서 그들을 위해서 일하자."

주은은 이런 수영을 뒤로한 체 여행 가방을 들고 천천히 일어섰다. 수영은 말릴 것처럼 아들의 손을 잡았다가 스르르 놓고는 털썩 주저앉아버린다.

사실 주은은 미국의 병원에서 북한의 기아문제를 다룬 다큐멘터리를 보고 충격을 받았다. 더구나 탈북자들이 메콩강을 건너면서 악어에게 잡아먹히는 장면을 보면서 통곡했었다. 미국에서 생산한 곡물 잠재량만으로도 전 세계의 사람들이 먹고 살 수 있다고 한다. 프랑스의 곡물생산량으로 유럽 전체가 먹고 살 수 있는 전 세계의 식량과잉의 시대에 살고 있으면서 기아로 인해 수많은 어린이 무덤이 생겨난다는 사실을 과연 어떻게 제정신으로 받아들일 수 있단 말인가.

비행기에 올라 주은은 서아프리카 사하라 남단에 위치한 작은 국가인 부르키나파소의 젊은 장교였던 용기 있는 개혁자 토마스 상카라 대통령을 떠올렸다. 부르키나파소라는 나라는 인구 약 1,000만 명으로 극도로 가난한 사람들이 사는 나라였다. 상카라가 34세에 대통령이 되어 일으킨 개혁은 괄목할 만하다. 이 작은 나라에 공무원 수가 3만 8,000명이나 되었다. 대개는 아무 일도 하지 않고 지연, 혈연으로 똘똘 뭉친 사람들이라 손을 댈 수가 없었고 대안적인 일자리도 없었다. 상카라 대통령은 근본적인 해결책으로 자주관리정책을 채택하여 국내에 30개 행정구를 자치제로 전환하였다. 탈 중앙집권화는 국민들에게 커다란 매력을 제공했고 엄청난 힘을 활성화했다. 그 다음 국가 차원의 대규모 프로젝트로 수도인 와가두구에서 부르키나파소의 가장 북부에 있는 반사막 지역인 탐바오까지 철도를 놓기로 했다. 이건 길이가 450킬로미터나 되는 철도로 1,000리가 넘는 길을 닦는 큰 작업이었다. 국민들이 적극적으로 참여하는 자발적 참여도를 나타냈다.

상카라 대통령이 이룩한 세 번째 개혁은 인두세를 폐지

한 것이었다. 부르키나파소의 모든 국민은 해마다 현지 관청에 1,000프랑의 인두세를 내야 했다. 직장을 가진 도시인들은 그런 세금을 물 능력이 있었으나 농촌사람들이나 빈민들은 그럴 능력이 없었다. 그래서 징세담당자들은 소나 양 심지어 비축해둔 곡식까지 강제로 가져갔고 미납분의 대가로 젊은 여자들을 데려가기도 했다. 그럴 능력도 없는 농민들은 마을 우두머리의 땅에서 강제노동을 해야 했다. 인두세 폐지는 국민들의 상당한 환호를 얻는 개혁이었다.

그다음에 취한 개혁은 개간 가능한 토지의 국유화였다. 그 전에는 마을의 운영책임자들이 마음대로 땅을 할당해주고 그 땅에서 무엇을 경작해야 할지와 농사 일정을 결정하고 파종과 추수의식까지 주관하고 돈이나 수확물을 강제노동이라는 형태로 징수했다. 그러나 토마스 상카라 대통령이 집권한 뒤에는 토지는 각 가정의 수요에 따라 재분배하였고 어떠한 강제적 징수도 없이 농민들은 안심하고 농사에 전념할 수 있도록 하였다.

결과는 놀라웠다. 상카라 대통령이 집권한 지 4년이 되자 농업생산량이 크게 늘었고 국가지출은 줄어들었다. 상카라 대통령이 도로나 상수도 건설, 농업교육의 보급, 지역의 수공업촉진사업에 우선적으로 투자를 하면서 부르키나파소는 4년 만에 식량을 자급자족할 수 있었고 다민족의 복잡한 사회구성이지만 민주적이고 정의로워졌다.

그러자 이 위대한 혁명가는 정치부패에 시달리고 있던 이웃나라들에게 지대한 영향을 미쳤다. 이런 상황으로 치닫자 프랑스 정부의 일부 세력은 상카라 대통령의 개혁을 반기지 않았다. 상카라는 결국 자신의 동지이자 참모였던 콤파오레에 의해 38세의 젊은 나이에 암살되었다. 외국 세력의 조종을 받은 자국 군부가 위대한 혁명가이자 나라를 살린 상카라 대통령을 살해한 셈이다. 그 자리에 상카라를 암살한 콤파오레가 부르키나파소의 대통령이 되었고 나라는 다시 기아에 시달리던 본래의 가난한 국가로 되돌아갔다. 만연한 부패, 외국에 의존, 만성적인 기아, 신식민주의적 수탈과 멸시, 방만한 국가재정, 기생적인 관료들과 절망하는 농민들이 현재의 부르키나파소의 현주소가 되었다.

북한의 기아문제 해결도 인간을 인간으로 대접하지 않는 살인적인 사회구조를 근본적으로 뒤집기 전에는 불가능한 일이다. 또 사회윤리를 벗어난 시장원리주의나 폭력적인 금융자본이 세계를 불평등하고 비참하게 만들고 있다.

북한을 살리고 세계 기아문제를 해결할 수 있는 방법은 과연 어디 있는 것일까? 결국은 자신의 손으로 자신의 나라를 바로 세우고 자립적인 경제를 가꾸려는 노력이 우선되어야 하는 것이 아닐까. 그러나 아무리 자급자족을 하기에 충분한 식량을 생산할 수 있어도 사회정의가 이룩되지 않으면 아무런 소용이 없을 것이라고 역사는 말해주고 있다.

지구상의 모든 사람들이 충분한 식량을 확보하고 인간다운 삶을 누리기를 원하는 변화된 우리들의 의식만이 세계가 살 길이다. 다른 사람의 아픔을 내 아픔으로 다른 사람의 배고픔을 내 배고픔으로 느낄 줄 아는 의식 변화에 희망을 걸어야하는 것이 아닌가.

주은은 아프리카로 향하는 비행기 안에서 많은 생각으로 잠을 이루지 못했다.

3부

빛을 따라 흩어지는 사람들

1

중국 심양에서 택시로 한 시간 반 거리에 있는 청하구 장상진에서 수향은 힘껏 열심히 일해 보았으나 펀치가 않았다. 남한에 가서 마사지사로 돈을 벌겠다고 시가 쪽의 친인척과 주변 사람들에게 이자를 많이 준다는 조건으로 거액의 빚을 얻어 갔는데 대책 없이 귀국했으니 저들의 성화로 잠을 이룰 수 없었다. 남편은 잔병이 많아 돈을 벌 수 없는 지경이라 아들과 시어머니의 입에 풀칠하기도 힘들었다.

수향은 걸걸하고 씩씩하게 빚쟁이들 앞에서 호통을 쳤다.

"열심히 일해서 다 갚을 터이니 조금만 참아주시오. 남한 땅에 가서 병들어 사경을 헤매다가 돈을 벌지 못하고 목숨만 간신히 부지하고 돌아왔습니다. 제발 날 믿고 조금만 참아주시오. 들볶여서 내가 콱 죽어버리면 그 돈 영원히 받지 못합니다. 기회를 주세요. 꼭 갚겠습니다."

죽으면 못 갚는다는 말에 질린 그들은 멋쩍은 웃음을 삼키면서 꼭 돌려줘야 한다는 조건을 내세워 다짐을 받고 모두 흩어졌다. 수향은 어쩔 수 없이 발 벗고 나섰다. 빚이란 어물쩍 넘겨버릴 사건이 아니잖은가. 조잡이 잔뜩 낀 찌든 삶에서 어서 벗어나야 한다. 눈도 서글서글하고 코도 크고 어깨도 남자처럼 떡 벌어진 외양처럼 성격도 시원시원하고 일을 잘 하는 수향은 힘차게 일어섰다. 그까짓 빚, 일해서 갚지. 죽기 아니면 살기로 해서 돈을 움켜잡기로 결심했다. 어려서 부모는 일찍 횡사하고 친자매들에게서 버림을 받고도 여직 살아 왔는데 여기서 쓰러질 내가 아니다 하는 마음으로 다시 옛날 벌이로 돌아가기로 했다.

수향은 혼자 몸으로 단동으로 갔다. 집에서 일을 하면 빚쟁이들 얼굴을 매일 대해야 하는 것도 껄끄러웠고 심양 근교인 청하구 장상진은 농사를 지어먹고 사는 농촌이니 마사지를 받을 사람도 없었기 때문이다. 그렇다고 다시 심양으로 나가는 것도 싫었다. 관광객이 한창 몰리는 단동이 심양보다 백 배 낫다는 결론을 내린 수향은 남한과 일본의 관광객을 상대로 돈을 벌 계획을 세웠다.

관광객의 상황을 조사했다. 저들은 백두산 천지를 보러 가는 길에 신의주와 접한 단동에 들러 하룻밤을 묵고 끊어진 압록강 대교를 뒤로 하고 북한을 배경으로 사진을 찍어가는 것이 통상코스였다. 그들의 길목에 발마사지와 얼굴마사지 사업체를 차린다면 빚을 갚을 수 있으리란 계산이 나왔다. 시어머니와 남편, 아들 셋이서 작은 토지지만 농사를 지어 살도록 하고 매달 모자라는 돈을 부쳐준다는 조건으로 수향은 다시 집을 빠져나왔다.

단동 동해여관 옆 일층의 작은 건물에 〈수향 발마사지〉란 간판을 내걸고 방 둘에 부엌 하나 있는 규모로 작은 사업을 시작했다. 다행히 거실도 있어서 손님이 많이 오는 날엔 거실과 침실까지 다 동원해서 손님을 접대했다. 허름하기는 하지만 알차게 돈이 벌렸다. 발마사지 요금은 한족에겐 20원, 한국 돈으로 치면 2,000원이었다. 한국 관광객들에게는 다섯 배도 받고 출장비까지 열 배도 받았다. 종업원도 셋이나 채용하고 제법 살만했다. 어떤 때는 저녁밥을 먹을 시간이 없을 정도로 손님들로 붐볐다. 이런 추세로 나가면 빚도 다 갚을 수 있다. 돈을 모아 다시 한국으로 가서 입원비를 떼어먹고 도망쳐 나온 대동병원비도 갚을 수 있을 정도다. 한국을 향한 재도전의 희망도 기대할 수 있다. 큰 꿈이 살아났다. 돈을 벌자. 죽자 살자 매달려서 모지락스럽게 돈을 벌자. 돈이 최고다. 돈이 있어야 살 수 있는 세상이다. 수향은 돈독에 잔뜩 취해서 돈이 되는 모든 일을 시도했다. 관광객을 상대로 중국 특산품을 감언이설로 꼬드겨서 고가를 받고 팔기도 하고 심지어 손님이 원한다면 밤 아가씨도 주선해 줄 정도였다. 돈이 되는 것은 무엇이나 물불을 가리지 않고 발 벗고 나서서 돈을 끌어 모았다. 드디어 돈이 고이기 시작했다.

반년 만에 시댁 쪽에서 빌린 모든 돈과 동네 빚을 다 갚고 나니 마음이 창공을 날 것처럼 가뿐했다. 살맛이 났다. 오전 중에는 손님이 없고 점심시간이 지나야 바빠지는 마사지업소의 일과를 잘 선용해야 한다. 발마사지 전에 고객들이 발을 담글 뜨거운 물에 넣을 약초를 오전 중에 구입해야 하고 종업원들 밥도 해주려면 시장도 봐야 한다.

남자처럼 바쁘게 움직이려면 기동성이 있는 오토바이를 이용하는 방법이 상책이다. 큼직한 리본을 단 운두 높은 오징어 먹물 빛깔의 버킷햇을 쓰고 긴 장화, 목에는 병아리색 스카프를 두르고 검은 선글라스를 쓴 수향은 오토바이 페달을 힘차게 밟아 발동을 거는 순간 가슴에 심한 통증을 느꼈다. 정확하게 심장이 아니고 그 반대쪽이 숨을 쉴 때마다 탁탁 걸리고 숨이 멎는 듯 아팠다. 문득 한국에서 배를 움켜쥐고 몸부림을 쳤던 고통의 순간이 떠올랐다. 이래서는 안 된다. 일찍 병원에 가자. 서둘러야 한다. 병을 기르면 몇 백 배의 고통을 받고 돈도 더 든다는 사실을 몸소 체험하지 않았던가.

수향은 마사지점을 종업원들에게 맡겨놓고 서둘러 심

양으로 향했다. 쑤가툰에 자리 잡은 유명한 한방병원은 중국 전역에서도 손꼽힐 정도로 심장과 중풍을 잘 치료하는 병원이다. 단동에서 만난 고객의 삼촌이 그 병원에서 심장을 잘 보는 의사라고 해서 그분과 함께 심양으로 향했다. 옛날식으로 자그마한 약방이나 한방이 아니고 거대한 하얀 건물이 대학병원을 연상케 할 만큼 위풍이 당당해서 믿음이 갔다. 현대식 의료시설도 갖춰서 촬영도 하고 그 결과에 따라 약을 처방했다. 한약을 달여 먹게 주는 것이 아니고 모두 현대의약처럼 캡슐에 들어 있어 현대인들은 간편한 한약치료로 이제 100세까지도 거뜬하게 살 수 있다는 낭보가 일고 있는 시기였다.

장사진을 이룬 사람들 틈에 끼어 순서를 기다리느라고 시간을 소비하고 가까스로 조선족으로 대성한 심장전문의를 만날 수 있었다. 진맥을 하고 눈을 뒤집어 보고 얼굴색을 살피며 한창 수향을 진료하던 의사가 머리를 흔들었다.

"죽을병입니까?"

가슴이 덜컹 내려앉은 수향은 의사의 입을 주시했다. 남한에 갔을 때처럼 수술 뒤에 절망했던 무섬증이 공포심까지 더해져 살아났다.

"아주 건강합니다. 아프다고 하는 이유를 모르겠습니다. 신맥도 별 이상이 없고 태어나기를 아주 건강 체질로 태어나서 모두가 다 좋습니다."

"그래도 죽을 것처럼 시도 때도 없이 가슴이 조이고 목 뒤가 뻐근하여 숨을 쉴 수가 없습니다. 제가 남조선에 갔다가 맹장염으로 고생한 적이 있는데 그런 영향이 아니겠습니까?"

"맹장하고 가슴 아픈 것하고 아무 관계가 없습니다."

"그래도 아파 죽겠는데 무슨 이유가 있을 것이 아닙니까. 절 살려주세요. 정말 아파서 죽겠습니다. 거짓말 하는 것이 아닙니다. 목 뒤도 뻐근하고 숨을 쉴 때마다 가슴이 탁탁 저리고 아픕니다. 점점 숨을 쉴 수가 없어요."

환자가 집요하게 아프다고 우기면서 종지만큼 큰 눈에 눈물까지 글썽거리면서 말 같잖은 소리만 하고 있으니 의사는 입장이 곤란한 모양이었다.

"그럼 촬영을 해 봅시다. 한의사의 손과 눈으로 찾아내지 못한 병을 기계가 구석구석 뒤져서 찾아낼 수도 있습니다. 어찌 보면 더 정확하지요. 양의들이 쓰는 기계를 우리도 갖추고 있으니 촬영을 해보면 알지요. 양의는 병을 찾는 기술이 있고 우리 한의들은 병을 근본적으로 치료하는 기술이 있지요. 가슴과 목 뒤 말고 다른 아픈 부위를 전부 말하세요."

다음날 수향은 다시 한방병원을 찾아갔다. 목 뒤와 가슴과 배 등 모든 부위를 촬영한 결과를 본 것은 저녁나절이었다.

"여기 보세요."

의사가 수향의 촬영결과를 눈앞에 바짝 들이댔다. 검은 필름 위에 뼈도 보이고 혈맥의 흐름도 보였다. 의사는 머리를 갸웃거렸다. 수향은 가슴이 덜컹했다. 죽을병에 걸린 모양이라는 생각을 떨칠 수가 없었다. 하긴 어젯밤에 너무 아파서 뒤치지도 못했고 분 오른 감자처럼 삭신이 쑤시고 부실했으니 말이다.

"죽을병이 걸린 거지요? 제 말이 맞지요? 틀림없어요."

"하하……. 왜 그런 생각을 하고 있지요. 아주 정상입니다. 이 나이에 이렇게 깨끗한 심장과 혈관을 보다니! 정말 건강하십니다. 제 진맥이 틀림없다는 걸 확인해 준 셈입니다."

"그래도 전 아픈걸요."

"혹 최근에 큰 충격을 받은 적이 있습니까? 아무래도 마음의 병에 걸린 듯합니다. 아프다고 생각하는 그런 마음을 가지면 그렇게 아프다고 느껴지는 법입니다."

의사는 활짝 웃으면서 축하한다는 시늉을 해 보인다. 수향은 답답했다. 이 아픔을 어떻게 의사에게 알릴 수 있단 말인가. 집으로 돌아온 수향은 일을 할 수가 없었다. 밤에 잠을 잘 수도 없었다. 수시로 죽을 것처럼 결려오는 가슴과 순간순간 깜짝 놀랄 정도로 숨이 막혀 곧 숨이 멎을 것만 같은 공포가 밀려와서 털썩 주저앉아버렸다. 이렇게 한 달이 지나고 나니 죽음의 공포가 밀려와서 잠을 도통 이룰 수가 없었다. 눈이 빨개지고 머리가 어지러웠다. 나중에는 가슴이 아픈 것이 아니고 전신이 움직이기 힘들 정도로 쑤셨다. 숨이 턱에 차서 손 하나 까딱하기도 힘들었다. 이러다가 내가 죽는 것이 아닌가. 남한에 있을 적에 여인숙의 방안에 방치되어 뱃속이 다 썩어 들어갈 때보다 더한 고통이 밀려왔고 가슴 언저리께가 쉼 없이 씀벅씀벅 아팠다.

결국 마사지사업을 몽땅 종업원들에게 맡기고 집으로 돌아왔다. 죽을상을 하고 걷지도 못하고 사람들의 부축을 받고 들어서는 아내를 보고 남편은 걱정이 되어서 북경의 큰 병원으로 가자고 난리였다.

"의학이 얼마나 발달했는데 그 정도를 가지고 걱정이야."

"쑤자툰 한방병원에서 촬영도 하고 진맥도 했는데 아무 이상이 없다고 하건만 전 죽을 지경이에요."

시어머니가 호박죽을 쑤어서 디밀었지만 단 한 수저도 넘길 수가 없었다. 다음날 유명하다는 북경병원에 예약을 하고 그리로 남편과 함께 가기로 한 저녁, 수향은 이제 죽는구나 하는 아픔을 견디느라고 몸부림치며 방 벽을 쥐어 뜯었다. 아들 진호가 안타까워하면서 옆에서 어미의 손을 잡고 있다가 중얼중얼 주문을 외우듯 입술을 달싹인다. 순간 번쩍 이상한 빛이 마음을 스치고 지나갔다.

"진호야! 너 지금 뭣하고 있니?"

"어머님이 너무 아파하니까 옥황상제나 산신령님께 비

는 것입니다. 우리 어머니를 살려 달라고요."

"너 하나님을 아니?"

"전 모르지만 산신님이나 천황님이나 아무튼 누구든 우리를 다스리시는 분이 있을 것 아닙니까. 그래서 산신님도 찾고 옥황상제님도 찾는 중입니다."

순간 수향은 뒤통수를 망치로 맞은 듯 번개가 눈앞을 번쩍 스쳤다. 그레 바로 그거였구나. 바로 그거였다. 내가 어쩌자고 돈을 번다고 이렇게 까맣게 잊고 있었단 말인가. 서울 근교의 개척교회 교인들이 말하지 않았던가. 하나님이 살리신 거라고. 죽을 이 몸을 하나님이 기적적으로 소생시켰다고 말이다. 죽은 나사로를 살리시고 맹인들의 눈을 뜨게 하신 예수님의 손길이 닿아서 나은 것이라고. 그 사실을 이렇게 감쪽같이 잊고 있었다니 이게 말이되는가. 내가 할 일은 돈을 버는 일이 아니고 저들이 하늘을 향해 외쳤듯이 중국의 사도바울이 되는 것이었다. 저들이 나를 위해 얼마나 기도를 했는데 나는 돈만을 찾아서 뱅뱅 돌고 있었으니 이런 아픔이 올 수밖에.

생각이 이에 이르자 까딱도 않고 우두커니 앉아있던 수향은 어둠속에서 무릎을 꿇었다. 한국을 떠나오기 전에 보았던 환상들이 눈앞에서 어른거렸다. 회개기도가 터져나왔다. 몸을 앞뒤로 흔들면서 마구 터져 나오는 기도소리가 천장을 가르고 밤하늘로 쑥쑥 빨려 들어갔다. 외모처럼 목소리도 천둥치듯 꽝꽝거려 온통 방안을 잡아 흔들었다.

갑자기 몸도 제대로 가누지 못했던 아내가 벌떡 일어나서 천장의 반자지가 출렁거릴 정도로 울부짖는 것을 보고는 남편은 놀라서 멍청하니 아내를 쳐다보았다. 몸이 크고 씩씩한 수향의 눈에서는 눈물이 연신 뚝뚝 떨어져 무릎 위를 적시고 나중에는 덮은 이불을 푹 적셨다.

"당신 왜 이래. 너무 아파하더니 이제 정신 이상이 온 것 아니야. 왜 이래, 결국 정신이 돌아버렸군."

진호 아버지는 뛰어나가 어머니를 깨우고 진호를 불러들였다. 새벽 두 시. 온 가족이 울부짖는 수향의 옆에 앉았다. 제일 놀란 사람은 시어머니였다.

"아무래도 오랫동안 먹지를 못해서 속이 헛헛해서 헛것이 보이는 모양이구나. 어서 죽을 끓여서 먹여야겠다."

부엌으로 뛰어나간 어머니가 쌀을 씻는 소리가 났다. 진호는 놀라서 어머니를 끌어안았다.

"어머니 갑자기 왜 이러세요. 정신을 차리세요."

"네가 날 일으켜주었다. 아까 옥황상제님이라고 네가 그랬지? 맞다. 옥황상제님이 곧 하나님이 아니겠니. 이제야 생각이 났다. 이제야 왜 아픈지 그 이유를 알았다. 내가 할 일이 무엇인지 알아냈다."

전후 사정을 잘 모르는 진호 아버지는 무춤하게 멀뚱거리면서 방 한가운데 우뚝 서서 아내를 내려다보고 있었다. 수향은 길고 긴 울음 끝에 목이 쉬었고 땀으로 온몸이 푹 젖었다. 종당엔 서울의 개척교회에서 했듯이 수향은 몸을 앞뒤로 흔들면서 기도를 하다가 두 손을 번쩍 치켜 들고 주여! 주여! 목청껏 마구 불러내니까 당황하여 방안을 두리번거리던 진호 아버지가 윗목에 놓여 있는 방망이를 집어 들고는 아내를 때리려고 덤벼들었다. 귀신이 들렸으니 때려잡아서 내쫓을 태세로 귀기鬼氣를 사그라뜨려 보려고 사뭇 결사적이었다. 진호가 달려들어 방망이를 앗더니 아버지의 바짓가랑이를 잡고 늘어졌다.

"아버지, 어머니는 미친 것이 아닙니다. 분명히 지금 옥황상제님이나 산신령을 만난 것입니다. 너무 아파서 부르짖으니 산신령님이 내려온 것이 틀림없습니다."

"이 자식아! 어디 가서 그런 소리 마라. 그런 미신이 어디 있다고 그래. 절대로 그런 일은 없다. 어서 저리 비키지 못할까."

아들과 아버지가 서로 뒤엉켜 힘겨루기라도 하듯 붙들고 뒹구는 사이에 시어머니가 쌀죽을 쑤어서 간장종지를 얹은 상을 들고 들어왔다. 며느리 앞에 상을 놓자마자 기도를 끝마친 수향이 수저를 집어 들었다. 눈물과 콧물로 매대기를 친 얼굴을 하고 아주 맛있게 죽을 단숨에 몽땅 먹어버리는 것이 아닌가. 모두 놀라서 입을 딱 벌렸다.

"너 괜찮니? 여직 물 한 모금도 못 넘기고 앓던 아이가 어쩐 일이니?"

"저 이제 괜찮습니다. 다 나았습니다. 배가 고프니 죽보다는 밥을 먹어야겠습니다."

벌떡 일어나 부엌으로 나간 수향이 씩씩하게 팔을 걷어붙이고 쌀을 씻기 시작했다. 식구들은 모두 따라 나와 이렇게 갑자기 변한 수향을 믿지 못하겠다는 눈으로 흘끔거렸다.

"당신 오늘 북경으로 가기로 돼 있잖아. 이미 예약을 해놓았으니 한 번 가봅시다."

진호 아버지가 어렵게 입을 열었다.

"필요 없어요. 저 다 나았다니까요."

"숨을 못 쉴 정도로 가슴이 아프다더니 이제 정말 괜찮은 거야. 병원비는 걱정하지 말라고. 우선 빚을 내서라도 병을 고치고 보자니까. 내가 무능하지만 당신의 병은 고쳐주고 싶다. 그러니 병원비 때문에 이런 연극은 하지 말라고."

남편은 징징 울면서 아내를 잡고 늘어졌다. 그러나 수향은 씩씩하게 남편을 향해 외쳤다.

"예수님이 절 치료했습니다. 한국에서 죽을 고비를 넘나들 때에도 예수님이 살려주셨는데 그걸 잊고 있었습니다. 이번에도 예수님이 절 치료했습니다. 할렐루야!"

갑자기 변한 수향을 세 식구는 그저 멍청하게 쳐다볼 뿐이었다. 그러자 남편의 눈에서 불이 났다. 화가 치민 것이다. 못된 귀신이 들어 위험한 상황에 처한 아내를 향해 손이 올라갔다. 차라리 병든 상태가 낫지 이상하게 좋잖은 미신에 사로잡히는 일을 도저히 허용할 수 없었다.

2

한편 수숙과 두 딸 복란이와 복희는 하모니카집 방 한 칸에 대충 짐을 정리하고 다음날 바로 일터로 나갔다. 셋이 전부 다른 일터였다. 수숙은 농업건설반에 배치되었는데 대대본부 세면장을 건설한다고 정치범을 동원하는 바람에 끌려갔다. 건설 중인 세면장 옆에는 경비대 식당 폐수가 흘러나와 오물장에 고였다. 오물장은 깊이가 한길이 넘었고 오물 썩는 냄새가 지독했다. 두 명의 여자 정치범이 도랑을 따라 경비대 식당에서 흘러나오는 국수 가락을 보았다. 경비원들이 점심으로 늘 강냉이 국수를 해먹는 관계로 하수도에는 항상 국수 찌꺼기가 흘러내렸다. 배가 고팠던 여자 정치범 두 사람은 그걸 건져 먹으려고 한 사람은 빠지지 않도록 손을 잡아주고 다른 한 사람은 나뭇가지로 국수 가락을 건지려고 도랑에 엎드렸다. 그런데 하필이면 그 시간에 자전거를 타고 보위원이 지나면서 그 장면을 보고는 자전거를 세웠다. 공사장으로 자갈을 나르고 있던 수숙은 일이 어찌 되나 보려고 마음을 졸이면서 발걸음을 멈췄다.

"이 돼지 같은 년들이 일을 하지 않고 여기서 뭣해?"

국수 가락을 건져올리던 여자 정치범들은 놀라서 머리를 들었으나 워낙 도랑이 깊고 급경사라 얼른 두 손을 모으고 머리를 숙이는 자세를 취하지 못했다. 이런 두 여자를 보위원이 구둣발로 차서 오물장에 빠뜨려버렸다. 그리곤 횡하니 자전거를 타고 가버렸다. 두 여자가 오물장에 빠져 살려고 허우적일 때마다 오물의 수렁 속으로 더 깊이 빠져들었다.

두 여자 정치범은 오물 속에서 결사적으로 허우적거렸다. 수숙이 저들을 건지려고 다가갔지만 역부족이었다. 멀리서 벽돌을 나르려고 여럿이 목도를 메고 소리를 하면서 발을 맞추느라고 왁자지껄했고 그 옆에서 남자 정치범들이 벽돌을 쌓고 있었다. 오물장에 빠진 두 여자는 오물을 꿀꺽꿀꺽 삼키면서 살려고 몸부림쳤다.

"사람 살려요! 오물장에 사람이 빠졌어요."

수숙이 남자 정치범들을 향해 달려가서 긴급 상황을 알렸다. 작업량 미달이면 밤늦도록 일을 시키기 때문에 옆에 무슨 일이 일어났는지 조금도 정신을 쓸 수 없었던 그들 대여섯 명이 오물장으로 달려왔다. 저들은 나무 막대기를 오물장으로 밀어 넣고 잡아당겨 두 여자를 건져 올렸다. 오물 투성이가 된 몸에서 시큼한 악취가 풍겼고 머리카락에는 건져 먹으려고 했던 국수 가락이 달라붙어있다. 두 여자의 관자놀이께가 눈에 띄게 벌름거렸다.

"우리가 이곳에서 아무리 짐승처럼 살지만 어쩌자고 저

런 걸 건져 먹으려고 그랬소. 쯧쯧……."

남자 정치범들이 양동이 물을 몸에 끼얹어주었다. 두 여자 정치범의 눈에서는 눈물이 하염없이 줄줄 흘러내렸다.

"그래도 보위원이 구타를 하지 않아 다행이야."

"맞아. 일하지 않고 국수 가락 건진다고 마구 때려죽여도 되는 곳이 여기가 아닌가. 디구나 구류장으로 보내면 죽은 목숨이지."

"다행이다, 다행이야."

저들의 말을 들으면서 수숙은 절망했다.

저녁 7시까지 노동을 하자니 허기로 인해 수숙은 앞이 빙그르 돌더니 아찔했다. 배급으로 받은 옥수수를 갈아서 멀겋게 죽을 쑤어 먹고 나왔더니 뱃가죽이 등에 들러붙어 허리가 자꾸 앞으로 구부러졌다. 두 딸을 더 먹이려고 좀 되직한 죽을 한 국자씩 더 떠서 딸들을 주고 멀건 국물 반 공기를 마시고 나왔더니 하늘이 노랗게 보일 정도로 몸이 휘둘렸다. 얼마나 배가 고팠으면 두 여자 정치범이 수캣 구멍의 국수 가락을 건져 먹으려고 오물장으로 흘러들어가는 도랑에 매달렸을까 하는 생각에 이르자 가슴속으로 쏴하고 찬바람이 지나갔다. 여기는 태양까지도 침묵하는 죽음의 골짜기란 생각을 지울 수가 없었다.

해가 서녘으로 설핏 기울 때쯤 공개처형이 있으니 모이라는 전갈이 왔다.

"골짜기 비밀처형장에서 총으로 꽉 쏴서 죽여버리지 왜 우리를 모아놓고 보라고 그러는 것이지."

"우리에게 겁을 주려고 그러는 거야."

"도주자가 있었던 모양이지."

정치범들은 서로 가만가만 속삭였다. 하지만 극도로 말을 아끼고 있었다. 개중에는 정보원의 사명을 띤 정치범이 있어서 보위원들에게 일러바쳐질 것을 알고 있었기 때문이다.

공개처형을 당한 사람들이나 비밀처형장에서 죽인 정치범들의 시체들은 수풀 우거진 골짜기에 그냥 던져버려 구더기가 득실거리고 더러는 낙엽으로 슬쩍 덮어놔서 산돼지나 까마귀들이 득실거린다는 말을 들은 적이 있어서 모두 으스스한 얼굴이었다.

처형장에는 말뚝이 하나 서 있었다. 그 뒤로 저녁노을이 잘 익은 감빛으로 물들어가고 있었다. 구름까지 붉은 물이 들어 꿈틀거리며 요동치는 용처럼 서녘 하늘을 장식하고 있었다.

수숙은 복희와 복란이를 양쪽에 거느리고 처형장에서 되도록이면 멀찍이 섰다. 처음 당하는 일이라 몸이 떨리고 메스꺼워 토할 듯 울렁거렸다. 사람을 죽이다니. 어떻게 인간이 인간을 죽일 수 있을까. 모두 언짢은 얼굴을 감추지 못하고 서로 속삭인다.

"총을 세 방 쏜다는군. 주로 심장에 쏘지만 머리에 쏘는 보위원이 있다고 그래. 심장에 쏘는 것이 죽는 사람 입장에서는 더 좋을 거야. 금방 죽으니까. 우리도 그냥 저 사람처럼 이 자리에서 심장에 총을 맞고 죽었으면 좋겠다. 어차피 살아나가지도 못할 인생을 날마다 고생하면서 배가 고파 헐떡거리며 사느니 차라리 한 방에 깔딱 갔으면 좋겠단 말이다."

나이 지긋한 노인이 낡아서 옷감의 본색을 알 수 없는 바지춤을 끌어올리고 한숨을 삼키며 푸념을 한다.

"쉬! 조용히 하시라요. 정보원에게라도 들키면 구류장행이요. 거긴 들어가면 다리가 썩어서 죽는 곳인데 쉬! 입 다물어요. 살 때까지 살아야지요. 끝이 있을 겁니다."

그때 산모롱이를 돌아서 트럭 한 대가 먼지를 일으키며 처형장으로 들어섰다. 모두의 눈이 그리로 꽂혔다. 아직 입은 옷의 본바탕색이 살아 있는 걸 보면 금세 잡혀 온 모양이다. 천 명이 넘게 모인 정치범들 뒤에 선생님들(보위병이나 경비원들을 이렇게 죄수들이 일컬음)이 빙 둘러서서 총을 겨누고 있었다. 모든 정치범들은 모자를 벗어 공손하게 두 손에 들고 아낙들도 머리에 썼던 수건을 벗어서 배꼽 부분에 대고 직각으로 머리를 꺾고는 차렷 자세를 취했다. 이것이 선생님들을 대하는 정치범의 기본자세이기 때문이다. 수숙이 살짝 얼굴을 들어보니 제일 높은 보위원이 의자에 앉아서 끌려오는 정치범을 향해 이를 갈면서 눈에 불을 켜고 태션이라도 하려는 자세였다.

데려온 죄수를 경비대원들이 등 깃을 거머잡고 끌어다가 말뚝에 어깨와 허리와 정강이 세 군데를 단단하게 묶었다. 가까이 펀펀한 산골짜기를 에돌아 돌돌 흐르는 물소리만 귓가를 스쳤다. 그러자 신장처럼 우뚝 일어선 대좌의 불호령이 떨어졌다.

"발등에 대못을 박아라. 도주자는 저 자처럼 불구자가 되어서 일생 걸을 수 없다는 사실을 여기 모인 정치범들에게 확실하게 먼저 가르쳐야 한다."

신을 벗긴 두 발등에 대못을 박기 시작했다. 정치범의 나이는 오십이 갓 되었을까. 단말마의 외침이 수용소의 산골짜기를 타고 흘러들어갔다가 메아리가 되어서 되돌아왔다.

"모두 얼굴을 들어서 이 자를 보아라."

그때까지 머리를 숙이고 있던 천 명이 넘는 정치범들이 일제히 머리를 들어 죄수를 바라보았다.

"똑똑히 보아라. 이 자가 바로 탈주자다."

해마다 탈주에 실패하면서도 이렇게 잡혀 와서 공개처형당하는 장면을 익히 봐 온 정치범들은 그저 묵묵히 감정이 완전히 배제된 시선으로 그를 바라볼 뿐이었다.

"그만큼 수령님과 김정일 동지가 계급적 원수들을 무자비하게 대하라고 수백 차례 교시말씀을 하고 방침을 제시했건만 아무래도 우리가 물러터져서 이런 사고가 난 것이 틀림없다."

분을 삭이지 못하여 덜덜 떨리는 대좌의 음성이 처형장 안에 쫙 깔렸다. 정치범들의 미온한 반응에 발끈해서 대좌는 들고 있던 지휘봉을 붉게 물들어가는 저녁하늘에 대고 사납게 흔들었다.

"이노므 새끼가 수령님과 지도자 동지의 권위를 훼손하였다. 우리 친애하는 김일성 수령님은 '우리 인민의 계급적인 원수들에게 프롤레타리아 맛을 톡톡히 보여주어야 한다.'고 했고 김정일 동지는 '도주한 놈을 무조건 잡아 죽여야 한다. 그 놈들이 도주하면 수령님의 대외적 권위가 심히 훼손됨으로 동무들은 초소를 철벽으로 지킴으로써 한 놈의 도주자도 나타나지 않도록 해야 한다.'라는 교시를 내려 우리 건물의 정면과 복도에 크게 써서 붙여놓지 않았느냐. 이럼에도 불구하고 에게켁켁……."

너무 화가 치밀어 말을 못하고 컥컥거리자 옆에 서 있던 보위병이 물병을 입에 대주었다.

죄수의 얼굴은 볼 수가 없었다. 눈을 발싸개처럼 생긴 더러운 것으로 가리고 있었기 때문이다.

"이 자가 우리 수용소로 이송되는 도중 트럭에서 탈출하였다. 높은 자리에 앉아서 떵떵거렸던 자로 정치부로 불려다니면서 사상검토를 한 결과 계급노선을 탈선하였기로 철직(파면), 출당, 생활제대 되어 우리 수용소로 쫓겨나 사회적으로 완전히 매장된 자다. 그런 종파 새끼가 고관들이 타는 지프를 훔쳐 타고 두만강으로 가서 차를 강

속으로 처넣고 중국으로 도망갔으나 한 달 만에 중국공안에게 체포되어 우리에게 이송되었다."

악에 받친 대좌는 쇠줄로 죄수를 마구 때리기 시작했다. 다시 한 번 아픔을 호소하는 괴로운 절규가 검붉은 감빛으로 차츰 물들어 가는 서녘하늘을 파고 들어갔다.

"이런 자를 총을 쏴서 죽이는 것은 총알이 아깝다. 자 모두 옆 공사장에 가서 돌을 주어오너라. 그것으로 저 놈을 쳐라."

그의 지시가 떨어지자 로봇처럼 재빨리 정치범들이 돌을 가지러 흩어지기 시작했다. 연이어 대좌의 불호령이 떨어졌다.

"돌을 가져오지 않거나 돌을 던지지 않는 자는 저 놈과 동조자로 알고 함께 처형할 터이니 그리 알아라."

흩어지는 정치범들의 등에 대고 대좌의 말이 화살이 되어 꽂혔다. 그간의 일로 미뤄보아 이 대세에 끼어들지 않으면 죽는다는 걸 이미 생활을 통해 터득한 정치범들은 저마다 큰 돌을 두어 개씩 들고 자갈길로 절뚝거리면서 달려왔다.

"잠깐! 저 자의 얼굴 가리개를 치워라. 모두 똑똑히 보아라. 저 놈의 얼굴을 보란 말이다."

죄수의 얼굴을 본 순간 수숙은 헉! 숨을 들이마셨다. 한영기, 그녀의 남편이기 때문이다. 두 딸이 볼 것을 두려워하며 수숙이 애들의 머리를 가슴에 감싸 안았다.

"똑똑히 보아라. 탈주자의 말로가 어떻다는 것을 말이다."

그러자 두 딸이 어미의 가슴에서 벗어나고자 꼼지락거렸다. 가져온 돌을 던지지 않으면 함께 죽는다는 말을 들었기 때문이다. 순간 수숙의 마음속에 강한 바람이 일어났다. 그래 보게 하자. 이 아이들도 이걸 봐야 우리 가족이 처한 상황을 정확히 알게 되어 이 땅을 벗어나려고 할 것이 아닌가. 스르르 딸들을 놓아주었다. 두 딸은 죽어가는 아버지의 얼굴을 알아보지 못한 듯했다. 서쪽 공간을 장막처럼 휘둘러 쳤던 감빛 하늘이 갑자기 어스레해져서 사물을 판단하기 어려울 정도로 땅거미가 내려덮이고 있었기 때문이다.

"자 일제히 저 자를 향해 돌을 던져라. 가져온 돌을 던지지 않고 가만히 있는 자도 저 사람과 똑 같이 종파분자로 알고 처형할 것이다."

순식간에 돌들이 날아가기 시작했다. 땅거미가 내려 덮이는 어둑어둑한 공간에서 수숙의 눈과 남편의 눈이 순간적으로 마주쳤다. 마지막 희끄무레한 빛을 뿜어내는 감빛 노을에 남편의 눈물이 잠시 반짝했다. 그리고 이렇게 말하는 듯했다.

'여보! 복희와 복란이를 데리고 탈북을 하시오. 언니가 있다는 미국으로 가든지 아니면 사촌이 있다는 남한으로 가시오. 나처럼 이렇게 낭하지 마시오. 제발 부탁이요. 이게 내 마지막 유언이오. 꼭 이루기 바라오. 그러자면 내게 돌을 던지시오. 어서 돌을 던져서 나는 죽어야 하고 당신은 살아야 하오.'

'그래요. 제가 두 딸을 데리고 꼭 탈북을 할게요. 여기서 살아남기는 불가능해요. 제 손에 든 돌을 던져야겠지요. 여기 조금이라도 살아남아 있으면 아프고 괴로워요. 저 세상에서 우리 꼭 만나요.'

수숙은 가장 큰 돌을 들어 남편의 머리를 향해 힘껏 던졌다. 어서 가라고 어서 하늘나라로 가라고 말이다.

그러자 대좌의 훈시가 희떠운 목소리로 이어졌다. 돌을 던지는 죄수들의 기세에 엔간히 분이 누그러진 성싶었다.

"지금 이 자리에 이 종파 새끼의 가족이 와 있다. 애비가 조국을 배반한 놈이니 애비 밑에서 애비의 물을 안 먹었다고 어떻게 장담하겠어. 이곳에 있는 동안 자본주의 사상이 다 빠지도록 들볶을 터이니 그리 알아라."

덜덜 떨리는 턱을 억제하고 두 딸을 옆에 끼고 수숙은 현장을 물러났다. 허리까지 쌓인 돌을 헤치고 한영기의 시신은 가마니에 두르르 말려서 처형장을 떠났다.

수숙은 하모니카집으로 향하면서 중얼거렸다.

'내 남편 한영기가 그토록 죽을힘을 다해 일생동안 당과 수령님을 위해서 몸 바쳐 일한 결과가 이것이란 말이냐. 남편이 일생 그들에게 충성하느라고 집을 비워 가면서 당을 위해 돈을 벌려고 수출 일선에서 단 한 푼도 욕심을 내지 않고 수고했던 결과가 이거란 말이냐. 저렇게 비참하게 죽는 것이 수령님과 김정일 동지를 위해서 헌신한 결과란 말이냐. 이것이 북조선의 현실이다. 미국서 온 수희언니의 말이 맞다. 나는 본래의 내 자리로 가야 한다. 하나님을 믿어야 한다. 나는 유아세례를 받았고 아버지는 순교자라고 하지 않았더냐. 탈북을 하여 내 피붙이를 찾아가리라. 왜 혼자서 여기 이런 몰지각한 인간성 말살을 당하면서 인간의 존엄성을 버려야 하는가. 끝까지 살아남기 위해 동물이 되고 야생화가 되어 짐승의 자리까지 가야 하는 것인가. 내가 당하는 이 야만적인 고통은 찻잔 속의 폭풍일 수 있다. 수희언니의 말이 맞다. 지구는 지구촌화되어 넓고 커졌는데 멀리 앞을 보라고 하지 않았던가. 내가 처한 터널을 빠져나오라고 말이다. 이런 구조적 부조리 속에서 제일 먼저 당하는 것이 짐승 취급과 서서히 굶겨 죽이는 기아와의 전쟁을 치러야 한다면 어떻게 해서든 이곳을 빠져나가야 한다. 악착같이 살아서 내가 변해야 한다. 수희언니의 말처럼 내가 변해야 산다. 변화된 의식을 지녀야 인간다운 삶을 누리게 되는 것이 분명하다.'

쌀쌀하게 대하면서 이별한 수희언니와 수영의 모습이 또렷하게 앞에 다가왔다. '그들을 찾아가리라. 남편도 뒤늦게 그걸 깨닫고 탈주했다가 잡혀온 것이 틀림없다. 비록 잡혀 와서 남편처럼 공개처형을 당한다 하더라도 나는 탈북하리라. 두만강을 건너리라. 딸들을 데리고 가리라.

목숨을 걸고 이 땅을 벗어나리라.'

수숙은 이제 완전히 어둠이 내려덮인 밭 사이 길을 더듬으면서 하모니카집으로 향했다. 어둔 빛을 헤쳐가면서도 두 딸은 길가에 자란 나물을 뜯느라고 자주 허리를 굽혔다.

"조심해라. 박새라는 독풀을 먹으면 죽는다. 풀중독으로 죽는 사람들이 많다고 하더라."

"풀중독에 걸린다고 죽나요?"

"그럼. 얼굴, 다리가 부어오르고 눈이 부어올라 보지 못할 정도로 되는 것이 첫 징조다. 부기가 갑자기 내리면서 오줌발이 서서 하루에도 몇 번씩 소변을 보면 부어올랐던 몸이 순식간에 빠지고 나중엔 뼈만 남은 몰골이 되는 순간 바로 죽는 병이다."

약초연구를 했던 수숙이 딸들에게 이렇게 설명하면서 한 칸 방에 한 칸 부엌을 가진 집에 도착하니 옆방에 사는 기숙이 문 앞에서 벌벌 떨고 있다. 손을 잡으니 사시나무 떨듯이 몸을 가누지 못했다.

"동무! 왜 그래요. 무슨 일이 잘못 되었어?"

이제 18세인 기숙은 남동생과 함께 둘이 살고 있다. 이빨까지 딱딱 부딪히며 떨다가 나중에는 삐죽삐죽 울었다. 수숙은 자신도 요 나이의 딸을 가진 엄마로 보기 딱해서어서 들어오라고 그녀를 방안으로 끌어들였다. 그래도 몸을 떨면서 입을 다문다. 복희와 복란이를 내보내고 말을 해보라고 다독였다.

"큰아버지가 김정일 동지에게 반대되는 의견을 말했다고 축출당했어요. 우리 어머니와 아버지는 아무 죄도 없어요. 큰아버지의 죄가 어째서 우리 집안의 죄가 되는지 모르겠어요."

"이 나라의 정책이 사촌에 육촌까지 전부 말살하자는 정책이라고 하더군. 깡그리 그 집안을 3대까지 죽여버리겠다는 뜻이지, 그런 정책에서 희생당한 거야."

기숙은 앉아 있는 다리가 저린지 두 발을 뻗고 살살 주무르면서 연신 울어댔다. 바지 앞쪽으로 피가 비치고 있다. 순간 불길한 예감이 스쳤다.

"너 혹시, 너 혹시……."

"네! 당했어요. 담화실에서 부른다고 해서 갔다가 강제로 부화당했어요."

부화란 성적관계를 말한다.

그러고 보니 기숙의 얼굴을 참으로 귀여웠다. 큰 눈하고 콧날이 오똑하니 눈에 띄게 고왔다. 작은 송편처럼 절묘하게 빚어진 입술이 도톰하니 예뻤다. 비록 옷은 누추했지만 그 속에 갇힌 아름다운 미모를 감출 수 없을 정도로 고운 자태였다.

"오늘 처음이니?"

기숙은 머리를 크게 끄덕였다.

"임신을 하면 큰일이다. 한 번 건드렸으니 또 다시 너에게 접근할 것이다."

이렇게 말하면서 기숙을 품에 안았다. 뛰는 가슴이 가녀린 참새새끼처럼 벌름거렸다.

"오늘은 우리 집에서 밥을 먹자꾸나. 죽이지만 물을 더 넣고 끓이면 너희 두 식구랑 함께 먹을 수 있다."

수숙은 부리나케 부엌으로 나가 마른 나무 가지를 꺾어 아궁이에 지폈다. 남편의 처형장면과 기숙의 부화사건이 그녀의 머리에 거머리처럼 달라붙어서 가닥을 잡을 수 없는 잡다한 생각이 물보라처럼 산지사방으로 흩날렸다.

3

농가들이 옹기종기 모여 있는 전형적인 시골마을에서 수향은 전도를 시작했다. 성경, 찬송을 들고 하는 전도가 아니라 동네사람들을 찾아가 그간 한국에서 겪었던 일을 간증했다.

모두 호기심에 가득차서 듣기는 해도 선뜻 모여들지는 않았다. 예수를 믿는 다는 것이 이 나라에서는 아직도 위험한 일이기 때문이다. 그러다가 한 사람을 만났다. 산 밑에 혼자 살고 있는 할머니로 그야말로 토종 그루터기였다.

"아주 먼 옛날 내가 이 마을로 시집오기 전에 예수를 믿었지. 그간 예수를 믿으면 잡아다 죽여서 여태까지 길고 긴 세월을 밤이면 혼자 몰래 숨어서 침묵찬송과 침묵기도를 했는데 이제 함께 할 친구가 생겼네. 아이쿠! 좋아라. 늘그막에 하나님께서 내게 복을 주셨어. 우리 같이 찬송을 부르고 기도합시다."

수향보다 먼저 예수를 믿었던 사람이다. 그야말로 남은 뿌리였다. 하나님이 끝까지 남겨둔 사람이었다. 백만 대군을 얻은 기분이었다. 동네에서 뚝 떨어져 넓은 밭을 사이에 두고 있는 집이라 맘껏 소리 지르며 기도하고 찬송해도 좋았다.

그 할머니의 단칸방에서 처음에는 둘이 앉아 한국에서 배운 찬송을 부르고 성경을 읽고 기도를 했다. 두 사람이 모인 곳이지만 무릎을 꿇고 기도할 때는 눈물이 흘러 무릎이 푹 젖었고 할머니는 수향이보다 더한 신심이 있어서 기도시간이 뜨겁게 달아올랐다.

석 달이나 그렇게 둘이서 제단을 쌓았다. 산 밑 할머니 집에 자주 놀러오는 과수댁이 천식으로 고생하고 있었다. 그 분의 병을 고쳐달라고 기도하면서 병이 낫자 그 분도 합세하여 예배를 드리기 시작했다.

가장 큰 기적은 나면서부터 귀머거리로 말을 못하는 동네처녀가 예배에 참석하여 귀가 뜨이면서 제일 먼저 한 말이 '쭈 예수 아이 워'(主耶蘇愛我)로 〈예수 날 사랑하오.〉라는 말이었다. 이 소문이 동네로 쫙 퍼져 나가면서 어찌나 많은 사람들이 모여드는지 좁은 산 밑의 할머니 방안이 끝까지 부풀린 풍선처럼 곧 터져나갈 지경이라 마루까지 나와 앉아서 집회를 시작했다.

집이 너무 작아서 마당까지 모였으나 다른 방도가 없었다. 그래도 수향의 집이 커서 낮에는 안방에 모여 예배를 드렸다. 찬송을 부르면서 사람들은 눈물을 흘렸고 신심이 펄펄 살아나서 뜨겁게 달아올랐다. 낮에 밭일로 예배에 참석 못한 젊은이들이 해질녘이면 안방이 미어지게 모여 밤늦게까지 찬송을 불렀다. 이러자니 얼떨결에 쫓겨난 남편은 밤에 밖에 나가서 집회가 끝나기를 기다려야 하는 고통을 감내하지 못했다.

"여보! 언제까지 이러고 살아야 되는 거지? 이 짓을 해서 돈이 생기나 밥이 생기나. 당신이 집회를 한다고 늘 이러고 있으니 내가 더운 밥도 제 때 얻어먹지 못하고, 이거 사는 게 아니야."

수향의 남편은 끓어오르는 가래침을 돋우어 봉창 밖으로 탁 뱉어냈다. 무엇인가 끝장을 낼 태세였다.

"병으로 죽을 수밖에 없는 저를 두 번이나 고쳐주신 하나님입니다. 벌써 죽어 땅에 묻혔어야 마땅한 제가 이렇게 살아난 것만 해도 얼마나 감사해요. 전 그 은혜로 인해 완전히 하나님께 사로잡힌 여자가 되었어요."

"그럼 계속 이렇게 살아가야 된단 말이야!"

"당신도 저와 함께 좋으신 예수님을 믿으세요."

그러잖아도 어머니까지 합세하여 무엇이 그리 기쁜지 벙글거리면서 지내는 것이 부아가 치밀었는데 이제 아들까지 수향과 함께 찬송을 부르고 몸을 앞뒤로 흔들면서 예배를 드리는 꼴을 바라보자니 남편은 풋감을 씹은 맛이었다.

"내가 이 판을 다 깨버릴 터이니 알아서 해."

남편이 분을 삭이지 못하고 휑하니 밖으로 나가버린다.

"아무래도 걱정이 되네요. 빨리 예배를 마치고 흩어집시다. 공안을 부르러 간 모양입니다."

제일 연장자인 노인의 말에 모인 사람들은 신속하게 예배를 드리고 조용히 흩어졌다. 먹장구름이 낀 그믐밤이었다. 칠흑 같은 농촌에는 외등이 하나도 없다. 텃밭을 끼고 있는 고샅길이나 논둑으로 해서 돌아가면 바로 어둠으로 묻히기 때문에 아무 일도 없었던 것처럼 사위가 고요했다. 수향은 성경책과 찬송가를 감추고 안방에 이부자리를 폈다.

갑자기 우당탕 공안원들이 들이닥쳤다.

"여기서 불법 집회를 한다고 신고가 들어왔는데 예수를 믿는다고. 예수는 정부가 지정한 제 삼자 교회에 가서 드려야지 어쩌자고 법이 금하는 일을 하는 것이요."

신발을 신은 채 대여섯 명이 우르르 안방으로 들이닥쳤으나 수수 빛처럼 흐린 전구 밑에 깨끗한 이부자리만 펴 있으니 저들도 실망하고 가버렸다.

조금 있다가 남편이 들어왔다. 분이 나서 식식거리는 것이 공안원들에게 되게 호통을 맞은 모양이다.

"여자가 남자처럼 머리가 잘 돌아가는군. 엉너리를 치면서 사람들을 홀리고 남편한테는 골탕 먹이는 짓을 해야 되겠어?"

"당신 살아계신 하나님이 무섭지도 않으세요. 어째서 그런 일을 하세요."

"내겐 하나님이 없어."

"하나님은 살아 계셔서 불꽃같은 눈으로 다 보고 계세요. 그러니 당신도 예수를 믿고 저와 함께 이 일을 합시다."

수향의 말에 남편은 우당탕 부엌으로 뛰어나가더니 시퍼런 식칼을 가지고 들어왔다. 그 칼끝을 수향의 가슴에 대고 소리쳤다.

"예수를 믿을래. 아니면 나를 믿을래. 예수와 나, 둘 중에서 하나를 택해."

복대기 치는 마음을 가누지 못하고 나대는 남편이다. 성깔이 머리끝까지 올라 얼굴빛이 창백해지면서 땀을 흘리는 남편의 얼굴을 수향이 가만히 바라보았다. 칼끝이 점점 살까지 닿도록.파고들었다. 살에 닿은 쇠붙이가 생경스럽도록 섬뜩한 촉감을 안겨줘서 전신에 찬물을 끼얹는 듯 소름이 끼쳤다. 남편의 분이 어린 눈살이 곧추 치떠 올라갔다. 눈꺼풀이 파르르 떨린다.

순간 수향이 조용히 아주 담담하고 용기 있게 말했다.

"전 예수를 택하겠습니다. 전 죽으나 사나 예수님의 것입니다. 이 세상에서 제겐 예수님이 우선순위입니다."

남편의 얼굴이 잿빛으로 변했다가 붉으락푸르락 분을 참지 못하여 식칼을 든 손이 파르르 떨렸다. 어제 숫돌에 날을 벼린 칼이라 조금 힘을 주자 연한 가슴살 속으로 파고들어 하얀 블라우스의 앞가슴 섶에 새빨간 피가 비쳤다. 밖에서 마음을 졸이면서 안에서 벌어지는 일에 귀를 기울이고 있던 시어머니가 뛰어 들어와서 아들의 손에 쥐어진 식칼을 앗아갔다.

"너 제정신이 아니구나. 만물을 창조하신 옥황상제님을 거역했다가는 너는 제 명에 죽지 못한다. 이 집에 이런 놀라운 복음이 들어왔으니 너도 두 손을 들고 영접해라."

반년이 넘도록 며느리와 함께 찾아오는 사람들을 거느리고 시중을 들면서 낮과 밤으로 들은 말씀이 시어머니의 입에서 술술 흘러나왔다.

"집안 꼴 잘 되어간다. 그럼 내가 이 집을 나갈 터이니 알아서 잘들 살아보라고."

식칼을 어머니에게 빼앗긴 남편은 주섬주섬 자신의 옷을 싸가지고 마을 앞개울의 살고지 다리를 건너 가버렸다. 수향의 마음이 순간 물살같이 흔들렸다. 들판에 휑하니 찬바람이 인다. 살 일이 막막했다. 그나마 짓던 농사일을 못하면 시어머니와 아들, 그리고 수향이 세 식구가 무엇을 먹고 산단 말인가. 그래도 걱정하지 말고 씩씩하게 지금의 일을 계속하기로 했다. 너희들은 내일 일을 걱정하지 마라. 들에 피는 백합화를 보라. 저들은 수고도 아니 하고 길쌈도 아니 해도 솔로몬의 모든 영광으로도 입은 것이 이 꽃 하나만 같지 못하다고 하지 않았던가. 오늘 있다가 내일 아궁이에 던져버리는 들풀도 하나님이 이렇게 돌보신다.

아무리 수향이 베드로처럼 씩씩하고 어깨가 넓고 우람한 체격이라지만 남편에 비해 농사일에 서툴렀다. 게다가 말씀 준비하고 성도들을 돌보느라고 농사일은 자연히 뒷전이 되었다.

그러나 성도들이 모두 빈손으로 오지 않았다. 파를 몇 뿌리 들고 와서 슬그머니 부엌에 놓고 가는 사람도 있었고 어떤 이는 늙은 호박을 가져 오기도 했다. 심지어 풋콩을 뽑아서 몇 줄기 갖다 놓는 이도 있었다. 또 보리를 한 줌 가져오는 가난한 성도도 있었다. 모두 개미가 먹이를 나르듯 조금씩 가져다주었다. 그것으로 죽이 되나 밥이 되나 끓여서 세 식구가 먹고 살았다.

인근에 있는 동네 사람들만 모이는 것이 아니라 산을 넘어 먼 곳에 사는 사람들도 물이 고이듯 슬렁슬렁 들어왔다. 어쩔 수 없이 산 너머 마을에까지 가정교회를 세우고 순회하기 시작했다. 그렇게 생긴 가정교회가 열 군데가 넘어서 이제는 농사고 집안일이고 몽땅 집어치우고 그 일만 해도 몸이 쪼개질 지경이었다.

4

겨울 한추위에 가정교회의 신구넘에서 허우적이던 수향은 일어설 힘도 없어서 대문에 기대어 앉아있는 한 처녀를 만났다. 먹지를 못해 수척한데다가 허름한 옷에서는 때 구정물이 줄줄 흘렀다. 그야말로 시르죽은 몰골이었다.

"여보시오. 이 추위에 왜 여기 이러고 있소?"

20을 갓 넘긴 듯 보이는 처녀는 기운 없는 눈을 가까스로 들어 수향을 쳐다본다. 너무 오래 굶어서 속엣 것이 다 빠져나간 듯 휘휘해보였다.

"밥을 좀 주세요. 배가 너무 고파요."

"어서 안으로 들어와서 몸이라도 녹입시다. 여기 이러고 있다가 얼어 죽겠소. 이곳의 추위가 상당한 걸 모르시오."

여자는 비실비실 수향을 따라 들어왔다. 중국말을 전혀 못하는 것을 보고 직감적으로 요즘 두만강을 넘어 오는 탈북자란 생각이 들었다.

"탈북자지요?"

수향이 목소리를 낮추고 가만히 물었다. 여자는 눈물을 주르륵 흘리면서 머리를 끄덕였다.

"풀무질에 담금질된 쇠붙이처럼 살아야지 이렇게 마음이 여려서 어떻게 살려고 이러오."

부엌에서 밥과 국을 게 눈 감추듯 먹고 난 여자는 조선말을 하는 조선족을 만났는데도 두려움에 잔뜩 싸여 불안한 눈을 감추지 못하고 연신 사방을 두리번거리면서 경계심을 늦추지 않았다.

"여긴 안전해요. 마음 놓으세요. 제겐 무람없이 굴어도 좋아요. 어쩌자고 이렇게 추은 날 여기 이 농촌까지 들어왔소?"

처녀는 그래도 믿기지 않는지 말끄러미 수향을 살핀다.

"도시는 무서워요. 농촌이 더 인심이 좋아서 마음이 놓여요. 사방에 공안들의 눈이 번뜩거려서 숨을 쉴 수가 없어요."

한겨울의 추위를 우선 피해야 했기에 온기라곤 스민 데 없는 여자를 우선 안방으로 데리고 들어갔다. 이런 때는 남편이 없다는 사실이 좋았다. 아랫목에 펴 놓은 이불 속으로 여자를 끌어넣었다. 이렇게 한 식구가 된 옥희는 수향이 하지 못하는 집안일을 거들기 시작했다. 사람들이 매일 이것저것 조금씩 가져다놓은 양식들을 모아서 식구들이 먹을 수 있도록 식사준비도 하고 집안을 치우고 빨래도 해서 구석구석이 아주 깨끗하게 반짝거렸다. 옥희는 말없이 묵묵히 일만 했다. 낮에 한 번 밤에 한 번 안방에서 모이는 집회에도 꼭 참석하여 은혜를 받았다.

마침내 수향이와 둘이 조용히 앉아 있는 어느 한가한 오후에는 앞으로 예수를 믿겠다고 털어놓기도 했다.

"너 남조선으로 갈 계획이지?"

옥희는 잠깐 놀라는 기색을 하고 주위를 둘러보더니 그렇다고 눈물이 그렁한 눈을 하고는 머리를 주억거렸다.

"남조선에 가면 예수를 믿어야 한다. 거긴 많은 사람들이 자유롭게 예수를 믿고 교회에 다닌단다. 북한이나 여기처럼 공안의 위협을 받지 않고도 교회를 다닐 수 있는 종교 자유국가이다."

옥희는 알겠다고 머리를 크게 주억거리면서 반가운 기색을 감추지 못했다.

"남조선에 가면 아는 사람이 있니?"

"어머니가 먼저 가 있을 것 같아요."

그 말을 하면서 옥희는 펑펑 울어버렸다. 그 뒤에 숨겨진 사연이 너무 기가 막혔다. 옥희는 몇 시간을 울면서 그간 있었던 일을 늘어놓았다.

옥희네 두 모녀는 남들이 두만강을 건너가서 양식을 구해오는 것을 보고 너무 배가 고파서 굶어 죽느니 차라리 그 방법을 택하기로 했다. 식구래야 딱 두 사람, 어머니와 옥희는 꽁꽁 얼어붙는 두만강을 건넜다. 양식을 구하기도 전에 강독에서 옥희가 중국공안에게 잡혔다. 딸과 조금 떨어져 있던 어머니는 잡혀가는 그녀를 보고도 눈물을 못 흘리고 혼이 나간 사람처럼 멍청하게 서 있었다. 그게 어머니와의 마지막 이별이었다.

옥희는 바로 중국에서 북한으로 북송되었다. 단순히 배가 고파 양식을 구하러 갔으면 6개월간 노동단련대 노역에 갇혔다가 나올 수 있지만 남조선으로 갈 계획이었거나 남한사람을 만나서 교회에 나갔다면 최소한 5년 동안 정치수용소로 가기 때문에 살아나오는 경우가 거의 없었다. 북한의 양식사정이 극도로 나빠져서 밖에서도 굶는 판에 죄수들에게 제대로 된 밥을 줄 리가 없었다. 주먹밥 800그램에 짐승에게 주기조차 꺼려할 소금국이 전부였다. 주먹밥은 아이 입으로 두 번 씹으면 없어질 만큼 적은 양이었다. 그것도 옥수수 알이 반이 넘어 얼마나 허기가 지는지 겨우 생명이 끊어지지 않을 정도의 밥이었다.

여기 갇힌 사람들이 많이 걸리는 병은 펠라그라라는 병으로 일명 개병이라고 한다. 개를 잡아먹어야 낫는다는 병으로 영양부족으로 오는 일종의 피부병이다. 게걸병이라고도 하는데 첫 증상은 손부터 시작하여 얼굴에 이르기까지 마른버짐이 심하게 핀 것처럼 피부가 거칠어지다가 벗겨지고 노인들에게는 손톱이 뒤로 젖혀지는 증상도 있다. 자유주의 정신이 대갈통에서 빠져나가는 방법이라면서 북한에서는 죄인을 다룰 적에 먹을 것으로 통제한다.

아주 야비한 방식이다.

"너 진짜로 양식을 구하려 중국으로 갔는가?"

"그렇습니다. 배가 고파서 양식을 조금이라도 구해오려고 갔다가 잡혀왔습니다."

"네 말을 믿을 수가 없어. 네 어머니랑 같이 도강했는데 너만 잡혀온 걸 보면 알 수가 있어."

"정말입니다. 순수히 양식을 구하러 갔습니다. 어머니는 강을 건너면서 많은 사람들 틈에서 잃어버렸습니다."

"이게 또 거짓말을 해. 구류 밥을 먹어봐야 알겠어."

죄수들은 구류장이란 말만 들으면 오금이 저린다. 800그램 주던 밥덩이가 어린애 한입 양인 300그램으로 줄기 때문이다. 귓속말로 들은 정보에 의하면 구류장은 크기가 사방 2미터로 앞쪽에 쇠창살과 맨 밑에 밥을 넣어주는 세로 20센티 가로 10센티 크기의 구멍이 있어 그리로 밥이 전달된다고 한다. 뒤쪽에는 한 사람이 겨우 엎드려 기어 들어갈 수 있는 철문이 있고 철문에는 감시를 위한 가로 2센티 세로 3센티의 구멍이 있는데 모두 콘크리트로 되어 있고 바닥엔 나무 판을 깔아 놨다. 거기서 무릎을 꿇고 있어야만 하는 고통의 갇힌 공간이다.

"선생님, 잘못했습니다. 하라는 대로 할 터이니 살려주세요. 구류 방에 가면 다리가 썩어 나온다는데 아직 어린 나이에 다리가 썩으면 전 살지 못합니다."

"그럼 내일 이맘 때 담화실로 와."

교화소에는 화장실이 세 군데 있었다. 죄수들이 사용하는 화장실, 보위원이나 경비대원이 쓰는 화장실, 마지막으로 개별 담화실이라는 곳이 있었다. 담화실이란 원래 죄수들을 불러다가 사상검토를 하는 곳이지만 어찌된 일인지 화장실이라고 하는 것은 선생님들이 성적배설을 하는 곳이 되기도 했다. 이건 암암리에 모두 알고 있는 현실이었다.

재판결정이 바로 나서 옥희는 노동단련대로 옮겼다. 다행히 죄상이 경미하게 취급되어 일용반으로 배치를 받았다. 여기서 6개월을 살아야 한다. 마음이 아득해지고 전신에 힘이 쑥 빠져나갔다. 이곳 생활이라는 것이 스스로 인간이기를 포기한 삶인 걸 알고는 있었다. 그것 때문에 일반 인민들은 노동단련대나 정치범수용소에 가지 않으려고 갖은 아양을 다 떨면서 살아가고 있기 때문이다. 우는 아이들에게 일본 순사가 온다면 울음을 그쳤다는 일제 강점기의 이야기를 들은 적이 있는데 바로 그런 수법을 쓰고 있는 셈이다.

일손이 모자라는 봄철엔 농촌지원을 나가야 했다. 봄이면 김일성이 개발한 주체 농법인 강냉이 영양단지 전투에 들어간다. 그 다음엔 영양단지에서 튼실하게 자란 강냉이를 모종하여 옮겨 심는 강냉이 이식 전투를 해야 한다. 그 일이 끝나면 바로 모내기 전투에 들어간다. 흙을 밟게 되면 죄수들은 논둑이나 옥수수 밭에 나 있는 푸성귀나 나물을 몰래 뜯어다가 감춰가지고 돌아온다. 죄수들의 영양상태를 높인다고 쌀겨와 솔잎가루를 조금씩 나눠주면 그걸 밥과 함께 푸성귀를 비벼서 밥의 크기를 살려 보려는 속셈이다. 솔잎가루를 주는 것은 습기가 많은 감옥에서 오래 생활할 경우 걸리기 쉬운 곱사병을 예방하기 위해서라나.

선심이라도 쓰듯 보위원이 악을 쓴다.

"쌀겨와 솔잎가루를 주시는 김정일 동지에게 감사하라. 일제히 '경애하는 수령 김일성 원수님 고맙습니다. 친애하는 지도자 김정일 선생님 고맙습니다.'라고 목청껏 외치면서 먹어야 한다. 너희들은 다 죽여야 할 종파분자들인데 그래도 너희들을 생각해서 이걸 주시는 것이다."

사람이 사람다워지는 것은 최소한의 배고픔이 해결될 때 가능한 일이다. 여기 갇힌 죄수들은 모두가 짐승이었다. 짐승이 되어서도 살아야 할 것인지 옥희는 자살의 충동을 간신히 참고 있던 중 농촌지원일을 나갔다가 끔찍한 일을 목격했다.

밑에서 여자죄수들이 강냉이 이식 전투를 하고 있는 동안 남자죄수들은 인분을 지고 비탈 위로 올라가 그 거름을 밭이랑에 주는 일을 맡았다. 지게에 무거운 인분을 나르던 40대의 남자죄수가 그만 비탈길에서 휘청했다. 영양실조에 걸린 몸이 인분의 무게를 견디지 못하고 가파른 비탈의 정상에서 밑으로 구르기 시작했다. 여자죄수들은 놀라서 모두 하던 일을 멈추고 "어어……" 하면서 안타깝게 쳐다보았다. 그 순간 보초를 서던 경비병이 남자죄수를 총으로 쏴서 사살해버렸다. 총소리가 귀청을 찢는 순간 모두 횅한 눈을 차마 들지 못하고 머리를 숙였다. 현장에서 사살된 남자죄수는 탈주를 시도했다는 죄명으로 처리되었다.

"보아라. 탈출을 시도하면 저렇게 된다."

경비병의 외침에 모두 하던 일로 돌아갔고 남자죄수들은 여전히 똥지게를 지고 비탈을 비틀거리면서 올라갔다.

순간 옥희는 결심했다. 이곳에서 살아나가야겠다고 이를 갈았다. 짐승처럼 살다가 죽는다는 것은 너무 억울하다. 무슨 수를 써서라도 살아 나가야겠다는 결심을 하면서 자살의 충동을 억누를 수 있었다.

이곳 생활에서 가장 큰 낙은 김일성 장군 탄신일이다. 북한의 명절은 김일성의 기일인 태양절과 김일성 장군 탄신일, 김정일 당비서 탄신일, 해방명절, 당 창건일 그리고 설날이다.

두세 달에 한 번씩 있는 명절은 인민들에게 시름을 잊고 춤추며 노래하며 즐기라고 장려하는 날이다. 집에서 가족과 함께 즐기는 것이 아니고 산이나 들과 바다로 나가 장구치고 노래하며 춤을 추게 한다. 영원히 살아계신 김일성이라고 해서 김일성의 국상날도 태양절로 바꾸었다. 슬픈 날이 아니고 기쁜 날이라는 뜻이다.

죄수들이 고기를 먹을 수 있는 날은 일 년에 딱 한 번, 북한의 최대명절인 김일성 생일이었다. 그날은 아침에 딱 한 끼 갓난아기 주먹만 한 쌀밥덩이에 사방 3센티 정도 되는 돼지고기 두 조각, 무국과 된장이 나온다. 말이 된장이지 콩으로 메주를 띄운 것이 아니라 술 찌꺼기로 만든 시큼한 반찬이 전부였다. 그래도 다들 한 달을 두고 그 날을 기다린다. 마치 먹기 위해 태어난 짐승들 같았다. 그게 바로 이곳 풍경이다.

저녁 8시까지 심한 노동을 하고 죽지 않을 만큼 조금씩 주는 음식을 받아먹으며 짐승처럼 살아야 한다. 밤이면 사람 기름에 절어 꺼멓게 윤기가 도는 감방 벽을 바라보면서 이깔나무 바닥 짬 사이에 오글거리는 벼룩에 시달렸다. 모든 죄수들의 옷은 땟물이 줄줄 흐르고 낡아서 악취가 풍긴다. 모두의 얼굴에는 감정도 없다. 돌처럼 굳은 표정을 짓고 로봇처럼 목적 없이 움직이는 몰골이다. 따지고 보면 여기뿐만 아니라 북한 사회 전체기 그런 원리로 통제당하고 있었다.

노동단련대를 6개월 만에 나온 옥희는 옛집으로 갔더니 벌써 다른 사람이 살고 있어 동네를 돌아다니며 수소문해 보았으나 어머니는 8개월 전에 떠나 다시 돌아오지 않았다고 했다. 그럼 어머니는 중국에 남아 있는 것일까 아니면 남조선으로 탈출했을까. 아무튼 둘 중 하나였다.

노동단련대를 다녀온 여자라는 탈을 쓰고서는 취직을 할 수도 없었다. 붉은 점이 찍힌 여자라 아무데서도 받아주질 않았다.

죽든 살든 어떻게 해서든지 탈북을 해야겠다는 생각에 다시 두만강으로 나왔다. 강을 건너가야 어머니를 만날 수 있다. 거기서도 못 만나면 무슨 수를 써서라도 남조선으로 가야 한다. 중국공안들이 북한 보위원들과 결속하여 눈을 시퍼렇게 뜨고 날뛰는 남의 땅, 중국이다. 탈북자를 잡아서 인신매매로 돈을 버느라고 법석인 그곳이 그래도 마지막 택할 길이었다. 북한에 정을 둘 곳이 한 군데도 없었다. 그만큼 노동단련대의 생활은 그녀를 황폐하게 만들었다.

옥희는 다시 한 번 더 두만강을 넘었다.

5

여기까지 이야기 하는 동안 해가 훤히 떠올라 시간이 무척 많이 흘렀다.

"그래서 어떻게 이곳까지 올 수 있었어?"

"단동의 조선족 식당에서 일을 하면서 남조선으로 갈 기회를 엿봤습니다. 남조선으로 가는 방법을 찾으려면 돈이 필요했어요. 안내자에게 줄 돈으로 루트를 알아내야

하기 때문이지요. 제가 다시 중국공안에게 잡혀서 북송되면 전 죽은 목숨입니다. 저는 결사적이었어요. 죽느냐 사느냐 하는 문제였으니까요."

"그럼 남조선으로 향하는 루트를 타다가 잡혔었나?"

"아니요. 조선족에게 당했어요. 조선족 식당주인이 돈을 주지 않고 그간 일한 일 년 치를 꿀꺽한 거예요. 나중에 주겠다고 하고선 말이지요. 돈을 달라고 하니까 중국공안에게 알리겠다고 협박을 하더라고요. 공안의 위험을 무릅쓰고 밥을 먹이고 보호해 주었는데 고마워하진 않고 돈을 요구하느냐고 오히려 호통을 쳤습니다. 그 밤에 도망을 쳤어요. 한국 관광객들이 이따금 상 위에 놓고 가는 팁이란 것을 챙겨서 모으니 200원이 되었어요. 그걸로 무조건 심양으로 나왔지요. 그리고 무턱대고 산 속 깊은 곳으로 들어가 이곳 농촌으로 파고든 것입니다. 사람들이 무서워요. 모두가 무서워요. 세상에서 제일 무서운 것이 사람이에요."

이 말을 하면서 옥희는 수향의 품에 안겨 서럽게 울었다.

"내가 도와주마. 너를 남조선으로 가게끔 내가 도와주마. 어떻게 하면 좋겠니?"

"제가 중국에 온 지 2년이 가까워 가지만 중국말을 못해요. 제가 중국말을 못한다는 것은 탈북자라는 뜻이니 중국공안에게 잡힙니다. 저를 국경까지 데려다 주세요.

국경을 넘다가 죽으면 죽겠습니다, 제 목은 이미 내놓은 상태이니 무서울 것이 없습니다."

이런 옥회를 위해 수향은 탈북경로를 알아보았다. 남조선으로 가는 길은 이렇다하게 알려진 길이 없었다. 저마다 이용 루트가 달랐고 모두가 성공하는 법이 없이 잡히기도 하고 죽기도 했다.

단동에서 서해안을 이용하여 인천으로 가는 길도 있으나 바다라는 점이 무서웠다. 지난달에는 보트를 훔쳐 타고 그리로 간 사람들이 성공해서 남한에 정착했다고 한다. 그러나 모두가 성공하는 것은 아니다. 더러는 물에 빠져 죽기도 하고 더러는 중국해안대에 잡혀 북송되기도 한다. 중국의 남단 미얀마(버마) 쪽으로 해서 태국의 한국대사관을 통하는 사람도 있고 베트남으로 향하는 사람도 있었다. 그러나 제일 무난한 길이 아무래도 내몽고에서 외몽고로 넘어가는 길이라고 수향은 판단했다. 한국대사관으로 돌진할 수도 있으나 그건 국제문제가 되어서 한국측이 불리할 경우 그들을 받아 줄 수도 있고 거절할 수도 있다. 거절당하면 그건 틀림없이 북송이다.

결국 택한 코스가 북경을 거쳐 내몽고로 해서 외몽고로 가는 길이었다. 그 분야에 전문가로서 목숨을 걸고 일하는 곽 사장을 수소문하여 쉐라톤 호텔에서 만나 자신의 신분을 밝혔다.

"제 집에 탈북자가 한 명 숨어 있습니다. 남조선으로 갈 수 있는 길을 모르는데 좀 도와주세요. 너무 가엾습니다. 한 번 북송되었던 사람이라 다시 북송되면 공개처형을 당할 것이라고 합니다."

"여자요, 남자요?"

"20대 초반의 처녀입니다."

"동행할 사람은?"

"제가 국경까지는 데리고 가려고 합니다. 공민증도 없고 중국말을 못하니 어쩔 수 없이 누군가가 도와줘야 합니다."

"참으로 좋을 일을 하십니다. 댁의 성함이라도 알아야겠군요. 휴대폰 번호도 주셔야 내몽고에서 서로 연락을 하지요. 함께 국경을 넘을 사람들을 모아서 가게 할 것입니다. 보통 10명 내외의 인원으로 구성됩니다. 거기에 끼워줄 것입니다. 안내원에게 줄 돈도 준비해야 합니다."

"제 이름은 장수향이고 제 휴대폰 번호는……."

이름을 듣는 순간 곽 사장이란 사람은 악! 하고 놀라는 표정을 감추지 못하고 수향의 얼굴을 주시했다.

"다시 한 번 이름을 대 주실까요?"

"왜요? 무슨 사연이라도 있는 이름인가요? 제 이름은 장수향입니다. 심양 근교에 살고 있습니다. 농촌이지요."

"혹시 북한에서 태어나서 중국으로 오시지 않았습니까? 언니는 장수희라고 하고 동갑내기 장수영, 그리고 막내로는 장수숙이 있지요. 셋은 자매지만 한 사람은 사촌이라고 하더군요."

자매들의 이름이 줄줄 나오자 수향은 기절할 것처럼 놀라서 입을 딱 벌렸다.

"그들이 다 살아 있단 말씀입니까?"

"수희언니는 미국시민권을 가지고 미국에 살고 있고 수영 씨라는 분은 한국에서 잘 사는 기업인이고 수숙이라는 막내 분은 북한에 있는 걸로 압니다."

"아아! 모두가 살아 있었군요."

"제가 연락이 닿은 분으로는 미국의 수희씨라는 분입니다. 그분의 휴대폰 번호를 줄 터이니 그리로 연락을 하세요. 이거 놀라운 기적이 일어났습니다. 중국이라는 이 큰 땅덩이에서 바늘을 줍는 것 같은 사건이 일어났으니 이건 순전히 하나님의 은혜입니다."

"하나님이라고 하셨나요? 예수를 믿는군요. 그럼 여기 중국에는 어떻게?"

"아하! 전 그저 무역을 하는 평범한 사람입니다."

곽 사장이란 사람은 멋쩍게 웃으면서 머리를 긁적거렸다.

"제가 내몽고까지 갈 수 있는 날짜는요?"

"연락을 하겠습니다. 우선 남조선으로 갈 탈북자들을 모아놓고 안내자를 만나야 하니까요."

심양의 쉐라톤 호텔 로비에서 곽 사장과의 만남은 그저

꿈만 같았다. 생이별한 언니와 동생을 찾다니 세상에 이런 일이! 그들이 살아있다는 소식에 수향은 숨이 막혀 헉헉거리면서 그 큰 몸을 흔들흔들 발을 헛디뎌가면서 집으로 향했다.

"내가 좋은 일을 하니까 하나님이 도우시는 거야. 옥희를 도우니까 하나님이 곱게 보시는 거야. 옥희에게 신앙 훈련을 더 열심히 시켜서 남한으로 파송해야시."

이런 생각이 떠오르자 절로 찬송이 입가를 맴돌았다.

6

곽 사장에게서 연락을 받는 것은 그 후 열흘 뒤였다. 옥희는 죽을 각오한 듯 아주 비장한 표정이다. 우선 북경까지 가서 일행을 안내할 중국인 안내자를 만나기로 했다.

북경역에서 국경행 열차를 갈아타기 위해서 먼저 표를 산 뒤에 접선하기로 한 장소에서 또 다른 부부가 합세했다. 기차 안에는 북한 사람도 있었다. 아마도 출장 나온 북한의 고위층임에 틀림없다. 옥희는 그들을 보면서 구토증을 참아야 했다. 자신의 의지와 사고, 욕망을 단 한 명의 지배자에 의해 감시당하고 통제당한 것에 대한 분노였다. 로봇처럼 꼭두각시 삶을 살아가는 그들은 대체 누구란 말인가. 짐승이 되었건만 그걸 알아채지 못하고 아직도 그 줄에 묶여 살아가는 저들이 나중에는 가엾게 생각되었다.

다음날 내몽고 가까운 어느 역에서 내려 서너 시간 지체했다. 그곳부터는 글자도 달랐다. 내몽고 자치주라고 해서 중국말이 아닌 이상한 말을 했다. 그만큼 체포의 위험이 덜어진 셈이다. 다시 열차를 타고 몽골과 중국의 국경인 알렌역에서 내렸다. 뜨거운 물을 사서 한국 안내인이 내놓은 한국 컵라면으로 요기를 하고 국경을 돌파할 마음의 준비를 하라고 했다. 알렌역에서 중국 각 곳에 숨어 있던 탈북자들 일곱이 합세하여 일행은 모두 10명이 되었다.

드디어 국경 횡단 첫걸음이 시작되었다. 한국인 인솔자와 중국인 안내자는 어둠을 가르고 산비탈을 걷다가 막막하게 펼쳐진 사막 쪽을 가리켰다. 어둠 속 어디선가 바스락거리기만 해도 손에 땀이 고였다. 얼마를 걷다가 저들이 가야 할 방향을 가르쳐주고 길을 인도하던 사람들이 모두 뒤로 물러섰다. 거기까지 따라간 수향도 옥희를 놔주고 뒤로 물러서야 했다.

"이제 하나님의 손에 너를 맡긴다. 기도하면서 가라."

옥희는 수향의 가슴에 폭 안기면서 흐느꼈다.

"반드시 살아 돌아오겠습니다. 자랑스러운 남조선 여권을 쥐고 와서 떳떳하게 중국 땅에 서겠습니다. 어머니를 남조선에서 못 찾으면 다시 중국으로 찾으러 올 것입니다."

"장하다. 장해. 넌 꼭 성공할 것이다. 내가 금식하면서 기도할 터이니 좋으신 하나님은 그 기도를 꼭 들어주실 것이다."

옥희는 아멘으로 크게 화답했다.

마지막으로 한국인 인솔자가 저들을 향해 속삭였다.

"앞으로 다섯 시간 이상을 길어야 합니다. 국경 철조망이 8개가 있으니 그걸 하나씩 넘게 됩니다. 마지막 8번째는 전기가 흐르는데 거기까지 가면 성공입니다. 거기 가면 우리 쪽에서 연락된 사람들이 나와 있을 것입니다. 성공을 빕니다. 힘 있게 임하시기를 바랍니다. 지금이 11시 반이니 다음날 새벽 5시까지 걸어서 국경을 넘어야 외몽고 국경선 철조망에 닿을 것입니다. 그러면 우리와 연락된 안내원들이 일을 처리하여 한국으로 가게 할 것입니다."

중간에 먹을 소시지와 땀을 흘릴 것에 대비하여 소금과자를 각 사람에게 분배하여 주고는 모두 뒤로 물러서서 어둔 뻘 속으로 몸을 감췄다. 그간 여뤄두었던 힘을 써야 하는데 잡히면 죽는다는 불안감에 다리가 부들부들 떨렸다.

안내자도 없이 헐렁하게 버려진 쓸쓸함을 안고 탈북자들 10명은 어둠의 사막 속으로 내동댕이쳐졌다. 사막의 바람은 거셌고 밤이 되자 기온도 급강하해서 얼어붙을 듯이 추웠지만 저들은 앞으로 씩씩하게 발걸음을 옮겼다.

옥희는 발걸음을 옮길 때마다 속으로 외쳤다.

'내 조국 북조선아! 너는 어째서 나를 이 지경으로 몰고 가느냐. 난 너를 사랑했다. 나를 낳아준 땅이고 어려서부터 사귄 친구들도 거기 있으며 바로 그곳에 친척들도 있다. 아버지가 죽어 묻힌 산소도 거기 있다. 조상들이 묻힌 산야가 거기 있지 아니하냐. 북한의 산야를 흐르는 강물 속에 내 조상의 얼과 육신이 녹아 담겨 있지 아니하냐. 그간 잘 살아보려고 얼마나 충성을 했으며 진지하게 임했는지 아느냐. 나는 너를 사랑한다. 내 조국, 북한아. 너를 미워할 수가 없구나.'

그녀는 두만강을 건널 때처럼 북조선을 향해 큰절을 했다. 꼭 다시 돌아오겠노라고.

한편 수향은 내몽고의 국경 역인 알렌역에서 다시 기차를 타고 북경으로 향했다. 거기서 심양까지 가는 동안 반을 졸고 반은 옥희를 위해 눈을 감고 기도했다. 북경역에서 심양행으로 갈아탈 때에 휴대폰이 울렸다. 발신자는 보이지 않았다.

옥희가 외몽고에 도착하여 무사히 영사관에서 일을 잘 해결했다는 전화일까 하고 휴대폰을 열었더니 바다를 건너는 듯 윙하는 긴 음이 울렸다가 아득히 멀리서 여자의 목소리가 들렸다.

"수향아! 언니 수희다."

수향은 어떻게 응해야 할지 몰라서 잠시 수화기를 움켜쥐기만 했다. 무슨 말을 먼저 해야 하나. 흐드러지게 핀 꽃들이 조락하듯 앞이 흔들렸다. 가슴이 후드득 뛰었다. 아무리 눈을 똑바로 뜨고 정신을 차리려 해도 앞이 어리바리 뭉개져버렸다.

"언니, 수회언니라고 했어? 나는 수향이라고."

서로는 말을 더 이상 잇지 못하고 한참 흐느꼈다. 어느 정도 울음을 삼킨 수회가 먼저 입을 열었다.

"미안하다. 너를 지켜주지 못하고 중국에 두고 와서. 정말 미안하다. 용서해다오."

수회언니는 격렬하게 통곡했다. 수향은 정신을 차리지 못하고 침묵했다. 간간히 들려오는 언니의 사과의 말에 어떤 말을 해야 할지 몰라 수향은 한동안 멍청하게 있었다. 언니의 흐느낌 속에서 미안하다. 용서해달라는 말이 수없이 반복되다가 나중에는 이렇게 말했다.

"수향아! 살아 있어 줘서 고맙다. 죽기 전에 너를 만날 수 있어서 하나님께 감사한다. 아버지가 순교한 일이 우리 자매를 축복한 것으로 안다. 너 예수는 믿고 있니?"

어느 정도 정신을 차린 수회언니가 울음이 가신 목소리로 물었다.

중국과 미국을 연결한 전화 줄의 길이가 얼마나 되는 것일까. 그 거리가 너무 가깝게 느껴졌다.

"언니! 나는 예수를 믿을 뿐만 아니라 가정교회를 운영하고 있어. 여기 중국에선 기막힌 역사가 일어나고 있어. 기적이 마구 일어나. 눈 먼 장님이 눈을 뜨고 벙어리가 말을 하고 피부병이 낫고 위장병이 나을 뿐만 아니라 암환자도 마구 치유되는 역사가 일어나고 있어. 그런데 일할 사람이 없어. 전도할 사람이 없어서 매사에 힘이 들어. 나도 신학을 공부한 적이 없어서 설교를 준비하느라고 정신이 없어. 공안의 위험도 도사리고 있고 돈도 없어."

예수란 말이 두 자매의 대화 줄을 뜨겁게 달구어주었다.

"여기서도 중국선교를 하는 사람들의 선교보고를 들어서 잘 알고 있다. 내 동생이 순교자 아버지의 뒤를 이어 주의 일을 한다니 나는 네가 너무 자랑스럽다. 돈은 걱정 마라. 내가 이곳에서 돈을 벌어야 할 이유를 몰랐는데 이제야 알게 되었다. 네 선교비는 내가 대마. 이제부터 돈을 벌 것이다. 아주 많이 벌어서 너를 도울 것이다."

수희가 어느 정도 돈을 벌어 가지고 중국으로 오겠다는 대화를 끝으로 수화기를 놓았다.

수향은 놀라운 하나님의 역사에 그저 입을 딱 벌리고 차창을 통해 흘러가는 산야에 그윽한 눈길을 던졌다. 예수를 믿으면서 연달아서 기적이 일어나고 있었다.

토막잠을 자면서 기차를 타고 있던 수향은 언니 수희의 전화를 받고는 정신이 맑아져서 다시는 잠을 이룰 수가 없어 점점 더 정신이 또렷해졌다.

7

수희는 이제야 삶의 방향이 잡혔다. 주위의 모든 것이 매캐하고 밍밍하고 미지근해서 뜨겁지도 차지도 않은 천사의 도시 나성의 삶에 빠진 일상이었다. 전쟁이 없는 곳이요, 먹을 것이 넘치는 나라요, 아프면 의사가 기다리고 있고 자녀들 교육도 그렇게 신경 쓰지 않아도 되는 나라다. 왜 살아야 하는지 모르고 날마다 그렇고 그런 날들이 흘러가는 곳이다. 더구나 천사의 도시인 나성은 사계절이 뚜렷하지 않아서 겨울엔 눈이 오지 않고 비도 이른 비와 늦은 비만 오는 사막지대를 끼고 있는 지형이다. 일 년 내내 청바지에 반팔을 입고 다녀도 오케이인 고장이다. 이런 곳에 살다보니 온실의 식물처럼 몸도 마음도 유들유들할 뿐이다. 겉으로 보기에는 화려하고 아름답지만 속에 든 것이 없을 정도로 멍청하고 밍밍한 상태로 정지한 삶이었다. 사계절이 뚜렷한 고장에 사는 물고기처럼 재빠르고 또릿또릿한 몸놀림이 아니라 느릿하고 흐느적거리는 몸짓으로 살아가는 사람으로 수희는 변해 있었다.

중국의 수향과 통화한 날, 밤새워 자신의 삶을 돌아보았다. 아버지의 죽음을 목격한 아픔은 자신도 모르게 무의식 깊은 곳에서 조국을 강하게 부인하고 잊게 했다. 징그러운 조국이었다. 아버지의 죽음 현장에서 보았던 무서운 장면은 그만큼 강렬하게 머리와 가슴에 각인되어서 조국을 향해 머리를 들기도 싫게끔 했다. 수향과 수숙 두 동생을 그간 찾지 않았던 것도 어쩌면 거머리처럼 달라붙으면서 파고들 아버지에 대한 아픈 기억을 다시 의식으로 떠올려 끌어안기 싫어 그랬다는 사실을 이제야 고백할 수 있다. 결혼하자마자 수숙을 신의주의 이웃에게 주고 울고불고 따라오겠다고 매달리는 수향을 중국에 사는 중매쟁이에게 맡기지 않았던가. 눈이 크고 서글서글하고 오뚝한 코에 서양적인 아름다움이 고인 수희를 사랑한다고 덤비는 청년으로 인해 수희는 납치되다시피 결혼을 하여 태평양을 넘었다. 남편을 따라 조국을 등지고 자꾸만 멀어지는 아시아 대륙을 내려다보면서 수희는 무서운 현장을 피해가는 것이 얼마나 통쾌했는지 모른다. 아버지를 죽인 나쁜 조국을 등지는 일에 대해 일련의 후련함마저 느끼지 않았던가. 사람을 짐승처럼 죽이는 곳, 아버지나 목사님처럼 착한 사람들을 무참하게 죽이는 조국이란 곳이 징그럽도록 싫었다. 자신이 겪은 전쟁이 끔찍할 정도로 소름끼쳤다. 그 땅이 더러워 보이기까지 했다.

그렇게 안주한 미국생활에서 아이들을 낳고 기르고 교육시켜 이제 모두 떠났고 남편과 덤덤한 노후를 보내는 수희에게 일상은 태양이 뜨고 지듯 늘 그렇고 그런 생활이었다. 낮이 가면 반드시 밤이 오듯 그렇게 미지근하고 이상할 것 없고 호기심도 유발할 일이 없는 그런 나날이었다. 때가 되면 유도화가 피고 시간이 흘러가면 선인장

꽃이 피는 그저 그런 삶이었다. 그래서인지 이 고장에는 유난히도 마약환자가 많았고 노숙자도 사방에 깔려있다.

이런 수희의 삶에 생기가 살아나기 시작했다. 그간 내팽개쳐두었던 음식점 〈하얀 집〉에 오랜만에 나간 수희는 주방에 들어가 그녀만의 맛을 살리기 시작했다. 평양 맛에 중국 맛을 가미하고 다시 미국 맛을 더한 국제적인 한국음식 맛을 내기 시작했다. 세계적인 맛이 판치는 이 고장에서 한국음식을 서양인이 좋아하게끔 변화를 주기 시작했다. 주방에서 요리하는 장면을 직접 촬영하여 곧바로 방영하니 식당에 온 고객들이 그걸 보고 먹으면서 입맛을 돋우게 하는 방법도 시도했다.

'돈을 벌어야 한다. 돈을 아주 많이 벌어야 한다. 수향을 위해서 돈을 벌어야 한다. 아버지의 뒤를 이어 일하는 수향에게 돈을 대주어야 한다. 신학 공부를 못해서 힘이 든다고 하니 신학교에 보내 공부도 시켜야 한다.'

이제 늦었지만 돌아가신 아버지가 부탁한 부모 노릇을 충실하게 이행하리란 다짐을 몇 번이고 하자 수희는 전신에서 힘이 솟았다.

음식이란 자신이 살아온 지역에서 습득하고 맛을 본 경험이 기반이 되는 법이다. 김치에 마늘 냄새가 나지 않도록 처리하는 방법을 연구하였다. 그 김치를 미국사람들에게 맛을 보이자 조금 팔라고 조르기까지 했다. 세계적인 명성을 얻기 시작한 불고기도 미국사람들이 좋아하는 스타일로 간을 하여 숯불에 굽고 국수도 느끼한 이태리식 스파게티가 아닌 깔끔한 맛이 도는 새콤달콤한 국수로 요리해서 박리다매를 하여 뷔페식으로 운영했다. 직장인이 많은 다운타운에 자리 잡은 〈하얀 집〉은 원하는 음식을 담아가지고 나가 공원이나 직장 안에서 먹을 수 있도록 무게를 달아서 파니 넥타이를 맨 직장인들로 장사진을 이루었다. 느끼하고 덤덤한 늘 그렇고 그런 맛의 햄버거나 치킨을 먹던 사람들은 20가지가 넘는 메뉴에 반해서 점심시간이면 늘 북적거렸다. 값도 서양음식보다 월등히 저렴하여 모여드는 고객들로 장사진을 이루었다.

수향과 통화를 하기 전에는 이렇게까지 해서 돈을 벌 필요가 없었다. 자식들은 떠나고 살 집은 있고 돈도 그저 필요한 만큼 있으니 음심점을 그렇고 그렇게 운영하면서 여행이나 다니던 삶이었다. 수희가 변하자 장로인 남편의 생활에도 큰 변화가 왔다. 더구나 중국선교를 위해 돈을 번다니 목적도 있고 늘 빌빌거리면서 아프다고 누워있던 아내가 갑자기 음식장사에 열성을 쏟으며 활기를 띄고 돈을 벌기 시작하니 생각지도 못한 생활의 변화에 기쁨의 빛이 역력했다.

수입이 열 배로 오르자 여기저기 다른 도시에서 점포를 내자고 해서 벌써 다섯 군데나 개점 계획을 세우고 있다. 잘 하면 미국 전역에 한국음식 붐을 일으킬 만큼 거센 돌풍을 몰고 올 것이다. 이 모두가 수향이 덕분이다. 동기부

여가 되니 생의 마지막이 찬란하게 불타오르는 불꽃이 되어 활활 타오르기 시작했다. 궁궐 같이 큰 집도 팔아치우고 다운타운의 작은 아파트로 옮겨서 생활비를 줄이고 직장과도 가깝게 자리 잡아서 수희는 오직 음식 맛을 내는 일에 힘을 썼고 장로인 남편은 운영에 신경을 쓰면서 〈하얀 집〉은 일약 이 도시의 명물로 자라고 있었다. 수익의 반은 중국 선교비로 잡아놓고 통장에 딱딱 저금을 하면서 중국에 다녀올 계획으로 수희는 노년에 회춘한 듯 생활에 활기가 넘쳤다.

8

가을이 다가오면 정치범수용소에서 도토리를 줍는 시기가 된다. 매년 9월과 10월이면 정치범들은 도토리를 줍기에 동원되고 도주의 우려가 많아서 경비대나 보위원의 증강근무가 시작되는 시기이기도 하다. 정치범들은 완전통제구역 안쪽 여기저기에서 다섯 사람씩 한 조가 되어 이동하면서 도토리를 주웠다. 노동과제가 있어서 한 사람이 얼마큼씩 채워야 한다는 양이 정해져 있는 탓에 아름다운 산세와 새파란 가을하늘, 울긋불긋 옷을 갈아입은 나무들, 심지어 만발한 보라색의 들국화를 느긋하게 바라볼 마음의 여유가 정치범들에게는 눈곱만큼도 없었다.

수숙은 저녁밥에 모자라는 양을 채우려고 도토리를 주우면서 잽싸게 몸에 좋은 풀을 뜯어 호주머니에 넣었다. 약초를 연구한 것이 세 식구 생명연장에 도움이 되었다. 눈으로 금방 셀 수 있을 정도의 강냉이를 잘게 부수어 물에 담가뒀다가 이렇게 뜯어간 약초를 넣고 물을 풍덩하게 넣어 죽을 끓이면 그래도 속에 무엇이 들어간 듯 포만감을 느낄 수 있기 때문이다. 또 턱도 없이 모자라는 곡식에 약초는 몸을 보호하여서 허혈증세로 쓰러지지 않도록 도와주는 역할도 했다. 살아야 한다. 남편의 충격적인 공개처형 장면을 목도한 뒤부터 생명에 대한 강한 도전이 불꽃 튀었다. 먼저 저 세상에 간 남편에게 보란 듯이 잘 살아야 한다. 그래야 저 세상에서 그가 편안할 것이란 마음은 확신에 가까웠다.

　수희와 수영언니 생각이 났지만 어떻게 연락할 길이 없었다. 더구나 정치범수용소에 있는 처지에 연락을 한들 무슨 소용이 있겠는가. 소용돌이 와중에 전화번호를 보물단지 모시듯 숨겨 가지고 나온 것이 위로가 되었다. 몸의 부적처럼 그걸 늘 달고 다녔고 잃어버릴 것을 염려하여서 머리에 암기해 두었다. 그 숫자만큼은 절대로 잊지 않으리라 다짐하면서 매일 밤 잠들기 전에 몇 번씩 암기하고 잠들었다. 이렇게 도토리를 주우면서도 연신 그 숫자를 중얼거렸다. 수용소에 들어온 지 일 년이 넘었지만 두 언니의 전화번호를 외우면 무슨 주술을 말하는 것처럼 큰 힘이 되었다. 숫자에 마술이라도 있는 듯 평안이 임하기도 했다.

수숙의 큰 딸 복희는 마대를 들고 열심히 동료 죄수들과 줄을 이어 민첩하게 움직이면서 도토리를 주워 담았다. 갑자기 검은 그림자가 미루나무 그림자처럼 그녀의 앞에 드리워졌다. 노동과제를 채우려면 어떤 종류의 나무가 가을의 따가운 볕을 가려준다고 해도 눈을 들어 그 나무를 올려다 볼 여유조차 없다. 한 조로 묶인 다섯 명의 여자죄수들은 민첩하게 손을 놀렸다.

여기는 강제 정치범수용소 안이다. 도토리를 주우러 산 꼭대기까지 올라왔지만 거대한 벽이 감히 도주할 수 없을 정도로 옆에 철옹성처럼 버티고 서 있다. 전기 철조망과 장애물이 두껍게 옆을 두르고 있어서 도주할 마음을 먹었다가도 현장을 보고는 그 마음을 꿀꺽 삼키게 되는 상황이다. 상세히 기술하자면 5미터 정도의 가시나무들이 도토리를 줍는 바로 옆에 있다. 연이어 5미터 폭의 못 판이 있고 잇달아서 2.5미터 넓이와 2미터 깊이로 판 함정이 있는데 나무와 풀로 위장해 놓았다. 그 함정 바닥에는 롤러식 대못이 박혀 있다고 한다. 함정을 따라 50센티 정도의 신호선이 줄이어 있고 바로 그 옆에 1미터 폭의 순찰로가 있다. 마지막으로 2.5미터 높이의 철조망이 나오는데 이게 많은 정치범들이 도주를 계획했다가 포기하는 마지막 장애물이다. 이 전기 철조망은 일단 건드리면 그 즉시 초소에 있는 벨이 울리게 된다고 한다.

아무리 정상에 올라왔지만 이런 어마어마한 철조망과 장애물을 곁에 두고 도주할 마음조차 없는 판에 이상하게 자꾸 미루나무 그림자가 따라붙는다. 하늘이 착한 그녀를 돕기 위해 이런 그늘을 허락하는구나 하는 마음이 살짝 머리에 스칠 뿐 다른 생각은 없었다. 얼마간 미루나무 그림자가 달라붙다가 갑자기 코앞에 총부리가 탁 내려졌다. 다섯이 한조를 이룬 여자죄수들이 총부리를 내려놓은 보위원을 쳐다보고는 일제히 일어서서 90도 각도로 머리를 꺾고 두 손을 공손하게 배꼽에 대고는 감히 선생님을 쳐다보지도 못했다. 복희는 자신의 바로 앞에 꽂힌 총부리 때문에 일어서지도 못하고 앉아서 설날 어른에게 절을 하는 자세로 몸을 낮추고 머리를 숙였다.

"일어선 사람들은 어서 도토리를 줍도록. 앞으로 진행!"

서 있던 다른 4명의 동료 죄수들은 겁에 질려 죽은 듯이 설설 기면서 산 쪽으로 철조망을 끼고 사라진다.

"이름이 뭐지?"

"한복희입니다."

"몇 살?"

"23세입니다."

"어디 배치되어 일하냐?"

"농업산업부입니다."

"힘든 데서 일하는군. 알았어. 내 얼굴을 보라고!"

복희는 두려움에 떨면서 보위원의 얼굴을 보았다. 이곳 수용소에서는 있을 수 없는 일이다. 어찌 감히 선생님의 얼굴을 쳐다볼 수 있단 말인가.

그들이 입에 달고 외치는 말이 언뜻 귓가를 스쳤다.

'너희 정치범들은 지난 시기 우리 인민들을 학살한 친미분자, 친일분자, 치안대 가담자, 조국반역자들이다. 우리의 공화국을 음으로 양으로 파괴하려는 불순분자들이다. 더구나 당과 인민의 영원한 지도자 김일성 동지와 김정일 동지를 배반하고 우리의 공화국 체계를 전복하려고 주도했던 악한 원수들인 걸 알겠지.'

두 사람의 눈이 마주쳤다. 눈을 피한 쪽은 보위원이었다. 복희의 눈이 부신지 직시하지를 못하고 슬그머니 눈을 내리깔았다. 남자의 속눈썹이 어찌 저리 길까 싶을 정도로 긴 속눈썹이 파르르 떨렸다. 맹하도록 신선한 공기를 뚫고 이름 모를 산새 두 마리가 깊은 가을 하늘 속으로 춤을 추듯 기교를 부리면서 솟아오른다. 갑자기 보위원은 보라색 들국화 한 송이를 따서 그녀의 귓가에 꽂아주었다. 당황한 복희는 피하지도 거절하지도 못하고 얼굴을 붉히면서 머리를 숙였다.

여긴 정치범수용소이다. 보위원으로 말하면 김 부자父子에 대한 충성심과 계급적 원수들에 대한 사상교양을 충분히 받은 사람이다. 이런 사람이 개돼지만도 못한 정치범의 귓가에 보라색 들국화 한 송이를 꺾어서 꽂아주다니 있을 수 없는 일이다. 이게 잠자리에 들기 전 생활총화 시간에 걸린다면 그야말로 지옥행이다. 생활총화 시간이란 정치범들은 정치범들끼리 보위원은 보위원들끼리 꾸준히 갖는 자아비판 시간으로 서로에 대한 적개심을 키우는 의식이다. 함께 생활한 동료끼리 서로 물고 뜯고 감시하며 상호비판을 하는 시간인데 만약 정치범의 머리에 꽃을 꽂아주었다는 사실이 알려지면 이 사람은 어떻게 되는 것일까. 이 일이 발각되면 보위원만 다치는 것이 아니다. 복희 자신도 위험하다. 어머니와 동생까지 위기에 처하게 된다. 개돼지처럼 몰매를 맞을 수도 있고 배급량을 줄이거나 완전히 끊을 수도 있다. 이건 사건 중에서도 대사건이었다.

그날 밤에 잠자리에 든 복희는 가슴이 떨려 잠을 이룰 수가 없었다. 이름도 모르는 보위원의 얼굴이 눈앞에서 오락가락했다. 더구나 자신을 바라보면서 눈을 내리깔았고 긴 속눈썹이 파르르 떨리지 않았던가. 그건 무엇을 뜻하는 것인가. 모든 보위원이나 경비대원은 쳐다보지도 못할 무서운 존재들이다. 감히 눈을 맞출 수도 없고 얼굴을 들고 직시하지도 못한다. 언제나 그들 앞에서는 노예처럼 굽실거리고 꼭두각시처럼 하라는 대로 움직여야 하는 판에 먼저 눈을 피하다니 어떻게 이런 일이 있을 수 있단 말인가. 아무리 생각해도 모를 일이었다. 한 가지 확실한 것은 그가 짐승 취급하는 자세로 그녀를 대하지 않았다는 사실이다.

다음날 도토리를 주우러 다른 쪽 산을 오르고 있을 때 다시 그 보위원이 나타났다. 이번에도 다른 동료 죄수들을 먼저 보내놓고 복희 앞에 섰다.

"너 배고프지 않니?"

"일 없습니다. 괜찮습니다."

"배가 무척 고플 터인데……."

"살 만합니다. 친애하는 김정일 동지의 배려로 잘 살고 있습니다. 염려 마시라요."

"너 어디 사니?"

"화약고 초소로 들어가는 길목 첫 번째 집입니다."

"내가 화약고 초소 근무로 이틀에 한 번씩 그 길목을 지나간다. 차를 몰고 가는데 내일 저녁 9시에 그 앞 강냉이 밭에 몸을 감추고 있어라. 먹을 것을 던져주면 숨었다가 받아라. 여기서 이렇게 지내다가는 영양실조로 죽는다."

"아닙니다, 선생님. 들키면 저는 죽습니다. 그냥 버려두세요. 제발 이렇게 두 손으로 비니 절 살려주세요."

복희는 무릎을 꿇고 앉아 두 손으로 싹싹 빌기 시작했다. 간절함이 전신에 넘쳐흘렀다. 멀리서 숨어 이들을 감시하는 보위원이 보기에는 여자죄수를 야단쳐서 마구 꾸중을 듣는 모양으로 보일 것이다. 앞에 간 다른 동료들은 저러다가 당하는 것이 아닌가 걱정들을 했다. 복희가 워낙 곱게 생겼으니까 이렇게 야단하다가 담화실에라도 불려가서 부화(성관계)하려고 그런다고 혀를 찼다. 불쌍하다는 말이다. 그녀의 생명은 풍전등화라 살날이 얼마 남지 않았다는 뜻이다.

이튿날 밤 복희는 보위원이 말한 시간에 그곳에 나가지 않았다. 안에서 들으니 트럭이 지나가면서 잠시 멈췄다가 다시 화약고 초소 쪽으로 향했다.

다음날 도토리를 줍는 곳에 그 보위원이 나타났다.

"너 왜 나오지 않았니?"

"제발 선생님, 이러시면 우리 둘이 다 죽습니다. 절 도와주시는 것을 알겠는데 제발 서로를 위해 이러지 말아주십시오. 좋은 분이라는 걸 잘 압니다. 그걸로 전 행복합니다."

"나 여기에 3년이나 있었어. 요령을 터득한 몸이야."

요령이란 보위원은 물론 경비대 근무시간과 휴식시간, 정치범 유동시간, 순찰시간 등 모든 것을 손금 보듯 환하게 알고 있다는 소리다. 이 시간에는 무엇을 피해야 하고 어느 시간에는 조용히 숨어 있어야 한다는 사실도 명확히 알고 있다는 뜻이다.

"내일 밤 9시에 다시 지나갈 터이니 나와 있어. 내가 던지는 것을 숨어 있다가 집어가면 되는데 무엇이 어려워."

어쩔 수 없이 복희는 밤 9시에 옥수수 밭에 숨어있었다. 초승달도 뜨지 않는 깜깜한 밤에 트럭은 천천히 지나가면서 무거운 마대를 휙 옥수수 밭에 던지고 갔다. 숨이 막히도록 심장이 뛰었다. 마대를 들고 이웃이 모르게 하모니카집 안으로 뛰어들었다. 수숙과 복희, 복란이는 수수 빛깔의 흐릿한 전구 밑에서 마대를 풀었다. 고춧가루, 소금, 돼지고기가 나왔다. 소금은 여기서는 구하기 힘든 물품이다. 간 없이 음식을 먹을 정도이고 어쩌다 배급이 나와도 양이 터무니없이 모자라 소금 알을 세어 넣을 정도로 귀한 물건이다. 더구나 고춧가루에 돼지고기라니! 엄청난 것이었다.

다음날 마지막 도토리줍기를 나간 날 다시 나타난 보위원에게 복희는 고맙다는 뜻으로 일어서서 머리를 깊이 숙이고 두 손을 배꼽 위에 모았다.

"모두 일들을 잘 해야지."

하면서 그녀를 못 본 척 그냥 지나갔다. 동료 정치범들이 가만히 속삭였다.

"조심하라고. 저러다 담화실에 불려가서 부화당하고 아기라도 배면 그대로 공개처형 당하는 걸 잊지 말라고. 작년 도토리 주울 적에도 예쁘게 생긴 처녀가 있었는데 저런 식으로 자꾸 다가오더니 담화실에서 몇 번 부화하고 아기를 배었는데 그 처녀는 죽어도 아기 아빠를 불지 않고 공개처형을 당했어. 죽은 사람만 손해지 뭐. 그 처녀 마음도 착하고 참 곱게 생겼었는데, 너무 불쌍해. 이러니 우리가 어디 사람이요. 저 사람들 화장실이지."

예서제서 맞는 말이라고 머리를 끄덕였다.

마대에 음식을 던져준 뒤 그 보위원은 딱 한 번 더 해당화 비누하고 감자를 마대에 담아다 옥수수 밭에 던져준 적이 있었다. 그 뒤로는 전혀 그 보위원이 그녀 앞에 나타나질 않았다. 아마 순간적으로 착한 일을 행하고 싶은 마음이 일어나서 그런 일을 했나보다 하고 복희는 머리를 흔들며 파르르 떨렸던 그 사람의 속눈썹을 잊으려 애를 썼다. 감히 어찌 보위원과 정치범이 사랑을 할 수 있단 말인가. 문득문득 떠오르는 떨리던 속눈썹을 잊으려고 열심히 주린 배를 움켜쥐고 일에 돌진했다.

그렇게 지내던 어느 날 갑자기 보위원 중에서 제일 높아 보이는 사람이 복희를 호출했다.

"너희 집에서 돼지고기 냄새가 났다고 하는 비판이 들어왔다. 더구나 음식에 가끔 고춧가루도 넣어서 먹는다면서. 어디서 난 것들인가?"

"그건……."

"어서 말하지 못할까?"

"그건 우리가 여기로 잡혀오던 날 집에 있던 것을 가지고 왔습니다."

"그럼 돼지고기도 가져왔단 말인가?"

"돼지고기는 먹은 적이 없습니다. 믿어 주시라오. 누가 그런 정보를 주었는지 모르지만 그걸 먹은 적이 정말 없습니다."

"너 이러기야? 사회에 있을 적에 교사를 했다더니 요런 것만 인민들에게 가르쳤나?"

"잘못했습니다. 그러나 돼지고기를 먹은 적이 없습니다. 고발한 사람이 저를 죽이려고 작심한 모양입니다."

"모두가 굶주리는 판에 고기를 먹었다면 그 냄새가 10리까지 퍼져나가는 걸 몰라서 이래."

"그래도 전 먹은 적이 없습니다."

"다시 조사를 할 터이다. 이 간나 새끼. 두고 보라니까. 누가 이기나. 너에게 돼지고기를 가져다 준 놈이 분명 있을 것이다. 이것들을 그냥 단칼에 죽여야 하는데."

대좌는 손에 쥐고 있던 막대기로 복희의 턱을 치켜들고 무서운 눈으로 그녀를 노려보았다. 그래도 자기를 도와준 이름도 모르는 보위원을 고발할 수는 없다. 사실을 직고하면 그 사람은 물론 식구들 모두가 무사하지 못할 것이 뻔하다.

대좌에게 불려갔다 오자 동료 정치범들은 수군거렸다.

"애꿎은 두꺼비 떡돌 맞고 있다. 쯧쯧……."

"저 얼굴에 여기 들어온 것도 아까운데 불쌍하게 되었군."

이 일로 인해 수숙과 복희, 복란은 밤에 잠을 이룰 수가 없었다. 수숙은 자신의 잘못이라고 한숨을 삼켰다.

"돼지고기 때문에 우리 셋이 다 죽게 되었구나. 그걸 먹지 말았어야 하는데."

"어머니! 여기는 무엇이든 먹어야 사는 곳입니다. 그런 자책을 하지 마세요. 다 굶어 죽어가고 있는 판에 무슨 말입니까? 우린 짐승만큼도 먹지 못하고 있어요. 일부 정치범들은 식당에서 돼지죽을 끓이면서 그걸 훔쳐 먹는다고 해요. 쥐를 잡아먹는 사람도 많아요. 우리 집에 쥐가 없는 이유는 그래서예요. 쥐뿐만 아니라 지렁이, 도룡뇽, 개구리 등 무엇이나 잡아먹고 있어요."

그때 누군가 방문을 두드렸다. 자정이 지난 시각이다. 불안해진 식구들은 모두 몸을 앙당그리고 문 쪽에 신경을 썼다.

"복희! 나요. 보위원."

수숙은 부들부들 떨면서 뒤로 털썩 주저앉을 정도로 혼비백산했다. 그래도 복희가 제일 용감하게 정신을 가누면서 문을 열었다. 잽싸게 몸을 날려 안으로 들어온 보위원은 입에 검지를 세워 보이면서 눈짓을 했다. 신발을 신은 채 방 안으로 뛰어들어온 그는 선 채로 재촉했다.

"빨리 준비하세요. 여기를 탈출해야 합니다."

"어떻게 탈출합니까. 이러다가 우리 모두 다 죽습니다."

"이렇게 지체할 시간이 없습니다. 그냥 다 놔두고 몸만 나오면 됩니다. 어차피 여기 있어도 다 죽습니다. 내가 잘못한 것이라 내가 책임지고 탈출시킬 터이니 어서 서둘러요."

복희도 복란이도 전신이 와들와들 떨려서 손이 여기저기 헛놓였다. 무엇을 가져가야할지도 몰라서 그저 손이 움직이는 대로 옷을 입었다.

"신을 단단히 신어요."

세 사람은 어둠을 틈타서 밖으로 나왔다.

그믐이라 칠흑이었다. 밖에는 늘 보던 트럭이 주차되어 있었다. 자정을 넘긴 시간이라 연이어 있는 하모니카집에 불이 켜진 곳은 없었다. 고된 작업으로 모두 곤드레가 되어 쥐죽은 듯 잠든 시각이었다.

"뒤에 올라타면 국방색 천막이 있으니 그 안에 들어가 숨어요. 절대로 말을 해서는 안 됩니다. 죽은 듯이 일이 진행되는 대로 몸을 맡기세요."

트럭은 바로 출발했다. 차는 침착하게 서서히 수용소 입구의 차단 초소 앞에 섰다. 수용소에서 빠져나가기 가장 어려운 지점이다.

"이 늦은 시각에 어디 가는가?"

"국경경비초소에 부족한 장비를 보급하러 간다."

경비들이 트럭 뒤칸을 조사하려 하자 운전대를 잡은 보위원이 소리쳤다.

"이 밤중에 무슨 조사를 해. 우리끼리 잘 알면서 이렇게 믿지를 못하겠는가?"

운전석의 고함을 들은 경비대원들은 뒤로 물러섰다. 차는 서서히 앞으로 이동했다. 죽음의 순간이 분초를 다투면서 넘어갔다. 세 사람은 서로 쪼그리고 앉아서 얼싸안은 채 가쁜 숨을 내쉬었다. 차가 달리는 동안 바람이 거센지 셋이 뒤집어 쓴 천막이 펄럭이면서 마구 우는 소리를 냈다. 세 사람은 몸을 박으로 내밀고 칠흑 같은 바깥 풍경을 훔쳐보았다. 트럭은 수용소를 벗어나서 두만강을 따라 달리고 있었다. 어느 으슥한 밭에 차를 세운 보위원은 차에서 내려 뒤칸으로 올라왔다. 잔뜩 긴장한 탓인지 숨소리도 거칠었다.

"내 말을 잘 들으시오. 이제 나는 여기 두만강 가에 여러분을 내려놓고 갑니다. 저 강을 넘어서 중국 땅으로 가시오. 거기서 중국공안에게 잡히지 않도록 조심하고 잡히면 여기 이것으로 자결하시오."

보위원이 배기판 면도칼을 내밀었다. 이건 수용소 내에서도 진기한 칼로 여긴다. 복희의 손에 그걸 쥐어주었다. 그걸 넘겨주는 보위원의 손이 부들부들 떨렸다. 투박한 손이었으나 따뜻하다고 그녀는 느꼈다. 이 면도칼은 자동차 배기판을 불에 녹여 정치범들이 손수 망치로 수없이 두드려 만들어서 강하고 녹이 슬지 않는 것이 특징이다. 북한에서 가장 좋은 면도칼로 소문이 났고 수용소 안의 보위원들과 경비대원들이 모두 침을 흘리면서 갖고 싶어 하는 진품이다. 이곳 선생님들이 밖의 친척들에게 선물할 정도로 질이 좋은 물건이다.

"잡히는 순간 이걸로 손목의 동맥을 자르시오. 내가 어제 낮에 잘 벼리어 두었소. 아주 날카로운 칼날이니 조심하시요."

"왜 이렇게 저희들을 도와주시는 것입니까? 이건 위험한 일입니다. 선생님도 위험합니다. 살아남지 못합니다."

수숙이 부들부들 떨면서 보위원의 팔뚝을 덥석 잡으면서 물었다. 복희도 눈물로 범벅된 얼굴을 숨기지 않고 그에게 매달렸다.

"함께 가시자우요. 어떻게 이런 처지에 혼자 두고 갑니까. 죽어도 함께 죽읍시다. 우리 함께 도망갑시다."

"내가 따라가면 더 위험합니다. 우선 도주할 시간을 벌어줄 터이니 어서 움직이세요."

그러자 복희가 보위원의 가슴에 와락 안겼다.

"왜 저를 이렇게 도우시는 것입니까?"

오랜 침묵이 흘렀다. 그는 말이 없다.

"이름이라도 가르쳐주세요. 생명의 은인인데 이름은 알아야지요. 이렇게 헤어질 수는 없습니다."

그래도 묵묵부답이더니 마침내 무겁게 입을 열었다.

"이름을 몰라도 됩니다. 저도 곧 탈출할 것입니다. 우선 복희씨 가족이 도망칠 시간을 벌어야 합니다. 도강에 성공하세요. 복희씨는 저를 모를 것입니다. 전 복희씨를 잘 압니다. 저도 평양에 살았습니다. 학교를 오가는 길에 복희씨를 멀리서 훔쳐보면서 3년간이나 연모했습니다."

트럭이 다시 움직였다. 두만강 경비초소에서 멀리 떨어

진 곳에 차를 세웠다. 세 여자에게 조그만 보따리를 하나씩 분배했다.

"이 안에 도강한 뒤에 입을 옷과 여비가 조금씩 들어 있습니다. 비닐에 옷을 넣었으니 젖지는 않을 것입니다. 도강한 뒤에 옥수수 밭으로 숨어들어가서 이 옷들로 갈아입고 그 다음은 하늘의 도움을 청하십시요."

복희가 다시 매달렸다.

"꼭 따라올 것이지요? 기다릴게요."

"저도 뒤이어 따라갈 것입니다. 중국말을 모르니 연변이나 단동으로 가서 조선족을 찾아 가시오. 행운을 빕니다."

어둠에 묻힌 두만강 변에 그들을 남겨두고 트럭은 휑하니 가버렸다. 오도 가도 못하는 처지였다. 여기 이렇게 있다가 동이 트면 곧 잡힐 것이고 그러면 자신들의 생명만 위험한 것이 아니라 그 착한 보위원까지 죽게 된다. 도망가야 한다. 아는 사람도 없고 어떤 위험이 도사리고 있는지도 모르는 저 중국 땅으로 가야 한다. 세 사람은 몸을 낮추고 엎드려 달리기 시작했다. 복희가 앞장서 가고 그 뒤를 복란이가 마지막에 수숙이 달렸다. 새벽이 오는지 동쪽 하늘이 희뿌옇게 트이는 것같기도 했다. 모든 일에 적극적이고 긍정적인 복희가 씩씩하게 의견을 제시했다.

"셋이 함께 손을 잡고 강을 건너요. 다행히 저와 복란이가 수영을 할 줄 아니까 수영을 전혀 못하는 어머니가 가운데 서세요. 키가 작은 어머니 위로 물이 차오르면 저희들 손을 의지하고 위로 몸을 솟구치세요. 그렇게 앞으로 서서히 전진해서 이 강을 건너야 합니다. 저쪽 옥수수 밭으로 가서 아까 보위원이 일러준 대로 우선 옷을 갈아입읍시다."

수숙은 두만강 물에 발을 담그기 전에 평양 쪽을 향해 큰절을 했다. 부모님과 남편이 죽어 묻혀 있는 땅이다. 태어나서 자란 곳이다. 언제 돌아올지 모르는 조국이다. 두 딸이 발을 구르면서 어서 가자고 서두르지만 수숙은 세 번이나 평양 쪽을 향해 큰절을 올리고 두만강 변의 흙에 입을 맞추었다.

세 사람은 가을이지만 아직도 찬 두만강 물속에 발을 내딛었다. 발끝으로 해서 정강이를 거쳐 배로 차오르는 물에 몸이 드르르 떨릴 정도로 오스스했다. 두만강 물이니 북쪽 산을 타고 흘러내려오는 물이라 이가 시리게 차가운 것은 당연한 일이지만 그걸 느끼고 어쩌고 호들갑을 떨 시간이 없었다. 목숨이 달린 문제다. 죽느냐 사느냐 하는 기로에 놓여 있는 상태다. 강물이 차츰 소용돌이치면서 거세지더니 한가운데 이르니 수숙의 머리가 꼴깍 물에 잠길 만큼 깊었다. 두 딸이 옆에서 헤엄을 치면서 어머니를 물 위로 세워주었다. 물속에서 발을 허우적거리며 얼마만큼 전진해 나가니 갑자기 발이 땅에 닿으면서 앞으로 꼬꾸라지며 쓰러졌다. 두 딸은 어머니를 일으켜서 질질 끌고 강둑으로 올라섰다.

"어머니 우리는 강을 건넜습니다. 조금만 힘을 내세요. 저 앞에 옥수수 밭으로 들어가면 됩니다."

두 딸의 손에 이끌려 수숙은 두만강변의 큰길을 건너 옥수수 밭으로 들어갔다. 옥수수 밭 중간 이랑에서 세 사람은 보위원이 건네준 비닐 백에서 옷을 꺼내 입었다. 신발까지 넣어준 자상함에 눈물이 날 지경이었다. 젖은 옷은 비닐에 넣어서 옥수수 밭 구석에 버리고 자신들이 건너온 두만강 쪽 조국을 건너다보았다. 어둠에 묻힌 산은 검은 천을 뒤집어쓴 듯 괴이하리만큼 고즈넉함에 갇혀 바위처럼 말이 없다. 셋은 모두 입을 다물고 그저 묵묵히 강 건너를 바라볼 뿐이다. 서서히 동이 터오면서 갑자기 강 건너 경비초소 쪽이 소란해졌다. 조금만 귀를 기울이면 주고받는 말이 들릴 듯했다. 차들이 모여들고 고함소리도 나고 이쪽을 향해 삿대질을 하는 소리도 들렸다. 저들의 출현에 겁이 잔뜩 난 세 사람은 옥수수 밭 뒷길로 해서 우선 산등성이를 향해 뛰었다. 가능하면 강을 뒤로 하고 멀리 도망을 쳤다. 산허리를 돌아서니 두만강이 완전히 사라지고 강 건너에서 소란을 떨던 보위원들과 경비대원들이 보이질 않아서 살 것 같았다.

이제 어디로 간단 말이냐. 갈 곳이 없다. 반겨주는 사람도 없고 피붙이나 아는 사람도 없다. 만약의 경우를 대비해서 수숙은 두 딸을 불러 앉혔다.

"우리의 친척들이 살고 있는 서울이나 미국 중 어디 전화번호를 기억하는 것이 좋겠니?"

"아무래도 여기서 가까운 서울 쪽이 낫지요."

"그럼 어서 기억해라. 이건 남조선에 있는 내 사촌의 전화번호인데 암기해 두는 것이 좋다."

세 사람은 호흡을 맞춰 9개나 되는 숫자를 전부 외웠다.

"만약에 우리가 흩어졌을 경우 최후로 만날 목적지는 여기다. 알겠니?"

두 딸은 가만히 머리를 끄덕였다. 젖은 옷을 마른 옷으로 갈아입었지만 새벽 가을바람은 겨드랑이 밑으로 파고들 정도로 쌀쌀했다. 사과밭을 지날 때는 익어서 땅 위에 떨어져 뒹구는 사과를 주어서 우선 허기를 채웠다. 아담한 골짜기에 논들이 물결치듯 아름답게 펼쳐져서 여기가 아직도 고향땅만 같았다. 논 저쪽 기슭에 아담한 집들이 옹기종기 나무 숲 속에 아침 햇살을 받으면서 정답게 자리 잡고 있다. 세 사람은 우선 그 마을로 접근해갔다. 어느 집으로 들어가야 하는 것일까. 햇살이 점점 산을 뚫고 떠오르면서 동쪽의 붉은 감빛을 받아 산간 집들은 아름다운 한 폭의 동양화였다. 저기서 사는 사람들은 얼마나 행복한 사람들이란 말이냐. 어째서 우리는 강 건너편 저쪽에 태어나서 이런 고생을 해야 한단 말인가. 두만강을 끼고 이쪽 저쪽의 사정이 어찌 이리 다르단 말이냐! 세 사람은 우선 논에서 제일 가까운 집으로 접근했다. 그 집 근처에 옥수수 밭이 있어서 숨기에 좋았고 여차하면 도망쳐 나오기도 편리한 위치였다. 가만히 안방 문을 잡아 흔들었다. 아직도 긴 잠에 빠져 있던 집주인 여자의 마뜩찮은 목소리가 들렸다.

"누시요?"

마음이 확 놓였다. 조선말이었다. 중국말이 아니고 조선말이었다. 살아난 기분이다. 다시 안방 문을 흔들었다.

"누군데 이렇게 새벽부터 문을 흔들고 야단이야."

와락 손에 성가심이 실린 힘으로 문이 열렸다. 세 사람이 멍한 표정으로 안을 들여다보았다.

"이거 또 탈북자들이군."

"도와주세요. 배가 무척 고픕니다."

"탈북자 조사가 너무 심해서 우리 집에 머물 수 없습니다. 요즘 벌금이 강화되어서 우리도 곤란합니다. 벌금이 엄청 많이 나오니 좋은 일을 하다가 걸리면 우리는 망합니다."

그래도 물러서질 않고 우두커니 서 있는 저들이 딱했는지 주인 여자는 부스스 일어나서 나왔다.

"어쩔 수 없군. 강아지도 밥을 주는 세상에 사람에게 밥을 주지 않으면 죽은 뒤 저 세상에 가서 지청구를 들을 수도 있지. 저 옥수수 밭에 가 있구려. 숨어 있어야 해요. 여긴 동네사람들끼리도 서로 못 믿어요. 공안에 연락하면

당하니까요."

세 여자는 그저 고마워서 머리를 주억거리며 옥수수 밭으로 가서 숨었다. 얼마간 시간이 흐른 뒤에 이밥과 된장국, 굵은 고춧가루를 넣어 거칠게 버무린 무김치가 배달되었다. 옥수수 밭에 숨어서 실로 오랜만에 먹어보는 쌀밥에 눈물이 날 지경이었다. 세 사람은 다음 일은 어떻게 되든 먹는 일에 열중했다.

갑자기 옥수수 밭 가까이에 있는 길에서 찌익 차가 멎는 소리가 났다. 머릴 들었다. 검은 차에서 내리는 사람들은 분명 중국공안원들이었다. 세 사람은 입에 밥을 문 채 납작 엎드렸다. 두런거리는 남자들의 음성이 천둥치듯 저들의 귓전을 스쳤다. 복희는 부스럭거리면서 보위원이 준 배기판 칼을 꺼내 오른 손에 쥐었다. 멀리서 아득하게 울려오는 윙하는 귀 울음이 세 사람의 머릿속을 지나갔다.

4부

강강술래

1

차에서 두 남자가 내리는 걸 본 복희는 납작 엎드린 채 앙상하게 마른 옥수수 밭 밑으로 후다닥 내달리기 시작하더니 눈 깜짝할 사이 옆 산의 울창한 나무 숲 사이로 사라져버렸다. 잔뜩 겁에 질려 숨도 제대로 쉬지 못하고 있던 수숙과 복란은 사라지는 복희를 일별一瞥하고 옥수수 밭이랑에 배를 깔고 납작 엎드렸다. 두런두런 말소리가 다가왔다.

"몇 명이라고?"

"셋."

수숙과 복란은 숨을 죽이고 다가오는 사람들이 지나쳐주기를 염원하며 두 손으로 얼굴을 가렸다. 이미 옥수수 밭에 숨어있다는 정보를 입수하고 왔는지 저들은 수숙과 복란이 숨어 있는 앞으로 곧바로 와서 멈춰 섰다.

"나와라."

숨을 죽이고 못 들은 척 했다.

"안 나오면 강제로 끌어낸다."

탈북자들을 체포하는 데 조선말을 하는 공안을 세울 정도로 중국 당국은 북한과 이미 내밀하게 깊은 연관을 가지고 있구나 하는 생각에 이르자 수숙의 전신에서 힘이 쭉 빠져나갔다. 저들은 서슴없이 다가와서 수숙과 복란을 묶어 차에 태웠다. 정치범수용소에서 감히 선생님들을 쳐다보지 못하도록 훈련받은 탓에 저들이 하는 대로 몸을 내맡겼다. 눈을 가리고 담요를 뒤집어씌우고는 차를 몰기 시작했다.

어딘가로 차는 힘차게 내닫고 있었다.

"한 사람은 어떻게 할까요?"

"도망가 봤자 독안에 든 쥐지. 바로 잡아 올 거야. 걱정하지 말라고. 고것 참 아주 행동이 빠르군."

수숙은 내심 복희가 잡히지 않고 세 사람 중에서 유일하게 성공하여 이름도 모르는 그 보위원을 만나 가정을 이뤄주기를 빌었다. 이제 중국공안에 잡혔으니 북송될 터이고 남편처럼 공개처형당할 운명이다. 정치범수용소를 탈출했으니 살아남기를 기대하지 말아야 한다. 순간 돌에 맞아 죽어가던 남편의 모습이 생생하게 다가왔다. 혀를 깨물어서라도 도주를 도와준 그 착한 보위원을 불지는 않을 셈이다. 온갖 고문을 가해도 절대로 그 비밀만은 지킬 마음이다. 큰딸의 행복을 위해서 한 가닥 소망의 줄을 단단히 잡았다. 우리 중 한 사람만이라도 살아남아 행복해야지 하면서 옆에 묶여있는 작은딸 복란을 생각했다. 너무 측은하여서 가슴이 아려왔다. 부모와 조국을 잘못 만나 이 고생을 시키고 있지 아니한가. 살그머니 등으로 딸의 등을 밀어보았다. 어머니가 보내는 신호를 알아듣고는 복란은 몸을 바르르 떨면서 소리 없이 흐느꼈다. 차는 머나먼 길을 달리고 있었다. 어디로 가는지 어떤 길로 가는지 전혀 감을 잡을 수가 없었다.

담요 틈새로 눈을 가린 수건을 살짝 들추고 훔쳐보니 저녁 형광등이 찬란한 도심지의 거리엔 한글 간판들이 지천이었다. 시가지를 벗어나서 변두리 어둑한 골목으로 들어간 차가 어느 집 앞에 섰다.

"다왔다. 내려."

중국의 감옥은 얼마나 클까하는 무섬증을 달래면서 내린 수숙은 사방이 어둡고 그러그러한 작은 집들이 게딱지처럼 붙어 있는 한 모퉁이 어느 술집으로 끌려갔다. 아마도 중간지점에 들러 요기를 하는가보다 하고 쫓아 내렸다.

"저 방으로 들어가."

조금 있더니 저녁상이 들어와서 둘은 우선 밥을 먹었

다.

"어머니, 우리는 이제 어떻게 되는 것입니까? 중국공안에 잡혔으니 바로 북송되겠지요? 그럼 우리는 죽게 되겠네요."

"우리의 운명은 아무도 몰라. 죽기밖에 더하겠니. 이 한목숨 내놓으면 되겠지. 모든 걸 다 포기하니 마음은 편안하다."

"언니라도 도망쳐서 다행이에요. 제발 잡히지 말고 남조선으로 갔으면 해요. 우리를 도와준 그 보위원을 만나 함께 도망치면 얼마나 좋아요."

"우리가 북송되어서 어떤 고문을 받더라도 절대로 그 보위원에 관한 것을 말하면 안 된다. 그게 최소한 우리가 지켜 줄 예의라고 본다."

수숙의 말에 복란은 그렇게 하겠다는 듯 머리를 깊이 주억거리면서 스스로에게 다짐하는 듯 입술을 잘근잘근 깨물었다. 밖에서 두런두런 저희들끼리 비밀리에 속닥이는 대화가 들렸다.

"둘을 잡아온 것도 다행이야. 동네사람들에게 돈을 미리 준 보람이 있었어. 며칠 여기 잡아두었다가 농촌으로 데려가야지. 나중을 위해서 조선족이 아닌 한족에게 넘기는 것이 안전할 거야. 돈도 더 받고 탈이 없을 거라고."

거기까지 들었을 때 수숙은 가슴이 덜렁 내려앉았다. '아아! 조선족 인신매매단에게 잡혔구나.' 정치범수용소에서 너무 당해서 거기서처럼 얼굴을 쳐다보지 않고 고분고분했던 것이 잘못이었다. '아아! 조국은 우리 모녀를 어쩌자고 이 지경까지 내팽개친단 말이냐.' 어떻게 대처해야 할지 무슨 수를 써서 이 함정에서 도망쳐야 할지 가슴이 울렁거리면서 눈앞이 팽그르르 돌았다. 민망스러운 열패감이 치솟으며 억울하다는 아우성이 가슴 속에서 메아리쳤다. 수숙과 두 딸이 도착하기 전에 미리 함정이 아가리를 딱 벌리고 기다리고 있다가 널름 집어 삼킨 격이 되었다.

한 주일을 그 여관 술집에서 보낸 수숙과 복란은 앞날이 어떻게 될지 불안해서 잠을 이룰 수가 없었다.

"서울의 이모 전화번호를 꼭 명심해라. 미국의 큰 이모 전화번호도 외우려무나. 우리가 뿔뿔이 흩어져도 거기에 연락해서 서로 만나는 길밖에 없다. 이 넓은 중국 땅에서 헤어지면 어떻게 되겠니. 십삼억에 가까운 인구를 가진 나라다. 바닷가의 모래알처럼 많은 사람들이다. 밤하늘의 별처럼 셀 수 없이 많은 사람들이다. 그러니 일단 헤어지면 만나기 힘들다. 그러나 우리와 피를 나눈 이모들과 연락이 닿으면 너를 꼭 건져서 살려 낼 것이다. 그 전화번호가 우리를 다시 만나게 해줄 생명줄이다. 그 점을 잊지 말고 우리 꼭 만나야 한다. 무슨 일을 당해도 살아 있어야 한다. 북조선이나 중국공안 심지어 지금 우리를 팔아먹는 인신매매단도 육체를 죽일 수 있어도 우리의 혼까지 죽이지는 못한다."

눈물을 머금은 큰 눈방울을 끔벅이면서 복란은 머리를 끄덕인다. 어떻게 생각하면 인신매매단에게 걸렸다는 것이 다행일 수도 있다. 공안에 잡히지 않았다는 것은 그만큼 시간을 벌었다는 뜻이기 때문이다. 이렇게 번 시간을 어떻게 이용하여 남조선으로 탈출하는가가 중요하다. 물론 몸도 마음도 버릴 수 있다. 그러나 지금 이 상황은 몸을 헌신짝처럼 내던져서라도 목숨을 건져야 할 위기의 순간이다. 밤새워 이런저런 계획을 세우고 고민하는 동안 갑자기 밖에서 두런거림이 들려왔다.

"어미만 먼저 데리고 가지요."

"맞아. 영계인 딸은 더 비싼 값에 팔아야지."

문이 벌컥 열렸다. 그 순간 기발한 생각이 스쳤다. 보위원이 넣어준 비닐 속의 돈이 퍼뜩 머리를 스쳤다. 그 돈을 냉큼 꺼내든 수숙은 밖으로 끌려나오면서 인신매매단에게 내밀었다.

"나는 어딜 가도 어떤 일을 당해도 좋습니다. 그러나 제 딸은 아직 어립니다. 음식점 같은 곳에서 설거지를 하게 해주세요. 음식을 만드는 일도 괜찮습니다. 머리가 좋아서 금방 배웁니다."

돈을 받아든 사납게 생긴 조선족 남자는 가자미눈을 뜨고 씨익 웃으면서 잽싸게 안주머니에 돈을 챙겨 넣었다. 뺨 언저리에 칼자국이 흉측하게 일그러져 있다. 사내들은 어머니에게서 떨어지지 않으려고 매달려 울어대는 복란을 발길질로 걷어차고 수숙을 밖에 세워놓은 차에 강제로 밀어 넣었다. 복란의 울음소리가 젖을 달라고 울어대는 갓난아기의 보챔처럼 들려서 젖꼭지에 싸한 아픔이 돌았다. 그 울음소리를 듣지 않으려고 수숙은 머리를 감싸 안았다.

길림의 변두리 농촌, 수숙은 자신이 얼마에 이렇게 50대 후반의 중국 남자에게 넘겨지고 있는지도 모른다.

"지금 공안이 혈안이 되어서 탈북자를 수색하고 있으니 집에만 있고 내 허락 없이는 절대로 밖에 나가지 않겠다는 각서를 데리고 온 분이 써서 저 여자에게 손도장이라도 찍으라고 해요. 그렇지 않으면 금쪽 같은 내 돈을 내줄 수 없습니다."

조선족 인신매매단과 늙은 중국 남자는 돈을 가지고 옥신각신하며 구시렁거리더니 얼마에 낙착되었는지 주고받고는 잠잠해졌다. 자신이 얼마에 중국 남자에게 팔렸는지도 모르고 수숙은 성도 이름도 모르는 타국 남자의 여자가 되었다. 지금까지 수숙을 끌고 다니던 조선족은 돈을 챙겨가지고 떠나버렸고 말도 통하지 않는 낯선 남자를 따라서 수숙은 안방으로 들어갔다. 거긴 거지소굴이었다. 중국인이 더럽다는 말은 수없이 들었지만 이렇게 직접 접하기는 처음이다. 코끝을 싸하게 자극하는 지린내 말고도 골마지가 진득하게 낀 묵은 간장 냄새가 뭉근하게 방에 고여 있었다. 얼마나 오래 이불을 빨지 않았는지 이불깃에 낀 때가 기름을 먹어 문질러놓은 듯 반질거렸다.

　우선 부엌으로 들어가서 지저분하게 쌓인 쓰레기를 치우고 그릇을 닦기 시작했다. 멍청히 앉아 있으면 죽을 것만 같았다. 숨을 쉴 수 없을 정도로 가슴이 답답했다. 좀 전부터 남편이란 이름을 달고 앞에 선 중국 남자가 수숙을 보고 멋쩍게 히죽 웃었다. 누렇고 시꺼먼 치석이 이빨에 더께로 앉아서 욕지기가 났다. 게다가 줄담배를 피워서 몸에 찌든 담배냄새가 구취와 섞여 옆에 있으면 숨도 쉴 수 없을 지경이었다.

　수숙은 마음을 다스리기 시작했다. 살아야 한다. 어떻게 해서든지 살아남아야 한다. 이런 환경이 정치범수용소보다 낫지 아니하냐. 거긴 배가 고파 죽겠는데 여기선 그래도 밥은 먹을 수 있지 아니하냐. 거긴 인권이고 뭐고 없이 짐승이 되는 곳이지만 여기 옆에 있는 중국 남자는 비록 돼지 같이 살지만 수숙을 먹여주고 사람으로 살게 하니 감사할 일이 아니냐. 그것도 일생 이렇게 사는 것이 아니고 꿈이 있으니 얼마나 좋으냐. 미국에 있는 수희언니에게 전화할 수 있고 한국에도 수영이 있으니 이런 행운이 흔한 일이 아니다. 여기서 일이 년 죽은 듯이 시난고난 시간을 보내면서 때를 보아 몸을 빼낼 수 있을 것이다. 이렇게라도 해서 중국공안을 피할 수 있으니 최선의 선택을 한 셈이라고 자신을 달래면서 마음을 안정시켰다.

얼마나 성에 굶주렸는지 밤새 가만 놔두지를 않는 중국 남자에게 시달리고 난 아침, 다리를 어기적거리면서 방을 치우고 부엌을 치웠다. 이렇게라도 살아야 한다. 절대로 죽어서는 안 된다. 비참하게 죽은 남편에게 할 수 있는 최선의 선물은 죽지 않고 살아남아서 두 딸들을 데리고 남한으로 가는 일이다.

어느 날 남자는 돼지고기를 가져왔다. 어떻게 하는지 모른다고 손짓 몸짓으로 말했더니 자기가 보여준다고 도마에 놓고 칼질을 했다. 거기까지는 참을 수 있었다. 기름에 볶고 요리를 하는 동안 수숙은 토하기 시작했다. 왜 토하는지 이상해서 남자는 연신 기이하다는 눈을 하고 수숙을 노려봤다. 아아! 이 돼지고기로 인해 이런 운명이 되었다는 무의식 세계에 자리 잡은 상처가 그녀를 몰고 가는 모양이다. 나중에 안 일이지만 정신과의사의 진단으로는 외상 후 스트레스 장애를 앓고 있다고 했다. 이후로 다른 고기는 괜찮은데 돼지고기만 보면 토악질을 해서 남자도 곤란한지 돼지고기는 사오지 않았다.

겨울 동안은 집에 있었지만 봄이 오면서 농촌은 바빠졌다. 외마디 말이지만 조금씩 중국말을 배워서 소통이 되자 중국 남편은 수숙을 데리고 바깥출입을 했다. 문전에 있는 고래실뿐만 아니라 산 밑에 자리 잡은 옥수수 밭까지 데리고 다녔다. 씨를 심고 밭이랑의 흙을 올리고 점심을 해서 나르는 등 농촌의 봄 일은 무진장이었다. 수용소

와는 달리 이곳에서는 고향처럼 들판에 흩어진 들꽃들이 눈에 들어왔다. 민들레, 자운, 냉이, 꽃다지, 클로버, 소리쟁이, 질경이, 삘기, 개구리밥풀, 능쟁이, 강아지풀 등이 사방에 지천이었다.

툭툭 불어터진 누런 눈곱이 주렁주렁 눈가에 매달리고 말은 잘 통하지 않지만 남편이라고 요구하는 것도 많고 호령하는 일도 잦았다.

중국 남자의 슬하에 오직 하나 있는 아들은 북경에서 공부를 한다고 했다. 그 아들에게 돈을 부친다고 농사로 버는 돈이나 집안에 있는 돈은 모조리 탁탁 털어 송금을 하는 바람에 어디서도 돈은 볼 수조차 없었다. 하긴 농촌에 돈푼깨나 가지고 사는 사람이 있을 리가 없다.

수용소보다 먹을 것은 흔했다. 굶주리는 일은 없었다. 그러나 여관 술집에 두고 온 복란과 두만강 가에서 헤어진 복희를 생각하면 잠을 이룰 수가 없었다. 목구멍으로 밥이 넘어가는 것이 목숨을 부지하기 위해 겨우 넘기는 최소한의 약처럼 껄끄럽기까지 했다. 수숙의 몸은 갈수록 비쩍 말라갔다. 갑자기 들이닥친 변화에 정신을 차릴 수가 없었다. 그래도 조국에선 대학을 나왔고 높은 지위에 있는 남편과 두 딸을 기르면서 살던 시절이 바로 엊그제 같은데 갑자기 중국 농부의 아내가 되었다니! 세상에 이런 일이 있을 수가 있는가!

마침 이 산골마을에 한족 남자를 만나 살고 있는 40대의 조선족 여인을 알게 되어서 가끔 속에 있는 말을 나눌 수가 있었다. 같은 말을 쓰는 사람이 옆에 있어 세상 이야기도 들을 수 있어 다행이었다. 또한 수숙이 처한 불행을 다 듣고 나더니 그녀는 인신매매를 한 사람을 두고 화를 내고 분개하였다. 어떻게 해서든지 여기를 빠져나가라고 조언을 아끼지 않았다. 인구가 넘쳐나는 나라이니 절대로 국제결혼을 허락하지 않을 것이라 영원히 탈북자로 남아서 숨을 죽이며 살아야 하는 비참한 처지를 안타까워했다.

중국 남편은 수숙에게 잘 하려고 가끔 옷을 사다주기도 했지만 절대로 돈을 주는 일은 없었다. 만에 하나 도주할 것을 걱정하는 눈치였다. 이 남자에게 단점이 있다면 병으로 일찍 조강지처를 잃은 탓인지 알코올중독자라는 점이다. 상배喪配한 뒤 오랫동안 재혼하지 않고 지낸 터라 한 번 술에 취해 나가떨어지면 정신을 못 차리고 며칠씩 잠만 자는 버릇이 있다. 마치 기면증에라도 걸린 사람 같았다. 여자를 때리거나 집안 기물을 파괴하는 주벽은 없지만 생 무트림 냄새를 풍기면서 잠을 자는 꼴골도 토악질 나게 했다. 사방에 오물을 싸고 토해 놔서 그것들을 치우는 일만도 상당한 고역이었다.

늦은 봄 어느 날 중국 남편은 술에 완전히 녹아서 동네 사람들이 들쳐 메고 왔다. 그간 수숙이 쓸고 닦아서 반질거리게 닦아놓은 집안을 다시 난장판을 만들 차례다. 너무 참을 수가 없어 수숙은 이웃에 사는 조선족 여인을 찾아갔다. 그 집도 남편이 잠시 외출 중이라 이런저런 이야기를 나누는 중에 서울에 전화를 한 통화만 걸 수 있겠느냐고 했더니 그러라고 했다. 차마 미국에 전화한단 말은 못하고 한국으로 전화를 넣을 수가 있었다.

'따르릉, 따르릉……'

신호가 가는 동안 수숙의 마음은 콩닥콩닥 뛰었다. 얼마간 신호음이 울리다가 통화가 되었다.

"저 수숙입니다. 전화 받는 쪽은 수영이가 아닙니까?"

"잠시만 기다리세요. 사모님은 외출했다가 지금 막 들어서는 중입니다. 잠시만 기다려보세요."

일하는 여자가 전화기를 수영의 손에 넘겼다.

"저는 수숙이란 여자입니다. 저를 기억하시는지요? 단동에서 수희언니와 한 번 만났지요. 제가 사촌 되는 수숙입니다."

"아하! 북한에 있는 수숙이구나. 그런데 어쩐 일이니? 북한에서 한국에 전화라니! 이거 놀라운 일이군."

"일이 다급합니다. 제가 탈북해서 중국으로 건너왔다가 지금 중국 남자에게 잡혀 감금되어 있습니다. 살려주세요."

"어엉! 무어, 뭐라고? 중국 남자에게 잡혔다고? 이거 큰일 났구나. 거기 전화번호를 다오. 그리고 주소도 어서 달라고."

    조선족 여자의 도움을 받아 이곳 주소와 전화번호를 넘겨주었다. 너무나 기적 같은 일이었다. 중국 땅에 앉아서 수영이와 이렇게 가깝게 말을 나눌 수 있다니! 마치 타임머신을 타고 훌쩍 미래의 시간 속으로 날아든 기분이었다.

    수영은 바로 미국의 수희에게 국제전화를 넣었고 수희는 중국에 있는 수향과 통화를 했다.

    "작년에 단동까지 가서 수숙을 찾아 만나보고 양식을 챙겨주어서 북한으로 다시 들어갔고 그간 소식이 끊겼다가 갑자기 연락이 왔네. 지금 중국 남자에게 감금되어 있다니 그게 무슨 소리냐? 왜 북한에 있지 않고 중국에 있는지 모르겠다."

    "아하! 탈북을 했군."

    "탈북이라니? 그 애는 김일성과 김정일이 자기 하나님이라고 우리에게 호통을 쳤는데 어떻게 탈북을 할 수 있느냐고?"

    "지금 상황으로 봐서는 탈북해서 인신매매단에 걸린 것 같아요. 중국 남자에게 팔려갔으니 돈을 주고 다시 꺼내야 해요."

    "뭐라고 수숙이 중국 남자에게 팔렸다고? 그럼 중국 남자하고 강제로 같이 산단 말이지. 이를 어쩌지. 아이쿠! 불쌍한 것아. 그 어린 것이 혼자 큰 것도 마음이 아픈데 어쩌다 이 지경이 되었는지 모르겠다. 내가 지금 〈하얀 집〉이란 음식점을 경영하느라고 너무 바쁜데 네가 거기에 가 보거라. 미국에서 가는 것보다 중국 땅에 사는 네가 나보다 더 빨리 만날 수 있잖니. 중국에 있는 네가 나보다 사정을 더 잘 알 테고 어떻게 대처할 방법도 알 것이 아니냐. 돈은 모자람 없이 바로 송금하마. 내 생각에는 몸값도 요구할 것 같구나. 내가 다 송금하마. 돈 걱정은 하지 마라. 우선 그 애를 구해 놓고 보자. 이곳 일이 처리되는 대로 내가 거기로 가마."

전화를 받은 날이 토요일이라 수향은 다음날 주일 설교를 하고 떠나려고 준비를 했다. 더구나 내일은 산 속에서 병자들을 치료하는 특별집회가 있는 날이다. 이적이 얼마나 많이 일어나는지 정신을 차릴 수 없을 지경이다. 한국에서도 1907년에 성령의 바람이 불어오면서 꼽추의 허리가 펴지고 맹인이 눈을 뜨고 앉은뱅이가 일어섰으며 귀머거리가 듣게 되고 이름도 모르는 많은 병이 나았기 때문에 모이는 사람들 거의가 환자들이었다고 한다. 그래서 그 당시 이적증명서란 것도 발부했다는 기록이 있다. 예수님 당시에도 많은 병자들이 고침을 받고 환호했다는데 바로 그런 놀라운 이적들이 여기 중국에서 특히 수향이 집회하는 곳에서 마구 일어나고 있었다. 2000년 전 갈릴리 바닷가처럼 여기서도 놀라운 이적과 기적이 수없이 반복되었다. 문둥이가 깨끗하게 나았고 중풍병자가 정상으로 돌아왔고 절뚝발이가 똑바로 서서 걸었고 혈우병 환자가 고침을 받았다.

수향이 자신도 놀랄 일이 빈번했다. 일단 말을 전하러 사람들 앞에 서면 누군가가 양쪽 어깻죽지를 잡아 올리는 것같이 가뿐하고 힘이 나서 마구 고함을 치면서 설교를 해도 목이 쉬지를 않았다. 새 힘이 넘쳐 창공을 마구 날아다니는 착각에 빠질 때도 있었다. 성령의 회오리바람이 마구 불어와서 광풍에 마른 갈대가 쓰러지듯 사람들이 일제히 한 쪽으로 우르르 넘어지는 가운데 통회자복하는 울음소리로 눈물의 바다가 되기도 했다.

농촌에 모이는 가정교회에서는 침묵기도와 침묵찬송을 하다가 간간히 특별집회 형식으로 산 속으로 들어가서 마음껏 고함을 치면서 기도하면 마음의 병을 앓던 사람들이 살아났다. 잡다한 육신의 병을 가진 환자들이 치료되는 현장이기도 했다. 진작부터 내일 주일은 인적이 없는 아주 깊은 산 속에 집회 장소를 잡아 둔 관계로 동생 수숙을 구하러 가는 날짜를 하루 미뤄야 했다. 산을 넘고 개울을 건너 수백 리 떨어진 곳에서도 병든 사람들이 모여들어 이렇게 한 달에 한 번씩 치유집회를 산 속으로 정하여 이동을 해야만 했다.

산 속의 특별집회에 공안이 올 것을 대비하여 산 입구 여러 곳에 감시망을 짜서 보초를 세워놓고 집회가 열리고 있었다. 두 시간만 해도 전신이 땀으로 흠뻑 젖었다. 산기슭에 사람들이 앉고 수향이 조금 높은 곳에 서서 설교를 하면 그 시간에 스스로 치료의 역사가 일어나서 사람들은 춤을 추며 나왔다고 간증을 했다. 심지어 어떤 사람은 슬그머니 다가와서 수향의 옷자락을 만지기도 했다. 그 옷을 만지고 치료받은 사람도 있을 정도로 집회는 성령의 강림으로 아주 뜨거웠다.

2

　세 시간의 긴 집회가 끝날 즈음 수향은 거의 탈진 상태가 되었다. 어지간히 끝맺음을 하면서 흩어질 때다. 산골짝의 저녁은 빨리 다가온다. 산봉우리에 가려진 해가 땅거미를 미리 듬뿍 안아다 쏟아놓기 때문이다. 그 시간에 중국인이 아닌 이국의 여인이 수향에게 다가왔다. 우거진 나뭇잎 속을 헤치고 들어온 석양을 받고 드러난 여인은 분명 서울 병원 응급실에서 만난 부잣집 사모님이었다. 수술비를 대준 대기업의 회장이 분명했다. 수향의 머리에 죽어가면서 신음했던 응급실의 정경이 퍼뜩 스쳤다.

　"아하! 제게 수술비를 대주셨던 부잣집 사모님. 아이쿠! 반갑습니다. 그때 도와주셨기 때문에 이렇게 살아나서 주의 일을 하고 있습니다. 제가 서울에 가서 빚을 갚아야 하는데 이거 미안합니다. 내일 은행에서 돈을 찾아 드리겠습니다. 여기서는 한국행 비자를 받기 어려워서 이러고 있었습니다. 정말 사죄합니다."

　큰언니 수희가 수술비를 모두 갚아준 걸 수향은 아직 모르고 있었다. 응급실에 들렀던 여자가 피붙이가 아니라고 했으니 그렇게 알고 있었다. 두 여인 사이로 서서히 농밀한 저녁 안개가 자욱하게 내려앉았다. 수향은 멋쩍은 웃음을 삼키면서 이마 위의 땀을 닦아냈다. 집회 뒤에 밀려오는 기쁨으로 수향의 머리 위에는 후광이라도 어린 듯 사뭇 눈이 부실 지경이다.

　"나 수영이야. 네 사촌."

　순간 수향은 얼어붙은 듯 우뚝 섰다. 그때 만난 그 여자가 수영이 맞았구나. 그런데 어떻게 그렇게 잔인하게 뿌리칠 수가 있었단 말인가. 묵묵히 침묵하면서 입을 열지 아니하자 수영이 먼저 손을 내밀었다.

　"용서해라. 내가 잘못했다. 이 깊은 산 속에서 네가 인도하는 집회에 참석하여 본래의 나를 찾았다. 내가 바보처럼 과거의 줄에 묶여 어린애로 살았다는 것을 깨달았다. 이제야 나는 그 긴 터널을 빠져나왔다. 이젠 어린애의 심정을 지닌 어른이 아니라 현실의 나로 돌아왔다. 고맙구나. 정말 고마워. 조금 전까지만 해도 내 이익만 생각하고 어린애 소견을 지니고 있었단다."

　"어떻게 여길 알고 왔어?"

　"수희언니를 통해 네 주소를 알게 됐는데 만나보고 싶은 마음을 억제할 수가 없어서 이렇게 찾아 나섰다. 수숙의 탈북 문제 때문에 너에 대한 소식을 들었다."

잡다한 생각이 주마등처럼 지나갔으나 이내 수향은 수영을 껴안았다. 수영이 격렬하게 울음을 터뜨렸다.

"잘못했다. 잘못했어. 내게 너무 아픈 한恨이 많아서 그랬다. 그건 어린아이 같은 짓인데 말이야."

"그때 수영이 네가 그렇게 하지 않았다면 나는 이 길로 들어서지 못했을 것이다. 고난도 하나님이 허락하신 길이고 그 고난을 통해서 이런 기막힌 일을 좋으신 하나님이 맡기셨으니 모든 것이 합력하여 선을 이룬 것이다. 그저 감사할 일밖에 없다."

수영은 몹시 응축된 모습으로 초라하게 몸을 비스듬히 나무에 기대고 서서 흡인력이 뛰어난 수향의 눈길을 피했다.

"수영아 괴로워하지 마라. 너는 나를 모른 척 하였으나 하나님은 그것을 선으로 바꾸어 오늘처럼 많은 사람의 생명을 구하려했으니 우리의 일생이란 하나님의 손에 있는 것이 아니겠니. 그러니 두려워 하지마라. 내가 너의 아픈 마음을 돌보마."

그러자 수영이 와락 수향의 품에 안겨왔다. 안쓰러운 표정을 감추지 못하고 떨면서 통곡하는 수영의 등을 다정하게 다독거려주었다.

"솔직히 고백하면 나는 지금 말기 암에 걸려서 죽어가고 있어. 갑자기 췌장암 선고를 받았어. 다음달부터 항암 치료를 받을 예정이야. 나도 여기 머물면서 이 집회에 참석하면 저 사람들처럼 치료를 받을 수 있을까."

"어머! 그랬구나. 많이 아파?"

"으응."

"우선 집으로 가자. 우리 집에 가서 함께 기도하자. 수숙의 문제도 있고 해서 내가 바쁘거든."

두 사람은 우선 심양 근교의 농촌마을로 향했다. 늦봄이지만 힘이 실린 햇빛을 받고 만물이 들썩이듯 움찔움찔 숨을 토해내고 있었다. 수향의 농촌 집에 와서 저녁식사를 하고 하룻밤을 자는 동안 밤이 이슥토록 수향이 수영을 위해 기도해주었다. 췌장암은 고치기 어려운 병이다. 그러고 보니 수영이 몹시 수척해지고 몸도 많이 말라서 옛 모습이 아니었다. 자세히 뜯어보니 눈가에 건포도처럼 쪼그라든 주름살이 깔려 있다. 다른 암과 달리 마지막엔 물 한 모금 삼킬 수 없을 정도로 몸이 말라서 죽는 병이 바로 췌장암이다. 발견도 늦게 되지만 일단 췌장암이라고 진단하면 그때부터 살아갈 날을 계수하는 병이다. 죽는 순간까지 의식이 또렷하여 말을 할 수 있는 병이기도 하다. 의사도 최선을 다하지만 이미 많이 진행된 상태라고 했다. 암 뿌리가 뱃속에 퍼져서 이제 위로 진입하여 폐와 머리까지 갈 것이라고 했다. 죽어가는 병에 걸려 수영은 세월을 아끼고 살날들을 계수해야 하는 지경에 이른 셈이다.

"난 살날이 얼마 남지 않았어. 그러니 어찌하겠어. 준비하고 가야지. 삶이란 인간의 마음대로 되는 게 아닌가 봐. 천년만년 살 것처럼 재산을 악착같이 긁어모으고 내 작은 아픔을 마구 확대하여 울어대고 속을 끓였는데 갑자기 이렇게 죽게 되다니. 그래도 네가 이끄는 집회에 참석하여 나를 찾았으니 고맙다."

수영이 기어들어가는 목소리로 말했다.

"나는 뱃속이 다 곪아서 냄새가 진동하여 사람들이 코를 막을 정도였어. 그래도 하나님의 손길이 닿으니 살아났어. 그러니 우리 마음을 합하여 기도하면서 매달리자. 우리는 죽으나 사나 모두 주님의 것이란다."

입으론 그렇게 말하면서도 수영을 위해 기도할 때에 밀려오는 갑갑함을 어떻게 표현해야 할지 답답했다. 쇠심줄처럼 질긴 그 무엇이 영혼을 감싸고 있어서 도저히 뚫고 들어갈 수가 없었다. 여기 한족들에게는 모래 위에 물이 스미듯 마구 빨려들어가는 성령의 강력함이 수영의 영혼에는 전달되지가 않았다. 기름 벽이 두껍고 말할 수 없이 많은 것들이 영혼을 감싸고 있어서 기도할 때마다 힘이 들고 주저앉게 되는 현상을 무엇이라 설명할 수가 없었다. 수영을 위해 열심히 기도하던 수향이 자신도 너무 힘이 들어 입에서 단내가 나고 그냥 주저앉게 되었다.

아무리 봐도 너무 많은 것을 두껍게 입은 수영의 영혼에 문제가 있었다. 이곳 중국 사람들에게 불어오는 성령을 받아들이는 영혼들처럼 하나님을 단순하게 간절히 사모하여 접하는 것이 아니라 삶의 풍요로움에 젖어 잡다한 옷을 너무 많이 입고 있어서 뚫고 들어가기 어려운 그런 답답함이 밀려왔다.

"수영아, 너 우선 한국으로 돌아가서 깊은 산 속으로 들어가는 것이 좋겠다. 자연을 가까이 하라고. 산새의 울음소리에 빨려들어가고 하나님이 창조한 모든 것을 감탄의 눈으로 바라보고 산 속에서 나오는 샘물을 마시고 가공한 음식이 아닌 자연 그대로의 음식을 먹으면 어느 정도 치유가 될 거다. 우선 육신의 더러운 때를 벗어내야 하거든. 성령의 치유는 그런 몸에 들어가 기적을 일으키는 법이다."

"그럼 어떻게 할까?"

"아주 후미진 산 속이나 시골집에 가서 살면 어떨까? 봄이면 물오른 버들가지나 짚 토막으로 호드기를 만들어 불고 두렁 콩을 먹고 흙고물 칠을 한 지렁이가 뒹구는 산골마을이면 좋아."

"아하! 그러고 보니 내가 갈 곳이 있다. 이래서 미리 그 집을 준비한 것이 틀림없어."

"거기가 어디야?"

"우리의 어린 시절이 깃든 곳이야. 너도 알지? 장흥 집. 우리가 어린 시절 함께 보냈던 그 기와집 생각나니? 네가 죽는다고 응급실에서 야단칠 적에 아주 생생하게 그 집의 앞뜰과 뒤뜰을 묘사했었지. 거기서 내 마지막 삶을 마무리 지을 거야."

"장흥 집? 아하! 거기가 있었구나. 우리의 영원한 고향이 거기 있었구나. 그래 거기 가 있어. 수희언니가 온다고 했으니 우선 수숙을 구해내서 데리고 거기에 함께 찾아갈게."

수영은 아픈 몸을 이끌고 서울로 향하고 수향은 수숙의 일을 처리하러 길림의 외곽지대 농촌으로 향했다.

3

수숙은 매일 대문을 향해 앉아 있었다. 이제나 저제나 수희나 수영이 나타날 것을 기대하면서 말이다. 이런 수숙의 태도에서 이상한 기운을 감지했는지 중국 남편은 갑자기 더 수숙을 들볶기 시작했다. 손찌검만 하지 않았지 흘김 눈을 해보이며 어깃장을 놓고 입으로 찧고 짓까불면서 괴롭혔다.

"내가 널 위해 쓴 돈이 얼마나 많은데 너를 놓을 것 같으냐. 더구나 공안의 위험이 도사리고 있어서 만약에 네가 나가 돌아다니다가 잡히기라도 하면 나도 감옥행이고 벌금을 엄청나게 물어야 한다. 너를 데리고 사는 일이 설미친 짓이고 얼마나 위험한 행동인지 알기나 하느냐. 그러니 몸을 조신하게 굴고 외부 사람을 절대로 만나지 마라. 그게 나와 네가 사는 길이다."

그의 감시를 받으면서 수숙은 여차하면 언니를 따라 도망칠 보따리를 미리 준비해 놓고 있었다. 보따리라야 별 것이 없었지만 말이다. 어떻게 해서든지 복희나 복란이 있는 곳이라도 파악해야 한다.

지금까지도 작은 딸과 함께 잡혀 있던 지역이 어디였는지 모른다. 한글간판이 많았던 걸 보면 조선족 밀집지역이 확실했다. 그걸 알아내야겠다고 다짐하면서 중국 남편을 위해 음식을 준비하기 시작했다. 눈치 채이지 않기 위해서는 최선을 다해서 이 남자를 섬겨야 한다.

정오가 설핏하게 기울쯤에 동네가 떠들썩했다. 산 밑 외딴집에 피해 있던 탈북자가 잡혔다는 소식이었다. 낯선 사람, 특히 중국말을 모르는 사람이 이 마을에 있느냐고 수시로 조사를 나오기 때문에 이런 경우 날름 다락방으로 숨을 자리를 마련해 놓고 있었다. 마침 남편은 도시로 농산물을 팔러 나가고 없어서 혼자 이 일을 당하게 되었다. 수숙은 다락의 공기통으로 바깥의 동태를 살폈다. 언제 탈북자들이 이런 으슥한 농촌에 들어왔단 말인가. 세 명의 남자와 한 명의 여자가 잡혀서 공안에게 끌려가고 있었다. 가슴이 마구 뛰었다. 손만 뻗으면 그녀도 잡힐 수 있는 거리에 있었다. 만에 하나 동네사람이 손가락질만 해도 잡힐 수밖에 없는 운명이었다. 한동안 동네사람들을 모아놓고 일장연설을 하는 소리가 들려왔다. 수숙이 탈북자란 걸 알면서도 이웃 홀아비와 결혼하여 살고 있으니 모두 함구해줘서 무사히 넘어갔다.

여기도 안전한 곳이 아니다. 모든 농촌 지역에 공안들이 배치되어서 탈북자를 수색하고 있으니 이 도피생활이 언제 끝날지 몰랐다. 소망이 있다면 수희나 수영이 와서 도움을 받아 남조선으로 기는 길밖에 없다. 그러나 혼자서 남쪽으로 간다고 하면 외로워서 죽을 것이 뻔했다. 두 딸을 찾아서 데리고 가야하는데 어디서 그 애들을 찾는단 말인가. 어째서 그 애들은 남한의 수영에게라도 전화를 못하고 있을까. 아마도 전화 걸 생각을 못하고 공안의 눈을 피해 숨어 다니느라 그럴 만한 마음의 여유가 없을 수도 있다.

중국 남편은 도시로 농산물을 한 트럭 싣고 나가서 다 팔지를 못했는지 이틀이 지나도 들어오지 않았다. 이렇게 지독하게 외로울 때에는 말이 통하지 않더라도 더럽고 냄새가 나지만 의지하고 싶은 마음이 굴뚝같았으나 그는 나타나질 않았다.

밥도 먹을 마음이 없었다. 정치범수용소에 있을 때보다 더 잘 먹고 있건만 몸이 비비 꼬이도록 말라서 뼈만 앙상했다. 긴 목에 쇄골이 앙상하게 드러나서 환자처럼 보였다. 아무리 잘 먹어도 마음이 편치 않으니 뼛속이 아픈 상태라 살이 오를 리가 없었다. 벽에 걸어놓은 중국 남자의 옷에서 지린내가 고인 구릿한 냄새가 났다. 중국에선 어디 가나 특유한 지린내가 뭉근히 고여 있다. 그게 역겨워서 앙당그리고 앉아 대문 쪽만 바라보았다. 어설프게 얼기설기 싸리나무로 울을 치고 대문을 달아 놓은 것이 오늘 따라 수숙을 슬프게 해서 먼산바라기를 했다. 해가 뉘엿이 서산에 걸린 것을 보면서 배고픔도 잊은 저녁을 맞았다. 갑자기 울 저쪽이 술렁거렸다. 수숙은 재빨리 다락으로 기어 올라가서 헌옷들 사이에 몸을 숨겼다. 공안들이 다녀갔으니 당분간 조용할 줄 알았는데 다시 나타난 것일까. 숨을 죽이고 바깥의 동태에 귀를 곤두세웠다. 여기 외지인이 한 사람 들어와서 결혼생활을 하고 있다고 말하는지 옆집 여자의 장황한 설명이 연달았다. 몇 걸음 떨어져서 마을 가운데 살고 있는 조선족 여인이 나타나서 집안을 향해 외쳤다.

"수숙씨 나와 봐요. 전화 걸었던 일로 왔다고 해요."

그제야 수숙은 헌옷 구덩이 속에서 날쌔게 일어나 밑으로 내달렸다. 수희언니가 왔단 말인가. 아니면 수영이인지도 모른다. 벌써부터 눈물이 줄줄 뺨 위로 흘러내린다. 그러나 밖을 보니 전혀 낯선 여자가 서 있었다. 뒷걸음질했다. 여차하면 산 속으로 달아날 태세다. 그러나 남자처럼 걸걸하고 어깨가 떡 벌어진 여자가 수숙을 향해 달려왔다. 뚱뚱한 체격에 눈이 왕방울처럼 둥글어서 마치 삼국지에 나오는 장비라도 만난 기분이 드는 여인이었다.

"아이쿠! 수숙아, 내다 수향언니다. 바로 네 위의 언니다. 나를 기억할 수 있겠니? 우리가 헤어질 때 너는 겨우 3살이었으니 나를 모를 것이다."

무조건 수숙을 가슴에 껴안고 꺼이꺼이 울어댔다.

"여기서 이러면 위험하니까 우선 안으로 들어가서 조용히 말을 합시다. 제 신분이 위험한 처지라 이러면 큰일 나요."

수숙의 침착한 말에 흥분하여 얼굴이 벌게서 울어대던 수향이 동생의 손을 잡고 안으로 들어갔다. 바깥에 서 있던 두 여인에게 수숙이 다소곳이 인사를 해서 보내고 둘이 안방에 마주 보고 앉았다. 수향은 중국 남자를 찾는 지 사방을 두리번거렸다.

"이 집 남자는 도시로 농산물을 가지고 나갔습니다. 아마 오늘도 못 들어오는 모양입니다."

"그럼 잘되었다. 어서 도망가자."

그러자 수숙이 머리를 흔들었다.

"그냥 도망치면 이 사람이 절 잡으려고 분명히 공안을 부를 것입니다. 저를 사온 값보다 더 얹어주고 이집을 나가야 합니다. 그래야 언니나 제가 안전합니다."

"그까짓 돈이 문제냐. 수희언니가 미국에서 넉넉하게 송금했으니 우선 돈을 지불하고 가자구나. 아이쿠! 내 불쌍한 동생, 수숙아. 아이쿠! 불쌍한 내 핏줄."

수향은 수숙의 손을 잡고 자신의 마음을 억제하지 못하

고 흐느끼면서 수숙의 얼굴을 만지다가 몸 여기저기를 쓰다듬었다.

"꽤 많은 돈을 요구할 터인데 언니가 그만한 돈을 가지고 왔습니까? 그리고 제 두 딸들을 찾아야 합니다."

수숙의 말을 듣고 심각하게 생각하던 수향이 결론을 내렸다.

"우선 너를 구하는 것이 급선무다. 이 지역을 빨리 빠져나가야 한다. 그런 다음, 그 아이들을 찾기로 하자. 너를 빼내도 중국 땅을 벗어나서 제3국으로 가는 문제가 그리 만만치가 않다. 우선 우리 집으로 가서 대책을 강구하자."

바로 그때 내일이나 들어올 줄 알았던 중국 남편이 술이 곤드레가 되어 고동색 벙거지를 비스듬히 쓰고는 갈지자 걸음으로 들어섰다.

수향을 보더니 눈초리가 매섭게 올라갔다.

"사온 값을 더쳐서 줄 터이니 이 여자를 내놓으시오."

그러자 그는 고함을 치면서 덤볐다. 마치 왜가리처럼 시끄럽게 꽥꽥거려서 귀청이 찢어질 듯했다.

"이제 정이 들어 살만하니까 데려가려고. 절대로 안 된다. 돈을 저 앞산만큼 가져다 놔도 이 여자를 내 놓을 수 없어."

수숙이 이런 남편을 달래려고 매달렸으나 수숙의 뺨을 세차게 때리면서 끝없는 게정을 부리기 시작했다.

중국 남편과의 결판은 쉽게 나질 않았다. 밤이 깊도록

수향이 타협을 시도했으나 바위처럼 떡 버티고 앉은 남자는 한 발자국도 물러날 기세가 아니었다.

"사온 값의 다섯 배를 준다고 해도 못한단 말인가요?"

"100배를 줘도 소용없어. 난 이 여자를 사랑하고 있단 말이야. 일생 데리고 살 작정이었으니까. 지금까지는 북경에 있는 아들 때문에 돈을 쓰지 못했으나 아들도 금년에 졸업하면 자기 길 길을 갈 테고 나는 이 여자하고 죽을 때까지 살려고 했는데 판을 깨뜨려. 이렇게 늙어서 겨우 얻은 기막힌 이 평안을 어떻게 버려. 절대로 있을 수 없는 일이야."

그 밤은 서로 줄다리기를 하며 신경전을 벌였다. 새벽녘엔 모두 지쳐 벽에 기대 앉아 잠시 눈을 붙였다. 수향은 더러운 중국 놈이라고 조선말로 떠들면서 욕을 했지만 수숙은 이 남자가 불쌍하다는 생각이 스멀스멀 들었다. 하지만 자기가 갈 길은 두 딸을 찾아내서 데리고 남한으로 가는 길밖에 없다. 여기서 영원히 이방인으로 살 수는 없는 일이다. 비참하게 죽은 남편의 소원대로 남한으로 가야 한다. 도중에 죽는 한이 있어도 절대로 포기할 수 없는 여정이다.

중국을 탈출하여 제3국으로 가는 길도 만만찮다고 하지 않던가. 더구나 두 딸을 찾는 모험도 해야 한다. 만에 하나 중국공안에 잡혀 북한으로 송환된다면 모진 고생을 당해야 하는 판이다. 아니 고생 정도가 아니다. 남편처럼 공개처형될 수도 있다. 그녀 앞에 죽음의 길이 될 북송이 아가리를 딱 벌리고 기다리고 있는 상황이니 어서 도망가야 한다. 북한으로 잡혀가서 다시 정치범수용소로 보내지는 생각에 이르자 수숙은 몸을 부르르 떨었다. 거긴 먹을 것이 없어 죽어가는 곳이다. 풀과 쑥을 뜯어먹어야 사는 땅이다. 눈에 보이는 것은 무엇이나 먹으면서 염소처럼 살아야 하는 현장이다. 피나무 잎과 껍질을 말려 가루를 내고 거기에 강냉이 대와 벼 뿌리를 가루 내어 섞어 먹으면서 어떻게든지 살려고 발버둥쳐야 하는 몸서리쳐지는 곳이다. 풀만 먹어 팅팅 부은 얼굴, 퍼렇다 못해 시꺼멓게 물든 이빨과 입술을 지닌 사람들이 눈앞에 어른거렸다.

"언니 어떻게 하지? 이 남자가 왜 이렇게 징그럽게 달라붙어. 무슨 일이 있어도 난 딸들을 찾아 데리고 남한으로 갈 거야."

"기다려봐라. 결국 내가 이길 터이니."

수숙이 차려놓은 아침 밥상을 중국 남자가 거절하지 않아서 모두 둘러앉았다. 수숙과 수향은 밥이 넘어가질 않아서 께적거렸으나 중국 남자는 밥 한 그릇을 더 달래서 게걸스럽게 먹었다.

"탈북자를 데리고 살다가는 언제 감옥에 갈지 모릅니다. 같이 산다고 해도 내 동생을 정식부인의 법적지위를 줄 수 없지 않습니까. 그러니 이럴 때 내게 내주는 것이 좋을 것입니다. 우리는 어려서 헤어진 자매간입니다. 제가 동생을 잘 돌볼 것입니다."

수향이 차근차근 중국 남자를 설득하기 시작했다. 어제처럼 겁을 주거나 땅땅거리질 않고 소곤소곤 다정하게 협상을 했다. 아침부터 당최 물러날 기세를 보이지 않던 중국 남자는 협상 언어로 차근차근 근황을 설명하는 수향의 말에 긴 한숨을 삼키면서 이렇게 말했다.

"이 여자하고 그간 행복했습니다. 아내가 죽은 뒤 이 집안에 처음 들어온 여자이고 살림도 잘하고 내 마음을 평안하게 해줘서 저는 너무 좋았습니다. 그러나 좋은 길로 간다니 사랑하는 마음으로 포기합니다. 나보다 모든 면에서 뛰어난 여자입니다. 내가 이 여자를 샀던 돈, 2만 원만 주고 데리고 가십시오."

수숙은 중국말을 몰라 알아듣지 못했으나 수향은 얼른 일어나 예를 갖춰서 절을 하고 고맙다는 표현을 했다. 중국 남자의 눈가가 촉촉하게 눈물로 젖어왔다.

수숙을 사고팔았던 무리들이 있는 곳이 연변이란 정보까지 수향은 꼼꼼하게 챙겨서 그 마을을 떠났다.

"수향언니, 우리 연변으로 가자. 거기 가서 복란을 찾은 뒤에 무슨 수를 써서라도 큰딸 복희를 찾아내서 모두 데리고 중국을 떠나고 싶어. 처참하게 죽은 남편의 소원대로 남한으로 모두 데리고 가야 해."

"무슨 짓을 해서라도 두 딸을 다 찾아야 한다는 점은 나도 안다. 하지만 이 상황에선 우선 너만이라도 제3국으로 해서 먼저 남한으로 가야 한다. 거기서 한국 패스포드를 받아가지고 다시 중국에 와서 그 애들을 찾는 것이 좋겠다. 그 동안 내가 연변을 샅샅이 뒤져 찾아보겠다. 내 핏줄이 섞인 내 조카들이다. 나에게 맡기고 어서 떠나라. 너만이라도 우선 살려야 한다."

두 사람은 심양 근교의 장상진으로 이동하였다.

수향은 탈북자인 옥희를 제3국으로 탈주시킨 경험을 살려 다시 그 루트를 탈 마음을 먹었다. 그러나 장상진에 도착한 수숙은 두 딸을 그리워하면서 몸살을 앓기 시작했다. 도저히 혼자서는 남한으로 갈수 없다고 몸부림쳤다. 어떻게 혼자 남한에 가서 살겠느냐고 울어댔다. 둘 다 데리고 가는 것이 욕심이라면 복란이라도 찾아서 데리고 가겠다고 울부짖었다. 어쩔 수 없이 수향은 선교사인 곽 사장과 연락을 했다. 비용은 다 댈 터이니 복란을 찾아달라는 간곡한 부탁을 그는 물리치지 못했다.

우선 복란이 잡혔던 여관술집을 중심으로 했다. 곽 사장은 그들 무리를 잘 알고 있었다. 악질 중에서도 제일 악질에게 걸렸다고 혀를 찰 정도로 나쁜 악덕업자들이었다. 중국 전국에 인신매매 연락망을 가진 그들의 손에 잡히면 빼내기가 힘들다고 했다. 수희가 보낸 돈을 모두 털어서라도 살려낼 마음을 먹고 수향이 가격에 관계없이 지출을 하겠다고 약속을 하자 곧 연락이 왔다. 결국 알아내기는 했지만 절망적이었다. 그 어린 복란이 헤이룽강의 어느 시골 마을에 비싼 값에 팔려서 중국 남자와 살고 있다는 정보였다.

"이제 열여덟 살 그 어린 것이 강제로 시집을 갔다니. 그것도 중국 남자에게 팔려서 말이다."

수숙은 통곡했다. 이런 수숙을 수향은 달래기 시작했다.

"그렇게라도 살아 있는 것이 다행이다. 이제 소재를 알았으니 구해내서 제3국을 통해 남한으로 가야 한다. 그게 더 중요하다. 제3국으로 가는 일은 성공률이 희박하니 우리 마음을 가라앉혀 진정하고 앞을 보자. 좋으신 하나님이 우리 아버지의 순교를 봐서라도 너희 모녀를 잘 인도하실 것이다."

곽 사장이 준 주소를 들고 수향과 수숙은 흑룡강성으로 향했다. 중국에서도 가장 가난한 사람들이 산다는 곳이다. 아무튼 죽지 않고 살아있다는 것으로 감사해야 한다. 그리고 꿈이 있지 아니하냐. 남한으로 가서 과거는 깡그리 잊고 수향언니처럼 하나님을 믿으면서 힘차게 살아가리라 하는 마음으로 수숙은 마음을 다잡았다. 하지만 시간이 흐를수록 수숙 자신이 한족에게 강제로 팔린 것에 비해 어린 딸 복란이 이방인에게 팔려서 강제로 시집을 갔다는 사실이 도저히 용서할 수 없는 분노를 달고 그녀를 괴롭혔다. 그 분노가 모두 김일성과 김정일에게 향했다. 정치를 잘 해서 인민들을 잘 살게 했으면 오죽 좋았을까. 이곳에 와서 보니 스위스나 독일 같은 나라에서는 대학까지 학비도 내지 않고 공부를 시킨다고 한다. 귀족이거나 가문이 좋아야 하는 출신의 피를 따지는 것이 아니고 능력에 따라 공부할 수 있도록 사회보장제도가 잘 되어 있다고 한다. 병원도 무료이고 나이 들어 은퇴하면 일생 먹고살 돈도 국가에서 대줘서 그야말로 지상천국의 삶을 누리면서 평안하고 기쁘게 산다고 하는데 양식으로 인민을 조종하고 혹사시키는 김일성과 김정일을 생각만 해도 치가 떨렸다.

기차를 타고 버스를 갈아타면서 사흘이나 걸린 여행 끝에 헤이룽강 벽촌에 사는 복란을 찾았다. 산기슭에 매미처럼 들러붙은 허름한 집으로 들어갔다. 조선의 농가처럼 논밭이 어우러져 있는 산모롱이에 지어진 집의 사립문짝을 밀치고 들어가니 아기를 품에 안은 앳된 여인이 등을 대문 쪽으로 돌리고 앉아 젖을 먹이고 있었다. 수숙은 돌처럼 굳어서 그 자리에 우뚝 서버렸다. 그새 아기를 낳았다니! 저 어린 나이에 아기를 낳았다니! 억장이 무너져 내리고 기가 막혀 울음도 나오질 않았다. 수향이 이런 수숙의 손을 잡아끌어서 마루에 앉았다.

수심이 가득한 얼굴로 낯선 수향을 보고는 의아해서 눈을 들어 옆에 앉은 어머니, 수숙을 보는 찰나 복란은 아기를 팽개치고 와락 수숙의 가슴에 안겼다. 서러운 울음이 목울대를 건드리면서 꺽꺽거렸다. 이런 복란을 수숙이 껴안고 등을 토닥인다.

"죽지 않고 살아 있어 줘서 고맙다. 괜찮다, 괜찮아. 앞으로 모든 일이 하나님의 은혜로 잘 풀릴 것이다. 순교자의 집안이니 하나님이 함께 하실 것이다."

이 말은 수희언니가 그녀를 만났을 적에 몇 번이고 되뇐 말이다. 그 말이 그대로 수숙의 입에서 터져 나왔다. 한참 격렬하게 울던 복란이 안으로 들어가서 옷을 갈아입고 아기를 안고 도망갈 차비를 하자 수향이 막고 나섰다.

"이렇게 도망간다고 해결 될 문제가 아니다. 너하고 함께 살았던 남자를 만나서 너의 몸값을 물어주고 빠져 나와야 한다."

"그 남자를 만나는 것이 무서워요. 날마다 때려서 하루에도 수십 번 죽고 싶었어요. 저 앞에 보이는 동네 저수지에 빠져죽고 싶어도 어머니를 만나고 죽겠다는 마음으로 참아왔어요. 빨리 도망가요. 이 사람이 들어오면 전 또 맞아요. 매일 심하게 때리고 들볶아요. 전부인은 일 년도 못 살고 도망갔다는데 전 제 신분 탓에 이러고 살았어요. 더구나 아기를 낳아서 이러도 저러도 못하고 있었어요. 술을 어찌나 많이 마시는지 그 남자는 술중독자예요."

대문 쪽을 보면서 복란은 파랗게 질린다. 이런 딸을 바라보면서 수숙은 두 다리가 후들후들 떨려 서 있을 수조차 없었다. 그런 와중에도 수향이 해결사다. 씩씩했다.

"걱정마라. 이모가 해결한다. 이모는 이보다 더 어려운 문제도 다 헤치고 나간 사람이다. 이 세상에서 제일 무서운 귀신이 나타난다 해도 난 이겨낼 자신이 있다. 걱정마라."

산에 가서 나무를 잔뜩 해서 짊어진 젊은 중국 남자가 대문을 밀치고 들어서고 있었다. 복란은 겁에 질려 수향의 뒤에 몸을 숨겼다. 이런 지경에 갓난아기는 사태를 파악했는지 목이 터져라 울어대서 동네가 떠나갈 듯했다.

"당신들 누구요?"

남자가 나뭇짐을 마당 구석에 내려놓으면서 아주 못마땅하다는 표정을 짓고 험악한 눈을 부라린다. 아마도 인신매매단이나 아니면 중국공안이 보낸 정보원 정도로 알고 있는 모양이었다.

수향이 떡 벌어진 어깨를 으쓱하면서 사내 앞으로 나섰다.

"복란의 엄마와 이모가 이렇게 찾아왔소."

그러자 남자의 인상이 조금 풀어졌다.

"우선 방으로 들어가서 이야기합시다."

중국 남자는 손을 털면서 안으로 들어간다. 복란은 아기를 안고 부엌으로 달아나버린다.

"그러잖아도 공안들의 조사가 너무 심해서 마음을 졸이고 있던 참이오. 데려 가려고 그러오?"

그러자 수향이 커다랗게 머리를 끄덕인다. 남자는 손을 내민다. 돈을 내놓으라는 시늉을 했다. 아주 뻔뻔스러운 몸짓이다.

"사온 값을 알고 왔으니 더 받으려고 하지 마시요. 나도 인신매매단의 조직을 어느 정도 다 파악해놓고 왔으니 말이요."

수향이 우락부락한 목소리로 상대방을 바짝 찍어 누르고 나간다. 그러자 중국 남자는 능글맞게 웃으면서 이렇게 대꾸한다.

"아기를 데리고 가시요. 난 그 애가 누구 씨앗인지도 몰라요. 그 조건에다 내가 사온 값에 세 배를 더하여 이 여자를 사가시요. 그 이하는 절대로 양보하지 않겠소."

"아기는 이 집 씨앗이니 두고 가겠소."

수향이 강하게 받아친다. 수숙과 복란은 중국어를 다 알아듣지를 못하니 저들이 뭐라고 주고받는지 그저 눈치만 살필 뿐이다.

"그럼 아기를 내가 맡아 기르는 조건으로 돈을 내고 가시요. 양육비를 내야지 남자 혼자 아기를 어떻게 기른단 말이요. 여기서는 갓난아이까지 달린 남자가 장가가기 쉬운 일이 아니요."

아기 처리 문제는 복란에게도 문제다. 어떻게 태어났든 복란은 아기의 어미가 아닌가. 복란에게 이런 문제를 놓고 지금 왈가왈부할 수도 없다. 저들은 어서 중국을 빠져나가야 한다. 죽음을 건 탈출이다.

이런 어려운 상황에 아기를 데리고 뛰는 것도 문제다. 새 생활을 시작하자면 아기는 반드시 여기서 처리해야 한다.

"얼마나 양육비를 주어야겠소?"

수향의 말에 중국 남자는 묘한 웃음을 흘린다. 오래 생각한 끝에 손가락을 여섯이나 세워 보인다.

"육천 위안?"

그러자 남자는 강하게 머리를 흔든다.

"설마 육만 위안이란 뜻은 아니겠지. 이건 억지요. 자기 새끼를 기르면서 그런 돈을 요구하다니. 정 그렇다면 우리도 생각이 있소. 당신도 법에 고소하면 좋을 것이 없소. 탈북자를 데리고 산 죄가 크니 어쩔 수 없이 둘 다 감옥에 가는 것이오."

수향의 목소리가 워낙 크고 카리스마까지 고인 몸짓을 하니 겁을 약간 먹은 중국 남자는 반으로 하자고 타협을 한다. 당기고 끌고 하면서 복란의 몸값까지 4만 위안에 해결을 보았다. 혹시 가는 도중 공안에 보고 할 것이 두려워 돈을 반만 주고 반은 기차역에서 주기로 하고 헤이룽강의 산골을 빠져 나왔다.

아기를 두고 가는 복란은 불어터져서 줄줄 흘러내리는 젖을 주체 못하고 자꾸 훌쩍거렸으나 수숙이 수건으로 흐르는 젖을 닦아주었다. 걸음을 옮길 적마다 흘러내린 젖이 앞가슴을 적시고 배를 타고 흘러 땅바닥으로 방울방울 떨어졌다. 수숙은 병자를 안고 가듯 복란을 한 손으로 감싸안고 심양까지 갔다.

수향이 제3국으로 가는 길을 모색하기 시작했다. 중국을 빠져 제3국으로 가는 길은 왕도가 없다. 탈북자들의 50% 이상이 이용했던 동북 방면의 몽골 루트는 너무 알려져서 죽음의 루트라고 이제는 피할 정도이다. 더구나 8개가 넘는 철조망을 통과한 뒤에 수천 킬로미터가 넘는 사막을 통과하여 울란바토르까지 가기가 그리 만만치가 않다. 하지만 일단 몽골에 진입하면 수비대에 걸려도 강제송환은 되지 않는다는 이점이 있다. 그러나 기나긴 사막을 지나 울란바토르까지 가자면 몽골 군부대 차량을 매수해야 하는 난점이 도사리고 있다. 또 다른 루트로는 심양에서 출발하여 청도를 거쳐 비행기로 구이린(桂林)까지 가서 6시간 정도 버스를 타고 국경마을에 도착하는 방법으로 중국 베트남 국경마을로 해서 하노이로 가는 방법도 있다고 곽 사장은 말했다. 저들의 최종 목적지인 하노이의 한국대사관이나 서방국가의 대사관이나 영사관이 탈북자들의 최종 목적지가 된다. 메콩강을 이용한 탈출로도 있다. 남방 탈출 루트로 중국 곤명에서 출발하여 태국, 라오스, 미얀마, 캄보디아도 새롭게 각광을 받고 있으나 모두 위험한 루트로 살아날 가능성이 반반이다. 더구나 메콩강을 건너자면 공안의 위험도 있지만 악어떼들에게 물려 악어의 밥이 되는 사람들이 많다니 그것도 수향의 마음에 드는 선택이 아니었다. 악어 강이라고 부르는 누렇고 퍼런 강물이 악어떼들과 함께 수향의 눈앞에서 어른거려 수숙과 복란이 잠든 모습을 내려다보면서 잠을 이루지 못하고 긴 한숨을 삼켰다.

옥희를 보낼 때와는 사뭇 마음이 달랐다. 옥희는 그저 덤덤하게 기도해주면서 보냈는데 수숙과 복란은 피붙이어서 그런지 매사에 마음이 놓이질 않고 불안했다. 한번 경험한 길인 내몽고로 가서 외몽고로 탈출 루트를 잡을까 하고 곽 사장에게 전화를 하니 그 길은 지금 단속이 강화되어서 어려우니 단념하라는 대답이다. 남한으로 망명하는 탈북자 수는 대한민국 통일부 자료에 의하면 1990년에는 9명이었던 수가 1994년 52명으로 급등하고 그 다음해에는 41명이 되었고 1996년에는 56명으로 집계 된 걸 보면 자꾸 늘어나는 추세다.

한 달간의 준비 끝에 드디어 곤명(쿤밍)을 거쳐 태국 루트를 선택하기로 했다. 베트남 루트를 택하여 난징을 거쳐 하노이, 호치민, 캄보디아로 해서 항공편으로 남한으로 입국하는 경로보다 안전하다는 곽 사장의 권고다. 먼저 두 사람을 데리고 기차를 타고 이동하자면 공안의 검문을 피하기 쉽지 않았다. 한 사람이면 핑계를 대서라도 수향이 검문을 얼렁뚱땅 피해갈 수 있지만 수숙과 조카 복란까지 둘을 데리고는 너무 힘들었다. 1만 위안(한국 돈으로 약 130만 원 정도)을 주면 국내 육상여행은 물론 중국 국내 항공기를 이용할 수 있는 신분증을 위조할 수가 있었다. 불법이지만 뱀처럼 지혜롭고 비둘기처럼 순결하라고 성경은 말하고 있지 아니한가. 신분증을 위조하여 소지하고 수향은 수숙과 조카 복란을 데리고 심양에서 기차를 타고 곤명까지 갔다. 기나긴 여행이었다. 복란은 아직 어려서 그런지 자꾸 아기를 생각하면서 하염없이 차창 밖을 내다보며 눈물을 흘렸고 수숙은 어느 날 갑자기 닥친 가정의 엄청난 비극을 아직도 믿을 수가 없어서 꿈을 꾸는 것이 아닌가 하는 착각에 빠져들어 몸부림치다가 수향 언니의 손을 잡고 어깨에 머리를 기댄 채 잠이든 척 했다.

"힘을 내라. 찬란한 앞날이 너희들을 기다리고 있다. 인간이란 항상 비참한 것이 아니다. 밑으로 내려가서 불행의 바닥을 치면 그 다음에는 올라갈 길밖에 없다. 너희들은 이제 행복하게 살 것이다. 아버지가 장렬하게 순교했다는 점을 잊지 마라. 순교자의 집안은 무슨 일이 일어나도 합력하여 선을 이루는 기막힌 삶을 자손들에게 축복으로 주신다는 걸 나는 확신한다. 내 경우를 봐라. 나도 그랬잖니."

하염없이 축 늘어진 수숙을 끌어안고 언니인 수향이 자꾸 등을 토닥거리자 수숙은 울음을 삼키면서 고개를 끄덕였다.

곤명시에서 내려 중국 국경을 넘을 준비를 했다. 한국 기독교 산하 탈북난민 보호단체가 이 일을 맡아 수고하고 있었다. 국경을 넘을 일행은 모두 11명이었다. 이렇게 국경은 넘는 일은 브로커나 인권단체의 대폭적인 도움이 없이는 불가능했다. 라오스를 거쳐 태국행을 택한 탈북자들의 중간 집결지인 중국 곤명에서 20시간 이상을 버스를 타고 비포장도로인 깊은 산길을 달려 새벽 3시 반에 칠흑같은 어둠을 뚫고 중국 마지막 국경도시인 경홍에 도착했다. 중국 최남단 라오스와 경계하고 있는 경홍(징홍)은 중국이 아닌 태국풍이 깃든 도시다. 거기서 하루를 보내고 밤이 되자 다시 중국 땅인 모한 국경검문소에 이르렀다. 모한 세관과 라오스의 국경도시인 보텐 사이에 가로놓인 1킬로미터의 중간지대만 넘으면 바로 라오스 북부도시인 르왕남타로 들어갈 수 있다. 곤명, 경홍, 모한을 잇는 코스는 중국공안의 검문이 가장 살벌한 곳이라 수숙과 복란은 몸이 녹아내릴 정도로 가슴을 졸이면서 통과를 했다. 모한 국경선에서부터는 수향이 동행을 못하여 국경 접경지대까지 와서 눈인사를 하고 헤어졌다. 마지막이 될지 모를 동생과 조카를 힘껏 포옹했다.

중국 모한 국경검문소를 지나 중국 땅을 한 발자국만 벗어날 수 있다면 북송되지 않고 라오스 보텐에 갈 수 있을 터인데 하는 것이 모든 탈북자들의 바램이었다.

어둠을 뚫고 수숙을 포함한 11명 일행이 사라지는 쪽을 향해 수향은 간절한 마음으로 두 손을 모았다. 하늘에 계신 하나님을 찾다가 예수님을 찾고 나중에는 돌아가신 아버지를 향해 간절함을 호소했다. 그러나 저들이 국경을 통과하는 사이 숲속에 숨어있던 중국공안들이 고함을 치고 총을 발사했다. 저렇게 죽일 수는 없다. 어떻게 찾은 동생인데 다시 강제 북송하여 북한으로 보낸단 말이냐. 정신이 혼미해진 수향은 그 우락부락한 성격에 저들 국경수비대를 향해 뛰기 시작했다. 고함을 치면서 가까이에 있는 저들을 향해 돌진했다. 절대로 저렇게 죽여서는 안 된다. 저렇게 잡혀서 북송이 되면 끝장이다. 두고두고 일생 그 한을 어떻게 감당한단 말이냐. 수향은 목숨을 걸고 뛰어들어 총을 든 변방수비대를 교란하기 시작했다. 모습이 들어나지 않게 올빼미처럼 숨어서 활동해야 하는 판에 저렇게 드러내놓고 난리를 치니 함께 동행했던 브로커는 수향의 거센 행동에 혼비백산하여 눈 깜짝할 사이에 울창한 숲 사이로 달아나버리고 수향의 손에 수갑이 채워졌다. 수향은 간절한 눈으로 수숙 일행이 라오스의 국경을 향해 사라진 어둠 속을 바라보았다. 그리고 감사의 기도를 했다. 어느 누구도 총에 맞지 않고 씩씩하게 아물아물 무사히 라오스 국경을 향해 돌진하는 것이 완연하게 보이는 듯했다.

4

미국에 있는 수희는 수숙과 복란이 남한에 무사히 정착했다는 소식을 들었으나 수향이 오리무중이었다. 수향이 없어졌다. 수숙의 말로는 변방수비대의 고함과 총소리가 있어서 죽을힘을 다해 도망쳤다고 했는데 그럼 그 과정에서 혹시 수향이 잡혀 갇힌 것이 아닌가 하는 생각이 퍼뜩 스쳤다. 수숙은 바람결에 멀리 뒤에서 수향언니의 고함소리를 들은 듯도 하다고 했다.

곽 사장과 연락하여 수희는 수향이 중국변방 감옥에 갇힌 것을 확인했다. 가슴이 철렁 내려앉았다. 그 많은 성도들을 어떻게 하고 저렇게 감옥에 갇혀 있으니 이를 어쩌지. 수희는 허겁지겁 여행 가방을 챙겨 중국으로 향했다.

한편 감옥에 갇힌 수향은 일주일간 처절한 심문을 당했다. 얼마나 뺨을 많이 맞았는지 오른쪽 고막이 터져서 멍멍했다. 그러나 수숙과 조카 복란이 살아서 남한으로 갔을 것이란 기쁨으로 감옥생활을 감당했다. 저들이 악착같이 늘어지면서 가장 괴롭히는 일은 이런 일을 진행할 적에 조직이 있지 아니하냐 하는 질문이었다.

"그 조직을 대라. 너 혼자 이 일을 절대로 못한다. 빨리 같이 일한 사람들의 이름을 대라. 남한기독교단체의 사람들이 맞지? 그 사람들 이름을 대라."

저들의 고문은 한계를 넘었다. 하지만 수향이 알고 있는 오직 한 사람인 곽 사장의 이름을 끝까지 숨겼다. 너무 고문이 심하여 차라리 죽는 것이 낫겠다는 결론에 다다를 정도로 저들은 혹독했다. 발가벗겨서 밖에 세워두기도 하고 손을 머리 뒤에 얹고 토끼뜀을 뛰게 할 적에는 관절이 아프고 숨이 차서 곧 숨이 멎을 것 같았다. 그러나 3살에 헤어져 고생하고 자란 동생 수숙이 목숨을 건져 조카와 함께 남한에서 행복하게 산다면 이모든 것은 아무 것도 아니라는 생각에 즐겨 이런 일을 감당했다.

감옥생활에 익어가니 찬찬히 사방을 살펴볼 수가 있었다. 때가 끼어 기름이 줄줄 흐르는 이불을 덮고 자고 굼뜨게 어슬어슬 몸을 움직이는 죄수들은 소망도 없고 날마다 숨을 쉬는 것조차 힘들어 하는 사람들이었다. 저들이 가만가만 내밀하게 속삭이는 북한의 사정을 낱낱이 들을 수 있었다. 밀수하다가 잡힌 50대의 여자는 털털한 성품이라 기어들어가는 감방 분위기를 이따금씩 이상한 소리를 해서 살려내곤 했다.

"나는 북한에 갔다가 우연히 서관히를 공개처형하는 장면을 구경했어. 정말 기막힌 현장이었어."

"어떻게 거길 알고 가서 봤어?"

"통일거리 버스 종점인 승리3동의 넓은 공터에서 미제의 고용간첩 서관히를 공개처형하니 평양 시내 모든 직장인들을 다 나와서 보라고 야단이라 나도 평양에 잠깐 들렀다가 구경했지."

그러자 옆에 앉았던 북한 출신 죄수가 이상하다는 듯 머리를 갸웃거리면서 물었다.

"서관히라면 나는 새도 떨어뜨릴 정도의 권력을 쥐었던 중앙당 농업담당 비서가 아닌가. 그런 사람을 어쩌자고 공개처형을 해. 이상하지 않아?"

"그야 뻔하지. 대량 아사에 대한 민심수습용으로 서관히가 희생양이 된 거지. 옥수수 개량 씨앗을 잘못 들여왔다는 거야. 농업담당 비서로 있는 자가 미국의 지시를 따라 인민들을 굶게 하려고 미국의 사주를 받았다는 거야. 북한을 기아로 몰아넣었다는 죄목이 그의 목에 달려있더군."

감방 안에 갇힌 죄수들은 이런저런 말들을 많이 했다. 북한의 식량난은 1990년 초부터 시작이 되었는데 김일성 사망과 함께 본격화되어서 1994년 북한의 영생교주인 김일성이 죽자 더 심각해졌다는 것이다. 1995년부터 배급이 완전히 끊겼고 나라에서 주는 배급으로 살아가던 북한은 큰 기아의 골짜기로 빠져들었다고 했다. 위의 높은 분들께서는 고난의 대행진을 하자고 하지만 굶어 죽어가면서 대행진이라니 말도 안 된다고 모두 머리를 흔들었다.

"당신들 강영실이 누군 줄 알아?"

밀수를 하다가 잡힌 여인이 당당하게 물었다. 모두 모른다고 머리를 흔들었다. 그러자 그녀는 아주 의젓하게 뽐내면서 말했다.

"그건 강한 영양실조에 걸린 사람을 말하는 거야. 그들은 이렇게 말하지 '동무, 강영실인가?' 라고 말이야. 사포 구역과 용성 구역 같은 일반 노동자 밀집지역엔 강영실이

대부분이야. 모두 서서히 굶어 죽어가고 있더군. 북한이라는 땅에서는 이제 살기 힘들어."

감옥 안은 모두 입을 다물고 침울해졌다.

거기엔 탈북을 돕다가 잡힌 사람도 있었다. 무산 사람이었다. 북한 최대의 철광석 광산인 무산 광산은 출신 성분이 불량한 사람들의 추방지다. 적대계급 출신자들이 이곳에 추방당하여 광산노동자로 일하고 있었다. 이 지방에 1990년대 초부터 중국의 개혁개방 물결을 타고 밀수꾼이 들어오고 탈북자들이 늘어나기 시작했다. 걸어서 건널 수 있는 개울 같은 강을 건너서 경제 부흥의 물결이 거센 중국에 몰래 들어가서 물건들을 가져다 파는 바람에 무산 장마당에 외제상품이 깔리기 시작했다. 재중동포나 장사꾼들이 무산 지방의 장마당에 몰려와 물건들을 팔기 시작하면서 처음으로 도강하는 탈북자들이 나오기 시작하고 그때부터 탈북자란 말이 처음으로 사용되었다고 한다.

개방의 물결을 타고 강 건너 중국은 배불리 먹고 사는 판에 강 이쪽 북한은 강을 사이에 두고 두 지역에 극심한 차이가 벌어졌다. 1996년 평양까지 배급이 중단되어 의사도 교사도 굶어 죽어나갔다. 식량난에 전기까지 끊기고 추운 겨울에 난방조차 할 수 없는 지경에 이르렀다. 평양의 아파트 전체가 거대한 냉장고로 변해버릴 지경이었다. 게다가 엎친 데 덮친다고 물까지 나오지 않자 대동강에서 물을 길어 먹는 진풍경까지 연출되었다고 한다.

"거 김정일이란 사람이 빨리 죽어야 되겠군. 자고로 국가란 백성이 있고 나라가 있는 법이지 백성이 다 굶어 죽고 나면 국가가 무슨 소용이 있나."

"강을 사이에 두고 생활수준이 너무 차이가 나니 북한에서 탈북자들이 나올 수밖에 없지 아니한가. 처음에는 그저 식구들이 죽어가는 걸 막으려고 순수하게 양식을 구하러 강을 건너갔다가 북송되어 너무 구박을 당하니까 쫓기는 쥐가 고양이에게 덤벼든다고 제3국으로 도망가는 것이 아니겠어."

어마어마한 신도들을 1900만 명이나 가지고 있고 그들 인생에 강력하게 영향을 끼친 연고로 외국에서는 북한 주체사상을 종교로 규정짓고 있다고 저들은 소곤거렸다. 더구나 국경 문제로 중국 감옥에 갇힌 죄수들은 모두 시야가 넓고 지성을 갖춘 머리가 빨리 돌아가는 사람들이었다. 저들은 아주 기이한 말을 하기도 했다. 북한은 기독교의 유일신 사상과 삼위일체를 이용하여 체제를 굳건하게 만들었다는 것이다. 유일신의 자리에 김일성을 놓았고 삼위일체인 성부의 자리에 김일성, 성자의 자리엔 김정일 성신의 자리엔 당과 사회주의 체재를 대체한 셈이다.

수향은 저들이 가만가만 주고받는 내용에서 남한의 개척교회에서 병든 몸을 의지하고 지낼 적에 들었던 북한의 기독교에 대한 역사를 다시금 떠올려 보았다. 1907년 불어온 성령의 바람으로 평양은 한반도의 예루살렘이 되었다고 했다. 그러던 것이 1938년 장로회 총회가 신사참배를 정면 거부함으로 기독교 탄압이 시작되었고 그 와중에 50여 명이 순교하는 환란을 겪었다. 해방 뒤에 1950년까지는 북한지역 기독교가 막강한 정치세력을 이루었는데 김일성이 이를 이용하고 기독교를 제한하기 시작했다. 한국전쟁이 실패한 뒤에는 무신론에 입각한 사상교육을 시작하여 철저한 기독교 탄압이 시작되었고 1970년내까지는 지하교회까지 색출하여 짓밟았다.

1980년 이후부터는 기독교를 선전도구로 사용하고 탄압은 지속되고 있다고 하지 않던가. 여자죄수들 사이에서는 북한 문제를 놓고 말이 많았다. 수향은 한쪽에 돌아앉아서 기도했다. 여기서 내가 할 일이 무엇인가. 왜 하나님은 이곳 중국 감옥에 나를 보내셨을까. 수향은 그들 대화의 방향을 틀어서 예수를 전하기 시작했다.

"예수를 믿으시오, 예수라는 사람은 육신의 몸을 입고 이 세상에 내려온 하나님의 아들입니다."

"아하! 옥황상제께서 우리를 위해 이 땅에 헌신했다 이 말이요. 내 말이 맞지요?"

나이 지긋한 여자가 맞장구를 쳤다.

"맞는 말이요. 그분을 믿으면 우리의 영혼에 평안과 기쁨이 넘치고 만사가 형통합니다. 비록 몸은 감옥에 있지만 여러분들의 마음에 천국이 임하는 것입니다."

"그분이 우리를 위해 실제적으로 무슨 일을 할 수 있

소? 우리처럼 이 감옥에 앉아있는 비참한 사람들에게 예수라는 사람이 할 수 있는 일이 무엇이란 말이요?"

"고대광실에 앉아서도 마음에 평안이 없고 슬프고 고통스럽다면 그게 무슨 인생입니까. 우리가 비록 이 감옥 안에 있어도 그분을 믿고 따르면 세상에서 제일 행복한 사람이 되는 것입니다. 그분만 믿으면 우리의 마음에 천국이 임하는 것이지요."

그러자 예서제서 훌쩍이면서 그런 예수를 믿겠다는 소리가 들려왔다. 하긴 주위를 둘러보니 생기가 전혀 없는 사람들이 짐승처럼 더러운 이불과 옷을 입고 어슬렁이는 자신들의 몰골에 한심한 마음을 금할 수 없었다. 하나님이 사람을 창조할 적에 흙으로 그 형상을 빚어서 코에 생령을 불어넣었다고 했는데 바로 그 생령이 없이 흙만 남은 흙덩이 군상들이 바로 이곳의 죄수들이었다. 툭 치면 그대로 쓰러져 흙으로 돌아갈 동물 같았다. 수향은 그들을 향해 가만가만 '예수 사랑하심은 거룩하신 말일세. 우리들은 약하나 예수 권세 많도다.'를 부르기 시작했다. 잔잔한 가운데 엄청난 평안의 물결이 작은 감방을 가득 메웠다. 입을 벌려 큰 소리로 부르는 것이 아니고 허밍으로 부르는 사람까지 나와서 잔잔한 코러스가 감방을 가득 채웠다.

그 뒤부터 그 감방에 갇힌 10명의 죄수들은 몰라보게 변했다. 매일 가만가만 예수를 증거하는 수향의 목소리를 들으려고 머리를 그녀를 향해 기울이고 숨소리도 죽였다.

감옥의 간수들은 죄수들이 말썽을 부리지 않고 쥐 죽은 듯이 조용히 감옥생활에 적응하는 걸 보면서 이상하게 여기고 수향에게 차츰 관심을 보이기 시작했다. 간수 한 사람은 오른 쪽에 풍이 와서 똥오줌을 싸는 어머니가 있다면서 그녀를 위해 기도해 달라고 부탁을 했다. 기이하게도 하나님의 역사로 그 풍 걸린 노파가 벼질 뒤에 완치되자 그 소문은 감옥 안에 파다하게 퍼져서 새로운 물결이 감옥을 출렁이게 했다.

예수를 접하고 출옥하는 죄수는 자기가 가진 모든 걸 수향에게 주고 나갔고 심지어 출옥한 뒤에 사식을 넣어주는 여자들도 늘어났다. 차츰 감옥생활에 적응하면서 매일 기쁜 생활을 시작한 수향은 이곳에서도 지도자로 서서 일을 하기 시작했다. 하지만 두고 온 장상진의 교우들을 생각하고 늘 기도하던 터에 밖에 면회 온 사람이 있다는 전갈을 받았다. 여직 수향이 여기 있다는 소식을 아무한테도 전한 데가 없어서 아마도 함께 있다 출옥한 사람이 왔나 해서 나가보니 수희언니. 곽 사장과 함께였다.

"미안하다. 수향아. 네가 수향이구나."

하긴 어려서 헤어지고 전화 통화는 했지만 첫 만남이 감옥에서 이뤄진 셈이다. 상상했던 모습대로 부리부리한 눈에 장비처럼 씩씩한 기개가 넘치는 수향을 대하고는 눈물보다 기쁨이 앞섰다.

"장하다. 우리 수향이. 수숙과 복란을 무사히 남한으로 가게 해줘서 고맙다. 너도 곧 석방되도록 이 언니가 여기서 활동하고 있으니 곧 풀려날 게다."

"언니가 무슨 돈이 그렇게 많다고 날 여기서 꺼낸다고 해요. 여기서 나가려면 엄청난 돈이 들 터인데."

"그런 걸 대비하여 좋으신 하나님이 우리 〈하얀 집〉 식당을 번성하게 축복해서 돈이 폭포수처럼 쏟아져 들어오고 있다. 걱정 마라. 넌 건강을 조심하면서 열심히 기도해라."

일주일 뒤에 수향은 감옥을 빠져 나왔다.

장상진으로 돌아가는 길에 수희는 수향을 데리고 심양의 한 신학교로 향했다.

"이 나이에 무슨 신학교를 다녀요."

"지도자가 되려면 공부를 제대로 해야 한다. 먼저 여기서 4년간 공부를 하고 목사가 된 뒤에 정식으로 활동하기를 바란다."

"돈이 어마어마하게 들어요. 내가 매일 공부를 하면 우리 집안은 어떻게 먹고 살아요."

"네 가족 생활비랑 학비는 내가 다 책임지마. 너는 4년간 공부를 열심히 해서 좋은 목사가 되어 중국을 복음화하기 바란다. 이게 우리 돌아가신 순교자 아버지의 뜻이다."

"그래도 언니에게 미안해서."

"모든 것이 합력하여 선을 이루는 것이다. 나는 내 일생 이렇게 행복한 적이 없다. 너희들을 두고 나 혼자 미국에 살면서 별별 생각을 다 했다. 물론 나도 조국을 싫어한다. 내 나라를 증오한다. 그러나 그런 고난 가운데 하나님의 뜻이 있어서 우리를 이렇게 흩어지게 한 것이 아니겠니. 이때를 위해서 우리 모두가 흩어져 살아남은 것이 아니겠니. 더구나 내 사업이 잘되는 것도 다 이런 일을 내비하여 미리 하나님께서 예비하신 것이다."

수향이 심양 외곽에 위치한 집에 돌아와서 신학생으로 공부를 하면서 어떻게 가정교회들을 운영할지 이런 저런 계획을 세우고 있을 때 곽 사장에게서 연락이 왔다. 복희가 있는 곳을 알아냈다는 것이다. 수숙의 큰 딸이 살아 있다는 말이다. 한국의 수숙에게 연락을 하고 수향과 수희 자매는 복희가 팔려 간 길림성 춘양진 양강촌으로 향했다.

곽 사장이 준 주소로 찾아갔으나 복희는 없었다. 일주일 전에 중국공안에 잡혀서 이곳을 떠났다는 것이다. 시간을 다투는 일이다. 무슨 수를 써서라도 북송을 막아야 한다. 복희와 함께 살았던 중국 남자도 함께 잡혀간 뒤였다.

동네의 조선족들에게 물으니 많은 돈을 주고 사온 복희가 끝까지 잠자리를 거부하여 때리기도 무척하고 죽도록 맞아도 순결을 지킴으로 어쩔 수 없이 홧김에 남편이 공안으로 끌고 가서 고발했다는 것이다. 중국 남자와 함께 복희는 감옥행을 한 셈이다.

거기까지 수희와 수향이 허우적거리면서 찾아갔으나 복희는 사흘 전에 북송되었다니 허탈했다. 복희가 북송되었다니! 아직 중국에 있다면 아니 미리 알았다면 어떻게 해서든지 살려낼 수 있었을 터인데 이미 북송되었다면 살릴 방도가 없었다.

수향과 수희는 두만강 근처까지 가서 하염없이 북한 쪽을 바라보았다. 아직도 우리의 피붙이가 북한에 발을 붙이고 있어야 할 이유가 있는 모양이다. 부디 살아만 있어 다오. 죽지 말고 북한을 지키는 성녀가 되어라 하면서 수향과 수희는 북한 땅을 향해 두 손을 모았다.

5

한편 복희는 끝까지 남편이 된 중국 남자에게 몸을 열지 않는다고 무척 매를 많이 맞았다. 온몸이 퍼런 멍투성이가 되어 보기에도 딱할 정도였다. 키도 늘씬하고 특히 눈이 예쁜 여자다. 커다란 눈이 바람에 일렁이는 호수처럼 맑았다. 때로는 아주 슬픈 눈을 하고 남자를 쳐다볼 적에 출렁이는 물기 어린 눈은 사람을 미치게 만들었다. 남자가 매를 들고 야단칠 때마다 호수가 바람에 출렁이듯이 눈으로 말하는 여자다. 오뚝한 코며 불그레한 뺨이 양귀비를 연상케 한다고 동네사람들이 그 아름다움을 칭송하지만 잠자리를 같이 할 수 없다는 점이 문제였다. 무의식 세계에서 단단히 걸어 잠근 여자의 마음을 아무도 열 수가 없었다. 살림도 잘하고 성품도 얌전했지만 날마다 먼 산을 바라보거나 하늘을 향해 긴 한숨을 삼키면서 눈물을 글썽이는 서글픈 여자의 모습은 보는 이의 마음을 아프게 했다. 아무리 달래도 소용이 없었다. 죽인다고 협박을 해도 여자의 몸이 말을 듣지 않았다. 언제나 얼어붙은 몸이었다. 예쁜 옷을 사주고 보석을 안겨줘도 복희는 마음과 몸의 문을 조금도 열지 않았다.

결국에는 공안에 가서 고발하겠다고 어르다가 홧김에 중국 남편은 아내인 복희를 데리고 나섰다. 내심은 공안에게 넘기는 것이 아니고 마음을 돌려보려고 한 연극이었지만 묵묵히 송아지처럼 따라붙는 통에 울컥 속이 상해서 탈북자라고 공안에게 고발하게 되었다.

이제 잡힌 몸이다. 북송될 몸이다. 중국 변방의 감옥으로 이송되면서 복희는 어머니 수숙과 동생 복란을 떠올렸다. 그리고 죽도록 가기 싫은 북한의 정경을 되새겨 봤다.

북한 일반 서민들의 소원은 아주 단순하고 순수했다. 기와집에 살면서 이밥에 돼지 고깃국을 먹고 비단 옷을 입는 세상이 저들이 유일하게 바라는 소원이었다. 아주

맑고 깨끗한 간절한 바람이었다. 이것을 미끼로 김일성은 자신이 이 소원을 꼭 해결해 주겠다고 50년간을 독재하였으나 결국은 북한을 배고픈 나라로 만들지 않았는가. 의사가 월 130원을 받는데 돼지고기 1킬로그램이 125원이나 된다. 기름 한 병에 110원이고 설탕 1킬로그램이 135원이나 된다. 중국산 팬츠를 하나 사서 입으려 해도 제일 싼 것이 50원이나 하니 그곳 생활이 말이 아니다.

북한도 잘 살 수 있었는데 이 모든 어려운 생활의 원인은 미제를 등에 업은 남조선 때문이라고 했다. 남조선 괴뢰도당과 야합을 한 국제반동들이 사회주의 말살정책으로 경제제재를 가하기 때문에 북한이 경제난을 겪고 있다고 남한에 그 화살을 던지고 있었다. 과연 그러한가? 복희는 중국에 있으면서 실상을 어느 정도 파악하고 있었다. 따지고 보면 해외로 많이 돌아다녔던 아버지의 말이 옳았다. 아버지가 그걸 파악했기 때문에 김정일 일파는 아버지를 죽게 한 것이 아니겠는가.

복희가 수용소 생활을 할 때에도 신감이라는 풀대를 뜯어 먹기도 하고 닭지삭이라는 풀과 뿌릴 캐먹으며 살았다. 어쩌다 봄에 언 땅을 뒤엎다가 튀어나온 한 알의 언감자는 행복의 노다지가 되기도 했다.

자신이 잠시 피해 살았던 조선족 할머니 집에는 미물인 강아지에게까지 먹다 남은 쌀밥을 주었고 고기 덩이도 개밥그릇에서 나뒹굴었다. 그렇다면 북조선의 당 비서가 중국의 개만도 못한 생활을 한다는 뜻이다. 그런 저주스러운 북한으로 다시 돌아가서 수용소로 가야 한다는 것은 절망이었다. 더구나 수용소를 탈출하여 두만강을 건넌 것이 밝혀지면 공개처형은 시간문제다.

매일 되풀이되는 심문은 참을 수 없을 정도로 역겨웠다.

"남조선 텔레비전을 보았는가?"

"아니요."

"그럼 무얼 했는가?"

"농촌생활이라 새벽에 밭에 나가면 밤에 들어오고 더구나 그런 텔레비전이 시골에는 아예 없습니다."

"남조선으로 가려고 시도했지?"

"아니요. 단지 배가 고파서 월강했습니다."

"기독교와 관련된 사람들을 만났는가?"

"기독교가 무엇인지 모릅니다."

"종교의식에 참가했는가?"

"그런 것은 보지도 듣지도 못했습니다."

왜 저들은 남조선 사람들을, 특히 기독교를 그렇게도 무서워하고 두려워하는 것일까. 마치 거대한 슈퍼맨을 피해가는 작전을 쓰는 듯해서 은연중에 더욱 남조선에 호감을 갖게 했다.

변방 감옥에 있는 동안 혹시 돈을 가진 것이 없나 해서 중국공안은 발가벗겨서 온몸을 더듬으며 돈을 찾았다. 여자들은 이런 경우를 대비하여 질 속에 넣기도 하는 걸 알기 때문에 여자 공안들이 들어와서 질 속을 헤집기도 했다. 강제로 토끼뜀을 뛰게 해서 몸속 어딘가에 숨어 있을 돈이나 귀금속이 쏟아지기를 기다렸다. 그건 모두 그들의 것이었다. 월강하여 탈북자들이 북한에 있는 식구들에게 보낼 돈을 악착같이 버는 것을 알고 있기에 가로채기 위해 저들은 혈안이 되어있었다. 중국도 그러고 보면 아주 썩은 나라다.

어째서 조국은 자기백성을 이 지경까지 가게 한단 말인가. 복희는 그래도 공부를 해서 학생들을 가르쳤던 교사로서 다른 사람들보다는 더 넓은 시야를 지니고 있는 것이 고통의 근원이 되었다. 지식을 더하면 근심과 괴로움도 더한다더니 복희는 다른 사람들보다 더 넓은 시야를 지니고 멀리 보기 때문에 마음의 아픔이 더 깊어만 갔다.

100명이 넘게 잡혀온 탈북자들 틈에 끼어 복희는 망연히 서 있었다. 늘어선 사람들 중에서 무의식적으로 복희는 그 남자를 찾고 있었다. 이름도 모르는 속눈썹이 긴 보위원 사내다. 그간 형용 못할 고초를 당하면서 단 일 초도 마음에서 떠난 적이 없는 남자다. 이것을 사랑이라 말하면 좋을까. 중국 남자에게 팔려가서도 몸을 열 수 없었던 것은 그 남자에 대한 최소한의 선을 지키겠다는 무의식 속의 힘이 분명했다. 이제 순결을 지니고 다시 북송되면 죽는 일만 남았건만 이 순간에도 복희는 기웃거리면서 혹시 100명 중에 그 사람이 끼어 있나 살피고 있었다. 밧줄에 묶여 중국 도문세관다리를 건너면 북송되어 영원히 죽음의 골짜기로 빠져들 처지에 말이다. 거리상으로 보아 제일 가까운 남양보위부에 인계될 형편이다. 보위부에서 조사가 끝나면 도집결소로 갔다가 노동단련대로 가면 좋지만 정치범수용소로 넘겨지면 그건 죽음의 골짜기행이 된다.

100여 명 죽 늘어선 탈북자들은 조기를 두름에 낀 듯 묶어서 트럭의 뒤 칸에 타기 시작했다. 순간 복희는 하마터면 아악! 소리를 지를 뻔했다. 그 사람이었다. 그 사람이 거기에 있었다. 군복을 벗었지만 분명히 그 사람이 복희처럼 잡혀서 북송되고 있었다. 순간 두 사람의 눈이 마주쳤다. 불꽃이 튀었다. 남자는 머리를 돌리지 않고 복희를 응시했다. 살짝 그의 눈에 물기가 서렸다. 저 남자가 살아있다. 죽지 않고 살아있다. 더구나 자신을 찾아서 탈북했다가 자기처럼 잡혀서 지금 한 배를 타고 있다. 복희에게 그건 환희다. 지금 이 순간 죽어도 여한이 없을 정도로 몸에 희열이 감돌았다. 이따금 눈을 들어 그를 훔쳐보았다. 그 사람도 몸을 떨면서 사랑으로 녹아내릴 듯한 열에 들뜬 눈으로 흘끔흘끔 이쪽을 주시한다.

그의 손에 눈이 멎었다. 세상에 저럴 수가! 그의 손등으로 가는 철사가 뚫고 나와 피범벅이 되어있었다. 철사는 두 손바닥 한가운데를 뚫고 손등으로 빠져나와 그걸로 두 손목을 묶고 있었다. 피는 멎었으나 검붉은 피로 얼룩진 손이 달달 떨리고 있었다. 얼마나 아플까. 순간 형언할 수 없는 푸르고 짙은 아픔이 복희의 가슴을 꿰뚫었다.

북송되는 모든 사람들은 죽음을 앞에 둔 사람들처럼 혼이 빠진 상태다. 암울한 분위기다. 이따금 훌쩍이는 사람도 있고 두 눈을 질끈 감고 생각에 잠긴 사람들도 있었다.

그때 갑자기 몰려드는 검은 구름으로 인해서 밖은 어둠이 짙게 깔리기 시작했다. 저녁 땅거미가 내려올 시간이지만 서녘 하늘은 검은 구름으로 인해 저녁노을을 볼 수조차 없었다. 그러더니 무섭게 비가 쏟아지기 시작했다. 집중호우다. 와이퍼를 돌려도 한 치 앞을 볼 수 없을 지경으로 비가 쏟아지고 간간히 우뢰와 번개가 무섭게 쳐서 트럭은 길 한가운데 멈춰 섰다. 양동이로 물을 퍼붓듯이 비가 쏟아져 차는 앞을 볼 수가 없어 더 이상 앞으로 가기를 포기해버렸다. 조금만 더 가면 중국 도문세관다리를 건널 터인데 비로 인해 더 이상 가지를 못했다. 다리 바로 앞에서 탈북자들을 실은 트럭은 우뚝 멈춰버렸다.

복희는 눈을 감고 있었다. 귀에 퍼붓는 빗소리와 이따금 번쩍거리는 번개, 그 뒤를 이어 귀청을 찢는 천둥소리가 잇달았다.

그건 순간이었다. 손에 못이 박히듯 철사로 양손 바닥이 뚫린 사랑하는 남자가 다가와 복희의 손을 잡아끌어

트럭 뒤에 훤히 트인 공간으로 뛰어내렸다. 워낙 억수같이 쏟아지는 비라 두 사람이 밑으로 뛰어내려 빗줄기 속으로 사라져도 소리를 지르는 사람도 없었고 모두 멍청하니 빗줄기만 바라보았다. 정말 두 사람이 여길 뛰어내렸나 싶을 정도로 천기天氣가 무섭게 으르렁대고 있었다. 지척을 분간할 수 없는 빗속에서 아무것도 보이지 않으니 조금 전에 뛰어내린 사람들을 본 것은 마음속에서 일어나는 소망의 환상일 것이란 생각도 들게 했다. 모두가 묵묵히 눈을 감고 장차 다가올 악몽에 몸을 떨고 있을 뿐 차밖으로 뛰어내린 사람들에 대해서는 관심을 표하는 기척이 조금도 없었다.

"자 이쪽으로 몸을 돌려."

남자는 복희 몸에 얽힌 밧줄을 잽싸게 칼로 끊어냈다. 이런 경우를 위해서 북조선은 자기를 특공대로 훈련시켰나 할 정도로 빠른 동작이었다. 이렇게 한 여자를 달고도 탈출할 수 있도록 훈련시킨 북한당국이 이 시간 고맙기도 했다.

"어디로 가요?"

"저 다리만 넘으면 우리는 공개처형감이야. 죽기 아니면 살기야. 어서 뛰어."

남자는 씩씩하게 전진하다가 산기슭으로 해서 산허리를 돌아 수풀 뒤쪽으로 몸을 숨겼다. 빗속에 외딴집이 눈에 띄었다. 우선 그리로 돌진한 남자는 복희의 손을 꼭 잡고 있었다.

"우린 부부다. 그렇게 행세하자."

복희는 가만히 머리를 끄덕였다. 사실 벌써 영혼으로는 부부다. 마침 집에는 사람이 없었다. 아마도 멀리 시장에라도 간 모양이다. 이웃 친척집에 갔다가 거센 비에 막혀 오지 못할 수도 있다. 전화기가 눈에 띄었다. 순간 복희는 어머니가 일러준 이모들의 전화번호가 생각났다. 무조건 한국으로 전화를 걸었다. 수영과 연결되고 그게 중국에 와 있는 수희에게 닿았다. 미국에 산다는 수희 이모까지 만나게 되는 행운이 일어났다. 복희의 전화를 받고 그 집까지 올 동안 두 사람은 산속에 피신해 있었다. 비는 그쳤지만 추워서 둘은 몸을 맞대고 옥수수단들을 쌓아서 그 속에 들어가 몸을 녹였다.

얼마간의 숨이 막히는 시간이 흐른 뒤에 그 자리에 수희와 수향이 나타났다. 택시를 타고 말이다. 두 사람을 태운 택시는 될 수 있으면 멀리 떨어진 도시의 고급 호텔로 들어갔다.

"언니야, 이제 어떻게 하지?"

수향이 수희를 바라보며 사뭇 걱정하는 눈치다. 수숙과 복란을 제3국으로 보내면서 겪었던 고난이 아직도 생생했기 때문이다. 또 이 사람들이 안전하게 국경을 넘는다는 보장도 없다. 이 사람들을 구해야 하는데 도저히 지금 여력으로는 힘이 들었다. 그러자 이내성李來星이라고 이름을 밝힌 보위원 청년이 끼어들었다.

"복희와 함께 청도나 북경에 있는 대사관이나 영사관에 진입하면 됩니다. 전 북조선의 장교입니다. 이만 한 신분으로 탈북한 사람이 드문 터에 절 이용할 가치가 남조선에도 있을 터이니 말입니다."

"그럼 어떻게 북경으로 간다지?"

북경까지 가려면 조사가 심할 터인데 북한 공민증만 시닌 소좌와 탈북자인 복희가 운신하자면 사방에 위험이 도사리고 있었다.

"할 수 없다. 지난번 수숙이 때처럼 위조증을 사 가지고 움직여야지."

수향이 이런 말을 하자 이내성 소좌가 끼어들었다.

"제가 운전을 잘 하니 차를 하나 빌려서 움직이는 것이 좋겠지요. 그러면 중간에 검문을 당해도 중국 국적인 수향 이모님이 처리해 주세요. 더구나 수회 이모님은 미국 시민권자이니 함께 여권을 내보이면서 위험을 빠져 나가지요."

다른 방도가 없었다. 다행히 수회가 가지고 온 돈과 비자카드로 차를 빌렸다. 중국에서는 엄청난 돈이지만 수회의 눈에는 돈이 문제가 아니었다. 해서 차를 빌려 가지고 수향 일행은 북경으로 향했다. 북경에 소재한 한국대사관 앞에 선 일행은 여행에 지쳐 몰골이 말이 아니었다. 그러나 수회가 앞장을 서고 이내성 소좌와 복희는 가운데에 수향이 마지막에 일렬로 서서 네 사람은 무사히 대사관 안으로 진입하는 데 성공했다.

"전 북조선의 장교요. 여기서 나를 받아주지 않으면 제 아내와 함께 자결하겠습니다."

강하게 나가는 이내성 소좌 앞에서 대사관 직원들은 두런거리면서 오랫동안 회의를 하는지 소란하더니 결국 저들의 남한행이 결정되었다. 정말로 길고 긴 여정이었다.

빗소리가 잦아들면서 복희는 감았던 눈을 떴다. 줄기찬 빗발로 인해 바깥은 뿌옇게 흐려 있었다. 사이클론처럼 지나가는 폭풍 속에서 잠깐 떠올린 화려한 상상이었다. 간절하게 이뤄지기를 바라는 소망이었다. 강제로 팔려 중국 남자와 살면서도 수없이 그려보던 환상의 세계다. 상상 속에서 깨어난 복희는 폭풍우가 지나간 다리를 쳐다보았다. 건너 가야 할 다리가 빗줄기 속에서 흐릿하게 눈에 들어왔다. 망상이요 상상이었지만 그렇게 할 수 있었다면 얼마나 좋았을까! 조기 두름처럼 묶인 몸을 풀고 도주한다는 것은 절대로 불가능한 일이다. 더구나 철사 줄에 손바닥과 손등이 뚫리고 그것으로 수갑처럼 꿰어 있는 남자가 어떻게 그런 행동을 할 수 있단 말인가. 복희는 묶인 사람들 틈바구니를 헤치고 그 남자를 찾았다. 둘의 눈이 마주쳤다. 불꽃이 튀었다. 죽어도 좋다. 이 남자라면 북한으로 가서 함께 처형되어도 좋다. 등줄기를 타고 싸한 기뻠이 스치고 지나갔다.

죄수들을 실은 트럭이 서서히 다리로 진입했다. 중국과 북한 두 나라를 잇는 다리지만 복희에겐 죽음의 구덩이로 들어가는 길목이었다. 그러나 저 남자와 함께라면 죽음인들 두려우랴. 눈물 젖은 눈으로 복희는 다시 남자를 보았다. 두 사람의 눈길이 마주쳤다. 반짝 불길이 붙었다. 트럭은 도문다리를 건너 서서히 북한 땅으로 진입했다.

6

수희는 수향을 데리고 장흥으로 향하는 버스에 올랐다. 수숙은 이미 일주일 전에 복란을 데리고 수영이 있는 장흥 집에 가있는 터였다. 남한에 미리 와있던 옥희의 어머니도 딸과 함께 장흥으로 가있었다. 실로 반세기가 지나서 살아남은 사람들이 한 자리에 모이는 셈이다. 북송된 복희를 생각하면 가슴이 미어지지만 거기에서 남은 그루터기로 예상 못할 커다란 역사가 있을 것이라고 스스로를 위로했다.

수희는 느긋하게 아버지의 얼굴을 떠올리면서 차창을 통해 무르익은 곡식으로 물결치는 산야를 바라보았다. 올해 벼는 벌써 거둬들였지만 아직도 들판에는 여기저기 늦벼의 황금물결이 일렁거렸다. 오늘이 팔월 한가위다. 어려서 다홍치마에 노랑저고리를 입고 바라본 달이 오늘도 그 시절과 똑같이 쟁반만큼 둥글까. 머슴들이 비 오는 날이면 도롱이를 입고 손에 삽을 쥐고 뛰던 모습이 눈앞에 선하게 떠오른다. 아버지가 동경에서 공부하다가 방학에 집에 돌아와서 가뭄으로 바짝 마른 산비탈 다랑이 논에 물을 댄다고 작은 웅덩이에서 논배미로 무자위를 서툴게 돌리고 있다. 땀방울로 얼룩진 얼굴을 들어 작열하는 태양을 올려다보던 활기 넘치는 아버지 모습이 고향으로 향하는 수희의 눈앞에 선명하게 살아났다.

지금쯤 장흥 집의 큰 마당은 어떻게 변했을까? 나도 너도 모두 역사의 물결을 따라 세상에 흩어져서 오랫동안 잊고 지냈던 마당이다. 탈곡기를 돌리며 벼를 터는 사람과 옆에서 볏단을 집어주는 나이 어린 머슴, 탈곡이 끝난 짚을 옮기느라고 한 옆에서는 부산하고 탈곡한 볍씨를 넓게 편 사각멍석 위에서 긁어모아 삼태기로 가마에 쓸어 담는 사람, 벼를 홀태질하는 머슴들 옆에서 아낙들이 털어낸 벼의 잡티를 풍구로 날리고 있다. 추수한 일부는 정미소로 보내어 쌀로 찧고 나머지는 낟알로 보관하느라고 어른 키도 넘게 둥근 통바리를 쌓아올리느라고 추수마당은 벅적거렸다.

지금도 그 마당에 그 사람들이 남아서 그 일을 하고 있을까. 수희는 눈을 차창에 대고 머릿속은 과거의 아름다운 집안의 정경으로 인해 황홀했다. 봄이면 소에 쟁기를 매고 앞에서 소를 끄는 사람, 뒤에서 쟁기를 잡고 앞사람과 보조를 맞춰 땅을 가는 정겨운 풍경이 아직도 남아 있을까. 할머니의 올곧은 성격이 담긴 얼굴이 생생하게 눈앞에 다가왔다. 그 할머니의 비참했던 최후가 아버지가 순교하는 장면과 겹쳐졌다. 할머니는 아버지가 순교한 장면을 다 듣고 나서는 열흘 동안 물 한 모금도 거절하고 앉은 채 숨을 거두었다. 대단한 할머니다. 그런 할머니니까 장흥에 그런 큰집과 여관을 소유할 수 있었을 것이다. 그 할머니를 어머니와 홑이불에 두르르 싸서 어딘지도 모를 산기슭에 묻었던 일이 가슴 아프게 다가왔다. 전쟁의 포성이 바로 옆에서 울리는 판에 격식을 갖춰 장례를 지낼 형편이 되질 못했다. 우선 땅속에 시신을 넣고 묻는 것이 그 당시로는 최대의 예우였다. 그런 할머니가 지금 한반도의 어느 산기슭에 이름도 빛도 없이 묻혀 있을 것이다.

고속도로가 뚫려서 씽하게 달리는 버스로 5시간 만에 장흥에 도착했다. 낡은 초가집이나 작은 기와집들이 점점 사라지면서 여기저기서 굴착기가 윙윙거린다. 여기도 계속 큰 건물들을 짓느라 부수고 세우는 소리로 요란하다. 한국은 어딜 가나 건축, 건축, 건축바람이 불고 있다.

수희는 생각보다 좁아진 골목을 휘돌아서 대문 앞에 섰다. 할머니의 목소리도 들리는 것 같았고 죽은 수호가 누나하고 부르면서 뛰어 나오는 환청도 들리는 듯했다.

휠체어를 탄 수영이 대문까지 나와서 수희와 수향을 맞

왔다. 그간 암이 얼마나 진행되었는지 수영은 바짝 말라 있었다. 손등에 파란 힘줄이 살갗 위로 선명하게 드러나고 눈은 퀭했으나 맑은 빛이 스며 있었다.

지난번에 들렀을 때보다 더 정갈하게 집이 정돈된 것은 주인이 내려와 살고 있는 탓일 게다. 부엌에서는 복란이 추석의 별미인 토란국을 끓이려고 토란을 까고 있었고 수숙은 고기를 저미고 있었다. 모두 뛰어나와 인사를 하고 껴안고 소릴 지르고……. 실로 반세기만에 이 집안에 살았던 사람들 중에 살아남은 이들이 돌아와서 시끌벅적했다.

"수희언니! 뒤란에 가봐."

"무엇이 있는데?"

수희는 수영의 말을 따라 뒤란으로 달려갔다. 마치 어린 시절로 돌아간 듯 날쌔게 뛰었다. 새빨간 꽈리 밭이 눈에 들어왔다. 꽃이 진 아기씨 꽃나무랑 아직도 서 있는 대나무숲이 유년 시절의 숲으로 돌아온 듯했다.

검은 머리카락이 한 올도 없는 하얀 머리 옥자가 방앗간에서 빻은 떡가루 함지를 머리에 똬리를 틀어 이고 들어서고 있었다. 수희는 그 시절 붉은 댕기를 넣어 땋아 허리까지 늘어뜨린 새까만 머리를 떠올리면서 옥자를 바라보았다. 얼굴은 주름바가지가 되었지만 어릴 적 모습을 그대로 간직하고 있었다. 수향이 유치원에 가지 않겠다고 발버둥 치면서 울 때면 언제나 옥자가 수향을 업고 유치원 문 앞까지 데려다주었다. 키가 엇비슷해서 신이 땅에 질질 끌렸어도 옥자는 힘차게 수향을 업고 유치원으로 줄행랑을 쳤다.

모두 둘러앉아 송편을 빚기 시작했다. 큰 소반에 예쁘게 빚어진 송편이 담겼다. 옛날로 돌아간다고 콩을 소로 박기도 하고 밤을 넣기도 했다. 마당 구석에 옛날처럼 큰 가마솥을 걸고 송편을 쪄내기 위해 수숙과 옥자가 나무를 날라다 불을 때느라고 얼굴에 앙괭이를 그렸다. 뒷산에서 따온 파란 솔잎이 소쿠리에 가득했다. 향긋한 솔 내가 집안에서 솔솔 풍겼다.

날씨가 청명한 걸 보니 저녁 보름달을 맞을 수 있을 징조다. 수영이 혼자만 쓸쓸하게 휠체어에 앉아서 수선스러운 마당과 부엌과 집안을 둘러보고 있었다. 이런 수영에게 수향이 다가갔다.

"많이 아파?"

수영이 고개를 끄덕였다.

"우리들이 이렇게 모였으니 너를 위해 예배를 인도하겠다. 이래 뵈도 난 신학교 학생이거든."

순간 수영은 중국 심양 근교의 산속에서 많은 환자들을 고쳐내던 수향의 집회장면을 떠올렸다. 성령의 역사는 인간이 할 수 없는 엄청난 힘을 지녔다는 걸 그때 처음 알았다.

"난 거미처럼 남의 것을 앗아먹고 살았어. 거미줄을 쳐놓고 걸리는 무엇이나 탐욕스럽게 먹었지. 남의 마음을 한 번도 헤아려 보지 않고 나만 먹고 살기에 바빴던 여자야. 내 아픔만이 억울해서 아우성쳤고 내 상처에만 집착해서 닥치는 대로 미움의 대상과 원수를 찾아 헤맸어. 불쌍한 여자지. 이런 여자에게 하나님은 성령으로 역사하실까?"

수향은 이렇다 저렇다 말없이 그저 머리만 크게 주억거렸다. 맛있게 익어가는 토란국 냄새가 집안과 마당에 그득하게 고였다. 옥자의 간드러진 웃음소리가 집안을 잡아 흔들었다. 이따금 수향의 걸걸한 웃음소리도 가세하여 마당을 그득 채웠다. 저녁을 일찍 먹고 온 식구들이 둘러앉아 예배를 드렸다. 예배 끝에 수영을 가운데로 밀어 앉히고 치유의 역사를 일으켜달라고 모두 기도할 때에 눈물로 번들거리는 식구들의 얼굴에서 가족이 한 줄로 묶인 것을 서로 감지할 수가 있었다.

먼저 이 집안의 제일 어른인 수희가 기도했다.

"불쌍한 수영을 치료해 주세요. 아팠던 과거를 잊게 하고 기쁨과 평안의 줄로 살아남은 우리 모두를 묶어주세요."

수숙이 기도했다.

"나만을 위해 개미처럼 살아온 사람이 회개합니다. 아버지의 순교를 본받아 하나님을 믿는 사람답게 살게 해주세요. 수영언니를 불쌍하게 보시고 암에서 놓아주세요.

그리고 북한으로 강제 북송된 불쌍한 복희를 그리고 그 보위원에게……."

복희와 보위원이 기도 중에 거론되자 눈물바다가 되었다.

복란이는 아직 어떻게 기도하는지를 몰라 눈을 동그랗게 뜨고 옥자도 신기한 듯 눈을 굴리면서 좌중을 둘러보았다.

마지막으로 수향이 기도했다.

"수희언니처럼 우리 모두가 살게 해주세요. 언니는 가족을 위해서 꿀벌처럼 열심히 일합니다. 우리 가족을 돕고 있는 이 집안의 맏언니에게 축복을 주세요. 몸도 마음도 병이 든 수영을 하나님의 무릎 위에 올려놓습니다. 죽든 살든 하나님의 것이오니 주님이 맡아주세요."

그러자 수영이 통곡하기 시작했다. 어찌나 크게 우는지 모두가 따라 울었다. 속의 창자까지 다 비틀어 짜내는 그런 울음이었다. 온 식구들이 수영을 따라서 통곡했다. 지나간 과거가 슬퍼서 울었고 감사해서 울고 기뻐서도 울었다. 그간 모두가 상처를 안고 흩어져 살았고 지금까지 살아남은 일에 대한 서러움을 쏟아내는 울음이기도 했다. 북한으로 강제 이송된 불쌍한 복희를 생각하며 울었다. 또 이렇게 탈북 할 수 있도록 처음 동기를 마련해 준 보위원을 생각하며 울었고 지난날의 잘못도 떠올라 몸부림쳤다. 달이 휘청 밝은 밤에 울음소리로 고가古家는 출렁거렸다.

얼마간 울고 난 뒤 수영은 맑고 밝은 음성으로 말했다.

"나는 죽든 살든 주의 것입니다. 이렇게 식구들을 다시 만나서 이제 죽어도 여한이 없습니다. 여직 살아온 인생길에서 지금이 제일 행복합니다."

7

모두가 행복했다. 웃음이 큰 마당을 가득 메웠다.

"내가 모든 식구들의 한복을 준비해놨어. 수호 오빠 방에 들어가면 각자의 사이즈에 맞게 맞춰서 이름과 함께 전부 걸어놨으니 모두 갈아입고 나와요."

수영이 명랑하고 기쁜 음성으로 말하자 우르르 어려서 물에 빠져 죽은 수호의 방으로 들어가서 옷을 갈아입느라고 소란스러웠다. 보름달이 두둥실 하늘 한가운데로 떠오르고 있었다. 모두가 한복차림으로 마당에 내려왔다. 손에 손을 잡고 둥글게 섰다. 모두의 손에 힘이 들어가고 손바닥에 흥건히 땀이 고일 정도로 사랑의 줄이 팽팽하게 당겨졌다.

순간 수영이 고함을 쳤다.

"아앗! 수호 오빠가 돌아왔다. 드디어 수호 오빠가 왔어."

순간 둥근 원을 그리며 서 있던 모두가 장승처럼 굳어져서 낯선 남자의 출현에 긴장했다. 그러자 옥자가 침묵을 깼다.

"아이쿠! 주은 도련님이 오셨네. 우리 주은 도련님."

그제야 수영이 한껏 치켜 올렸던 어깨를 내려놓는다. 그러고 보니 주은의 얼굴이 처연하게 밝은 달빛 밑에서 수호와 너무 똑닮아 보였다.

"아침에 인천공항에 도착해 집에 오니 얼마나 쓸쓸했는지 몰라요. 어머니가 장흥에 와계신 걸 알았지만 이렇게 많은 친척들이 여기 모인 줄은 몰랐습니다."

옥자가 입가에 거품을 물면서 말했다.

"오메메! 자네가 어쩜 그렇게도 많이 수호 도련님을 닮았다냐! 나도 처음에 수호 도련님이 나타났다고 생각했어. 달빛에 들어난 얼굴이 수호 도련님과 똑같았어. 정말 똑같구나, 똑같아!"

수회나 수향이도 그런 생각을 하고 있었다. 수영이 수호 오빠가 나타났다고 말했을 때 그렇게 믿을 정도로 너무나 똑 닮아서 내심 놀라고 있던 참이었다. 처음엔 하나님이 살아남은 가족에게 이런 모습을 지닌 환상의 인물을 잠시 출몰시킨 것이 아닌가 하는 착각에 빠져들기도 했었다.

차례차례 수영의 아들인 주은이 친척들에게 인사를 드리기 시작했다. 수회, 수향, 수숙 이모들에게 큰절을 하고 사촌인 복란과는 서로 맞절을 했다. 식탁에 둘러앉아 저들은 모두 헤프게 웃어댔다. 할 이야기도 많았고 지난날 아픔들이 모두 입 밖으로 터져 나와 서로 끝없는 대화를 하고 싶어 안달이 날 지경이었다.

수영이 휠체어를 끌고 아들, 주은 옆으로 다가왔다.

"살아 와 줘서 고맙다. 나는 네가 오지로 떠나서 아주 죽어버리고 못 돌아오는 줄 알았다."

"어머니, 전 아주 좋은 경험을 했습니다. 제 인생길이 환히 보일 정도로 세상의 많은 것을 보고 배우고 왔습니다. 제 시야가 넓어져서 세상을 이 가슴에 끌어안고 왔습니다. 세상은 넓고 참으로 할 일이 많았습니다."

"아프리카로 간다고 했잖니. 난 그동안 아파서 널 못 보고 죽는 줄 알았다. 몸 다친 데는 없니?"

"전 이제 다 컸는 걸요. 이거 보세요. 많이 변했지요. 병원 안에 갇힌 맹한 의사가 아니라 세상을 품어 안은 당당한 의사가 되어 돌아왔습니다."

"맞다. 맞아. 네 모습이 수호 오빠로 보일 정도로 넌 아주 변해 가지고 돌아왔다."

수영이 손뼉을 치면서 활짝 웃었다.

"우린 우물 안에 갇혀서 눈에 들어오는 한쪽 하늘만 보고 있어요. 세상에 굶어 죽어가는 사람들이 많고 돌봐야 할 사람들도 많아요."

"그래서 또 아프리카로 가겠단 말이냐?"

수영이 놀라서 아들 주은을 향해 언성을 높인다.

"아니요. 어머니 옆에 있을 겁니다. 어머니를 살리고 봐야지요. 어머니 없이 제가 세상을 끌어안는다는 건 별 뜻이 없습니다. 그간 아프리카의 오지에서 환자들을 돌보면서 어머니를 줄곧 생각했습니다. 어머닌 저와 함께 내내 그곳에 있었습니다. 어머님이 제게는 돌봐야 할 큰 환자입니다. 그리고 가장 중요한 초점은 지 혼자의 힘으로 세계를 치료할 수 없다는 것을 이번 여행에서 깨달았습니다."

수영은 이렇게 말하는 아들의 손을 잡고 기쁨으로 충만해 있었다. 일생 살아오면서 오늘처럼 기쁜 날이 언제 있었던가. 돈을 삼태기로 끌어 모을 적에도 이런 기쁨은 없었다. 좋은 명품을 사들일 때도 이런 환희는 없었다. 강남에서 제일 좋다고 모두 칭송하는 집을 살 때에도 이런 설렘은 없었다. 전신을 돈으로 처바를 정도로 사치스럽게 가꿀 적에도 이런 즐거움은 없었다. 오늘이 제일 충만한 날이었다.

이게 바로 이 땅에 임한 천국이 아니겠는가!

복란이 주은에게 물었다.

"어째서 혼자 힘으로 할 수 없다는 거야?"

"조직이나 구조는 내 힘 혼자만으로 되는 것이 아니야. 그건 하나님의 주권 아래 있어. 역사는 누가 뭐래도 하나님이 직접 손을 대서 손수 쓰시는 거야. 난 내 힘의 한계를 이번에 느꼈어.”

“맞아. 나도 북한 체재에 갈등을 많이 느낀 사람이야. 나의 아버지도 아마 그래서 반기를 들었다가 숙청된 걸로 아는데 나도 마찬가지야. 나 하나 잘 한다고 구조적 모순이 고쳐지는 것이 아니야.”

복란의 말에 주은이 맞는 말이라고 머리를 주억거렸다.

“의사로서 그들의 세계에서 갈등을 많이 느낀 모양이구나.”

수향이 끼어들었다.

“도도하게 흐르는 역사의 물결을 누가 꺾겠어. 이제야 다스리는 자도 하나님이 허락해야 된다는 것을 깨달았구나.”

“그건 너무 신본주의가 아닐까?”

주은에게 수희가 강하게 도전했다.

“굶어 죽어가는 나라에서 환자들을 치료하면서 뼈저리게 느낀 건 한 나라의 지도자를 잘 만나야 만민이 편안하다는 사실이에요. 독재를 꿈꾸거나 소수에게 권력이 주어지면 부패하게 되고 그 결과 백성들이 굶어 죽어가게 되어 있습니다.”

그러자 복란이 대들었다.

“그럼 주은 오빠의 말은 그냥 덤덤히 구조적 모순을 바라보고 있으란 말인가? 도전하지 않았다면 난 남한에 오지도 않았어. 목숨을 걸고 도전했기 때문에 자유를 찾을 수 있었다고."

"그건 한 개인의 문제지 한 나라의 역사나 세계의 역사를 말하는 게 아니야. 난 이번 아프리카에 가서 내 힘이 너무 미미하다는 걸 깨달았어. 바위에 달걀을 던지는 심정이었어. 바닷가에서 물을 푸면서 몽땅 이 바닷물을 퍼올리겠다고 날뛰는 격이라는 심정이 들 정도였어. 글로벌 시대라고 야단들이지. 세계화의 흐름을 타고 이론적 무기로 등장한 신자유주의는 국가의 관리로 존재하는 모든 국경들을 허물고 전 세계를 하나의 시장으로 통합하여 오직 시장 기능만이 모든 경제활동과 삶을 밑받침하게 된다는 논리를 들고 나왔어. 이런 물결은 소수가 누리는 자유와 복지의 대가로 다수가 절망하고 배고픈 세계가 되어서 존속할 희망과 의미가 없는 폭력적이고 불합리한 세계가 된다는 뜻이야. 이런 정책 아래서는 이 지구상에 굶주리는 사람의 숫자가 줄어들기는커녕 오히려 더 늘어나는 추세가 되어가고 있어. 남반구에서는 기아 희생자들의 피라미드가 더 높아가고 북반구에서는 다국적 금융자본과 부가 쌓여간다는 말이야. 경제력이 소수에게 집중되고 세계의 지배자들은 점점 높아가는 황금산 위에 앉아서 호령하고 있어. 그들의 발치에는 굶어 죽어가는 사람들과 전염병과 전쟁, 경제적인 궁핍으로 죽은 자들의 무덤이 늘어가고 있지. 이선 신성한 의미의 인간적 사회적 자유가 아니야. 이런 신자유주의는 전 세계의 불결을 농촌사회의 종결과 지구 규모의 도시화로 치닫게 하고 있어. 그러나 확실한 것은 보름달이 찌그러지듯이 언젠가는 이 황금산도 무너져 내려 세계적 경제공황과 파국이 올 거야."

"그럼 우린 어떻게 해야 하지?"

복란이 조심스럽게 관심을 표명하자 주은의 말은 계속됐다.

"물론 관심을 가져야겠지. 의식적으로 지식적으로 인간의 양심에 호소하고 하나님의 입장에서 보는 눈을 만인이 길러서 변화되기 전엔 전 세계는 비극의 도가니가 될 거야. 불란서혁명이 변화에 눈을 뜬 백성의 상급이었듯이 말이야. 아무튼 그렇게 쉽게 도전할 수 없는 것이 역사이고 인간의 조직과 구조라는 걸 알았어. 그러나 인간이 창조되길 다른 사람이 처한 고통에 함께 아파할 수 있는 유일한 동물이니 그 양심과 깊은 영혼에 희망을 걸어야 할 거야."

"그게 어떻게 가능하지?"

"모든 사람들이 이 지상에서 자유와 정의를 누리고 배고픔을 달랠 수 있기 전에는 지상에 진정한 평화와 자유 그리고 행복은 존재하지 않을 거야. 세상에 존재하는 모두가 다시 말하자면 각 개인이 깨어 살아나서 창조주를 한가운데 모시고 손에 손을 잡고 한 몸이 되어야 가능한 진리지."

이제 주은까지 한복으로 갈아입었다. 달은 두둥실 하늘

한가운데로 떠오르고 있었다. 주은의 한복을 원색으로 택한 것은 어린 시절의 추억을 되살리려는 수영의 뜻일 터였다.

"우리 어린 시절로 돌아가서 강강술래를 하자."

수희의 제안에 모두 박수를 치며 마당으로 향했다. 수희와 옥자가 먼저 마당 한가운데에서 손을 잡자 모두 내려와서 원을 그리면서 섰다. 주은도 조끼까지 챙겨 입고 끼어 섰다.

수희가 소리를 메기기 시작했다.

"달이떴네, 달이떴네, 강강술래"

초록 저고리에 빨강치마, 노랑 저고리에 검은 치마, 색동저고리에 빨강 치마, 흰 저고리에 자주색 치마가 바늘귀를 꿸 수 있을 정도로 밝은 보름달 밑에서 곱게 살아났다.

"우리자매 성령 안에, 강강술래
한 덩어리 되었다네, 강강술래
세계 각국 흩어져도, 강강술래
우리자매 하나라네. 강강술래."

대보름엔 할거리, 놀거리가 많았고 먹을거리 볼거리도 지천이었다. 담 너머 강둑에는 동네꼬마들이 쥐불을 돌린다. 하늘의 달도 둥글고 쥐불도 강강술래도 둥글둥글 돌아간다. 수희의 목에 힘이 빠지자 수향이 소리를 메겼다.

"우리자매 순교 딸들, 강강술래
세상 둥글 묶자구나, 강강술래
비야 와라 눈아 와라, 강강술래
우리자매 한 몸이라, 강강술래."

신명이 오르자 소리도 높아지고 발걸음도 빨라졌다. 숨
소리도 헉헉거렸다. 어린 시절 수희는 땀에 옷이 푹 젖도
록 뛰다가 문지방을 넘지 못할 정도로 종아리가 아팠던
기억이 생생했다.

수영이 휠체어를 잡고 일어나 소리를 메겼다.

"북한 복희 힘을 내라, 강강술래
남북통일 이뤄지리, 강강술래
이 나라의 메시아는, 강강술래
수호 오빠, 수호 오빠, 강강술래."

그러자 이번에는 주은이 선소리꾼이 되었다.

"새 하늘과 새 땅이라, 강강술래
우리 앞에 열렸어요, 강강술래
우리나라 온 세상에, 강강술래

메시아가 오신다네, 강강술래."

오랜 세월 겨레의 몸속에 새겨진 삶의 노래인 강강술래에 취한 저들은 완전히 하나가 되어 있었다.

"주안에서 자유평등, 강강술래
주안에서 평안기쁨, 강강술래."

한반도의 그악한 전쟁과 기아를 몸소 겪으면서 세상에 흩어져 외롭고 고통스럽게 삶을 이어가면서 살아남은 사람들이 욱신욱신 뛰는 소리가 마당을 가득 채웠다. 저들의 몸에서 뿜어 나오는 열기에 가득 찬 환희와 평화가 마당을 가득 채우고 울 밖으로 멀리멀리 땅 끝까지 퍼져나갔다. ✤

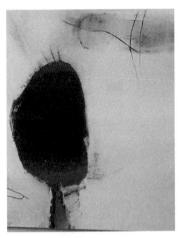

| 평설 | 이명재 문학평론가
승화된 복음과 사랑, 탈북의 소설미학

승화된 복음과 사랑, 탈북의 소설미학

1980년대 초 《한국일보》 신춘문예 당선소설 「양로원」 이후 꾸준히 창작 활동을 해온 이건숙 작가. 그는 이미 『팔월병』 등 두 권의 창작집과 『거제도 포로수용소』 『사람의 딸』 등 다섯 권의 장편소설을 펴낸 문단의 중견이다. 그럼에도 평소 필자는 가끔씩 그의 단편소설 몇 편 뿐 작가를 직접 만나보지는 못했다. 대학에 몸담아 온 필자로서는 부군을 따라 해외생활을 많이 해온 그들과 이러구저러구 가까이할 기회가 적었던 셈이다. 그런 중에 마침 이번에 출판되는 장편을 필자가 즐겁게 정독하게 된 기회는 행운으로 여겨진다. 『남은 사람들』은 문제적일 만큼 월북과 탈북 등을 겪은 이산가족을 통해서 한반도의 현안을 변증법적으로 폭넓고 흥미롭게 다룬 진정성을 함께 하고 있기 때문이다.

북한의 실상을 고발한 팩션

장편소설 『남은 사람들』은 결코 요즘 들어 핵실험과 계속되는 미사일 발사 등으로 도발을 자행하는 북한에 대한 관심사 중심의 소설에 그치지 않는다. 한반도 북부에 무겁게 드리운 검은 장막 속에서 굶주리다 못해 탈북하는 사람들의 생사에 맞물린 인도적 사안을 기독교적 복음과 휴머니즘으로 엮어낸 텍스트인 것이다. 작품의 주 인물들이 거의 순교한 부친의 딸들답게 소설 속에 용해된 채 사회상과 신앙심에 예술성이 한 데 조화를 이루고 있어 인상적인 작품이다. 이 장편소설은 우리가 실로 상상하기 어려울 정도로 섬뜩하게 인간존재의 극한 상황 밑에서 우리의 기본문제를 제기한 고발이요 서로를 다짐하는 논의인 동시에 동족간의 자성을 촉구하는 진정서이기도 하다. 따라서 이 장편소설은 북한의 엄혹한 정치실상(fact)에다 상상력에 의한 창작 문학적 허구(fiction)를 가미한 팩션(faction)의 한 본보기로서 주목되는 역작이다.

『남은 사람들』은 광복을 전후한 한반도에서 태어나서 나라 안팎으로 흩어져 살아온 장씨 집안의 삼, 사대에 걸친 남매들 사랑과 수난을 다룬 인생 드라마이다. 분단세대인 자매들(장수희-수향-수영-수숙)을 중심으로 위로는 조부모와 부모, 아래로는 자녀들까지 닿아있다. 어쩌면 이 작품은 가족사소설이면서 기독교소설이요, 인권과 정치문제를 다룬 참여소설이다. 시대적으로는 개화기 이후 일제 강점기-해방공간-분단시대에 이르는 시간 배경 속에서 빚어진 사건이요, 공간적으로는 남북한-중국-미국을 무대로 연결된 이야기이다. 그리고 나아가서는 자유진과 사회주의 사회를 오가며 대비적으로 접근한 문제적 장편이기도하다.

물론 시공간 영역에서 뿐만 아니라 여러 세대 및 복합 주제를 폭 넓게 아우르고 있는 『남은 사람들』은 북한의 수용소 내의 인권 단편만 집중 조명한 예의 『요덕스토리』와는 상이하다. 그럼에도 두 작품은 첨예한 북한의 인권 사각을 다루고 있다는 점에서 상호텍스트성을 띠고 있어서 참고가 된다. 사실 살벌하게 폐쇄된 예의 정치범수용소 실상을 일반 독자들에게 설득력 있게 재현하며 특수한 상상력의 공간으로 살려낸 것이다. 『남은 사람들』 전체 분량의 극히 일부분에 속하는 3부의 수숙 네 식구가 그 특수공간에서 겪는 상황 묘사는 『요격스토리』 못지않은 리얼리티를 담보하기 때문이다. 이건숙 작가는 더 나아가 수용소를 벗어나서 두만강이나 압록강을 건너 탈북하는 북한 동포들의 비참한 삶과 유린상에 상승효과를 더하고 있다. 이 작가는 손수 부군과 함께 여러 차례 중국과 북한 접경 현장에 찾아가서 현지 거래 종사자들과 접촉하며 얻은 실사를 바탕으로 빈번하게 자행되는 탈북현황을 작품화하는 데 성공하고 있다.

장편소설 『남은 사람들』은 여러 모로 몇 해 전에 탈북자 출신 정성산 감독이 뮤지컬로 공연해서 화제를 던진 『요덕스토리』(Love in Yoduk)와 대조된다. 현대판의 『킬링 필드』나 『홀로코스트』를 연상시키는 함경남도 요덕군에 실재한 정치범수용소의 참상이 리얼하게 와 닿는다. 1994년에 북한 군복무중 남한방송을 들었다는 일로 사리원 정치범수용소에 갇혔다가 이듬해 탈북한 정성산 자신의 체험뿐만이 아니다. 『남은 사람들』은 현지 요덕수용소 생활 10년 만에 탈옥한 강철환이나 그곳 수용소 출생인 신동혁의 증언 등을 바탕으로 한 실체의 고발인 것이다.

치밀하게 구성해낸 문제작

장편 『남은 사람들』의 짜임새는 고향을 떠나 뿔뿔이 흩어진 채 세계 각지로 유랑하는 장씨 일가 4자매 식구들의 디아스포라적인 삶과 그들을 찾고 상봉하는 기승전결식 서사로 이루어져 있다. 동경 유학생인 아버지가 월북을 해서 교사로 재직하던 중 한국전란 중 기독교인이라는 이유로 희생된 이후, 어릴 적에 사방으로 헤어졌던 자매들 스스로 뒤늦게 서로 찾아 만나는 이야기이다. 일찍이 조숙한 소녀로서 삼수갑산으로 수많은 교인들과 함께 끌려가는 틈에 끼어 폐광 속에서 총살당해서 순교한 부친의 유언을 지키는 수희의 끈질긴 노력이 가상하다.

"너는 강하고 담대해라. 하나님이 너와 함께 할 것이다.

너는 장녀다. 이 집안의 기둥이다. 동생들을 맡긴다."

이 작품은 이처럼 순교와 이별 모티프로 비롯된 가족서사 내지 민족수난의 축소판이다. 그렇지만 여기에는 적어도 근대이후 현대에 걸친 한반도와 미주, 아시아에 이어진 시공간을 그 무대로 삼고 있다. 대체로 남북한과 중국, 미국에 제각기 떨어진 채 모르고 사는 친자매들 사정과 그들을 찾아다니고 만나는 여로형 구성에다 중간 중간에 과거의 회상을 날줄과 씨줄로 연결하여 입체적인 소설의 틀을 형성하고 있다.

1부 「흑암 위에 앉은 백성」에서는 일찍 부모를 여의고 고아원 등을 떠돌다 혼인하여 아들을 낳고 중국에 살던 수향이 이야기부터 시작된다. 아들 학비 마련 등, 돈을 벌기 위해 남한에 들어온 그녀가 병에 걸려 입원함을 계기로 새로운 신앙 및 자매상봉의 모티프가 형성된다. 급성 맹장염에 걸린 채 사활을 건 고비에서 보증 설 사람을 구해야하는 위급한 상황 때 뉴스에 방영된 덕에 혈육을 맞이한다. 동갑 사촌자매인 수영이 찾아와서 모르는 척 수술비를 대고는 미국 LA에 사는 수희에게 연결된다. 하지만 입원비 걱정 때문에 몰래 병원을 빠져나온 다음 늦게 수술한 후유증으로 죽음의 위기에서 수향은 변두리 교회의 교인들 도움으로 생명을 얻고 나서 이를 계기로 기독교에 귀의한다.

"주여! 저를 불쌍히 여겨 주세요. 예수님을 내 주인으로 모시겠습니다."

그 후 세례를 받은 그녀는 중국 선교사로 거듭나서 남몰래 중국 현지의 가정교회를 운영하여 복음 전파에 힘을 쏟는다.

한편 살아 있다는 동생을 찾기 위해 중국 단동에 날아간 수향이, 현지에서 은밀하게 활동하는 곽 선교사(사장)에 부탁해서 수소문하던 중 빈번하게 탈북하는 군상들의 실상을 엿보게 된다. 무엇보다 배가 고파서 목숨 걸고 강을 건너오는 탈북자들은 북한과 중국 당국의 범죄자요 상갓집의 개만도 못한 난민들로서 갖가지 수난을 당하는 것이다. 동생을 찾다가 삼 년 전부터 중국인에게 잡혀 아이까지 낳고 한복집을 하며 지내는 동명이인의 한 탈북여성으로부터 북한의 참상을 듣게 된다.

강수숙은 남편과 시어머니, 그리고 갓난아기와 세 살 난 아들, 이렇게 네 식구의 양식을 구하러 북쪽으로 올라가 강폭이 제일 좁은 두만강을 건넜다. 남편은 나가는 직장이 있어서 꼼짝할 수가 없었기 때문이다. 잡히면 죽는다는 걸 각오해야 했다. 순수하게 배가 고파서 먹을 것을 구하러 중국으로 탈북했다 잡히면 6개월간 노동단련대에서 노역을 하는 무서운 벌을 받아야 한다. 한국행을 시도한 탈북자는 5년 교화형에 처하는데 살아나오기 힘든 중벌이었다.

2부 「고난의 골짜기」에서는 중국 국경에서 예의 선교사 곽 사장을 통해서 세 살 적에 헤어진 수숙 막내가 평양에 살고 있음을 수소문하여 서로 만나는 감격을 맞는다. 서울서 수영을 데리고 동행한 수회가 눈물지으며 말한다.

"얼마나 고생을 했으면 손이 이렇게 되었니. 가엾은 내 동생, 수숙아! 내가 너를 이렇게 만들었다. 미안하다."

그러면서 미화 5천불과 미제 약품 및 옷가지 선물들을 듬뿍 안겨주지만 온 식구가 새로운 시련을 당한다. 그녀 남편이 동료와의 대화에서 김정일 정치를 비방했던 게 빌미가 된 것이다.

"나하고 친한 김한문이가 나를 밀고한 게 틀림없어. 아마 살아남기 힘들 거야. 강력한 사상검토와 조회사업에 들어갈 것 같아. 그러면 출당, 철직(파면), 생활제대를 시킬 건 뻔하고 당신이나 우리 두 딸도 안전하지는 못할 거야. 난 잡혀가면 아마도 국가안전보위부 산하의 완전통제구역인 정치범수용소로 끌려갈 것이 확실해. 그러니 마음을 단단히 먹으라고. 우리 가속 모두가 수용소로 끌려갈 운명에 지금 놓여있어. 거긴 죽어서나 나올 수 있는 곳이야. 아직 거기서 살아나온 사람이 단 한 사람도 없다는 소문이 있지. 그러니 이를 어쩌지. 이제 우리 모두 죽게 되었어."

기어코 수숙 가족은 트럭으로 회령군 산악지대에 자리 잡은 22호 정치범수용소에 들어간 터다. 가족들은 첫 날 그 입구에서부터 살벌한 분위기에 공포감에 젖는다.

경비대 정문초소에 이르러 간단한 조사를 받은 뒤에 차단 초소를 통과했다. 관리소 본부와 보위원 가족마을을 지나 산속으로 10여리 들어가니 정치범 마을이 나타나고 그 한가운데 자리 잡은 경비대 본부 앞에 차가 멈췄다. 그 옆 운동장에서는 경비대의 격술훈련을 앞에 놓고 경비대원들을 소대장이 한창 교육시키고 있었다.

"22호 수용소는 당을 배반하고 수령님을 배반한 악질적인 종파분자들과 그 자녀들이 있는 신랄한 계급투쟁의 현장이다. 관리소 내의 정치범들은 악질적인 반동분자의 자녀들이기 때문에 동무들의 신변과 안전에 각별히 주의하라."

이건 1970년대 초에 있었던 함경북도 온성군 창평12호 관리소 폭동사건을 상기하는 말이다.

하지만 이런 사정을 모르는 수희는 수영을 따라 고향인 장흥을 반세기만에 찾는다. 어릴 적에 익었던 탐진강과 뒷산 모습은 그대로지만 마을도 사람도 거리도 변한 걸 발견한다. 공산군의 남침 때는 수영 부모가 빨갱이가 된 채 불쑥 나타나 할머니를 학살하고 9·28수복 당시 총살당했다는 사실도 전해 듣는다. 그럼에도 그중에 수희네가 유아기에 자라던 그 집만은 수영이가 다시 사서 옛 모습 그대로 복원한 일이 색달라 보인다. 특히 수호 오빠의 방은 거의 당시의 원형을 지닌 채 군불도 때고 매끼니 밥상까지 차려놓고 있어 인상적이다.

이어서 3부 「빛을 따라 흩어지는 사람들」에서는 심양 근교에서 농사짓던 수향이 단동에 나와 관광객 상대의 발 마사지 사업으로 돈을 벌어 빚을 갚고 전도에 열심인 삶을 그린다. 그런 한편으로 배가 고파 찾아든 탈북 처녀 옥희 등 탈북자 10명을 곽 사장과 협력하여 중국-몽골 국경루트를 통해 탈주하도록 돕는다. 그리고 특기할 일은 수희가 처음 단동에 와서도 못 찾았던 수향과 뒤늦게 상봉한 사실이다.

수향아! 살아 있어 줘서 고맙다. 죽기 전에 너를 만날 수 있어서 하나님께 감사한다. 아버지가 순교한 일이 우리 자매를 축복한 것으로 안다. 너 예수는 믿고 있니?"

여기에는 수용소 공간에 갇힌 식구들의 참상이 여실하

게 드러난다. 가족들이 보는 앞에서 공개처형 된 남편의 시신이 가마니에 말려서 옮겨지는 걸 보고 수숙은 다짐한다.

'내 남편 한영기가 그토록 죽을힘을 다해 일생동안 당과 수령님을 위해서 몸 바쳐 일한 결과가 이것이란 말이냐. 남편이 일생 그들에게 충성하느라고 집을 비워 가면서 당을 위해 돈을 벌려고 수출 일선에서 단 한 푼도 욕심을 내지 않고 수고했던 결과가 이거란 말이냐. 저렇게 비참하게 죽는 것이 수령님과 김정일 동지를 위해서 헌신한 결과란 말이냐. 이것이 북조선의 현실이다. 미국서 온 수희언니의 말이 맞다. 나는 본래의 내 자리로 가야 한다. 하나님을 믿어야 한다. 나는 유아세례를 받았고 아버지는 순교자라고 하지 않았더냐. 탈북을 하여 내 피붙이를 찾아가리라.'

이곳에서는 한 가족밖에 이웃 방에 남동생과 함께 지내는 처녀의 끔찍한 성 피해 사실도 들어서 인권사각에 노출된 두려움을 더한다.

"큰아버지가 김정일 동지에게 반대되는 의견을 말했다고 축출당했어요. 우리 어머니와 아버지는 아무 죄도 없어요. 큰아버지의 죄가 어째서 우리 집안의 죄가 되는지 모르겠어요."

"이 나라의 정책이 사촌에 육촌까지 전부 말살하자는 정책이라고 하더군. 깡그리 그 집안을 3대까지 죽여버리겠다는 뜻이지, 그런 정책에서 희생당한 거야."

기숙은 앉아 있는 다리가 저린지 두 발을 뻗고 살살 주무르면서 연신 울어댔다. 바지 앞쪽으로 피가 비치고 있다. 순간 불길한 예감이 스쳤다.

"너 혹시, 너 혹시……."

"네! 당했어요. 담화실에서 부른다고 해서 갔다가 강제로 부화당했어요."

부화란 성적관계를 말한다.

그리고 만약의 경우, 연락을 위하여 딸들에게 수희언니의 전화번호를 몰래 암기시킨다. 수용된 사람들이 도토리줍기 일과에 동원되어 약초를 뜯는 자리에서 은밀하게 접근한 보위원에 의해 수숙 가족은 새 전기를 맞는다. 밤에 트럭을 통해 남몰래 음식을 넘겨주고 받은 일로 위기에 선 것이다.

"너희 집에서 돼지고기 냄새가 났다고 하는 비판이 들어왔다. 더구나 음식에 가끔 고춧가루도 넣어서 먹는다면서. 어디서 난 것들인가?"

결국 밤중에 보위원이 모는 트럭 위에 가족 3명이 타고 수용소 초소를 통과하는 달주극의 스릴도 넘친다.

마지막인 4부 「강강술래」에서는 두만강을 건너 옥수수밭에 숨어 있던 수숙네 식구들이 조선족 인신매매 단에 붙잡힌 채 갑자기 가족이 해체되는 새 시련의 길로 들어선다. 산골 사는 중국 주정뱅이 홀아비 아내가 된 수숙은 한참 만에 옆 마을 조선족 여인 집에서 전화로 수회언니에게 연락한다. 미국서 날아온 수회가 수향이랑 함께 비싼 몸값을 치르고 구출한다. 열여덟 살 나이로 헤이룽 강가 마을에 중국 남자에 팔려서 아이까지 낳고 매 맞으며 지내는 복란도 구해낸 그들은 고국으로 가는 길을 위해 백방으로 노력한다. 다만 옥수수밭에서 달아났던 큰딸 복희는 중국인 아내로 팔려갔지만 끝내 잠자리를 거부하여 화가 난 남편의 신고로 중국공안에 체포되어 다시 북송된 처지다. 오직 자기 탈출을 도와준 보위원을 사모한 그녀는 강제송환되는 트럭에서 그 청년과 마주쳐 운명을 같이할 마음을 다진다. 마침내 살아남은 자매들은 본향인 장흥마을에 함께 모여 강강술래 한마당을 벌인다.

　위의 내용에서처럼 스케일 큰 전체를 4개로 나눈 『남은 사람들』 이야기는 치밀한 기승전결의 짜임새를 갖추고 있다. 각 나라에 흩어져 있는 자매들의 삶의 현실과 가족사 및 이웃의 처지를 곁들여서 정연한 만남의 틀을 이룬다. 각 부에서 한 사람씩 자리와 시간을 바꿔서 극적인 상봉을 하여 한 가족의 헤어짐과 만남의 회귀적인 대단원을 완성한다.

그리고 여기에서는 수영이 직접 도와서 자유의 품에 안겨 그녀 자매들과 자리를 함께한 옥희네의 증언도 곁들여서 치밀한 구조를 더하고 있다.

옥희네 두 모녀는 남들이 두만강을 건너가서 양식을 구해 오는 것을 보고 너무 배가 고파서 굶어 죽느니 차라리 그 방법을 택하기로 했다. 식구래야 딱 두 사람, 어머니와 옥희는 꽁꽁 얼어붙은 두만강을 건넜다. 양식을 구하기도 전에 강둑에서 옥희가 중국공안에게 잡혔다. 딸과 조금 떨어져 있던 어머니는 잡혀가는 그녀를 보고도 눈물을 못 흘리고 혼이 나간 사람처럼 멍청하게 서 있었다. 그게 어머니와의 마지막 이별이었다.

옥희는 바로 중국에서 북한으로 북송되었다. 단순히 배가 고파 양식을 구하러 갔으면 6개월간 노동단련대 노역에 갇혔다가 나올 수 있지만 남조선으로 갈 계획이었거나 남한사람을 만나서 교회에 나갔다면 최소한 5년 동안 정치수용소로 가기 때문에 살아나오는 경우가 거의 없었다.

이들이 태생지인 전남 장흥 땅에서 벌이는 강강술래야말로 회향 유전자를 지닌 연어 못지않게 숱한 디아스포라의 유랑을 거치고 살아남은 사람들만이 본 고향에 돌아와 맛보는 민속 카니발로서 의미가 짙다. 또한 이 자리는 이미 집을 떠나 죽어서 정처 없이 떠돌던 혼들도 조상 곁에 돌아와 한을 풀고 사랑과 신앙으로 다시 만나 하나로 어우러지는 통과의례의 공간일 수 있다.

대보름엔 할거리, 놀거리가 많았고 먹을거리 볼거리도 지천이었다. 담 너머 강둑에는 동네꼬마들이 쥐불을 돌린다. 하늘의 달도 둥글고 쥐불도 강강술래도 둥글둥글 돌아간다. 수회의 목에 힘이 빠지자 수향이 소리를 메겼다.

"우리자매 순교 딸들, 강강술래

세상 둥글 묶자구나, 강강술래

비야 와라 눈아 와라, 강강술래

우리자매 한 몸이라, 강강술래."

인상적인 인물의 심층모색

『남은 사람들』의 특성 중 등장인물들의 각별한 성격 창조와 역할의 효율성 또한 두드러져 보인다. 특히 장씨 일가의 자매 가운데 부정적인 이미지로 부각된 수영의 개성 형성기를 통한 정신분석적 접근배려는 주목을 끈다.

어릴 적부터 남다르게 깊이 심적 외상(트라우마)을 겪은 수영의 유별난 성격 형성도 주목된다. 첩 아들의 소생인 그녀는 꼬마 적에 탐진강에서 물놀이를 하다가 집안의 외아들이던 수호 오빠를 죽게 한 탓으로 큰할머니로부터도 늘 구박받는 존재다.

"우리 집안을 망칠 년이야. 수호 대신 저년이 이 집을 나가야 편안한데 거꾸로 되었어. 아이쿠!"

"……나쁜 아이야. 저주받을 아이라고."

집 안에서 눈엣가시 처지이던 친부모도 딸을 남겨두고 저희끼리 간도로 떠났었다. 더구나 한국전쟁 전후 무렵에 월북한 가족을 따라 살았지만 가장이 기독교인이란 죄목으로 처형당한 뒤, 가족이 해체된 상황에서 모두 말없이 떠나서 혼자만 고아로 남은 상처가 짙게 멍울져 있는 것이다.

"모두 나를 버렸어. 나만 혼자 남았어. 어린 나를 버리고 자기들끼리 가버렸어. 수희도 수향도 수숙이도 다 가버렸어."

"내가 옆에 있잖니."

"내가 필요로 할 때 모두 나만 혼자 두고 다 가버렸어. 자기들끼리만 가버렸단 말이야. 난 혼자야. 이 세상에서 혼자야."

그런데서 비뚤어진 그녀는 탐욕스럽게 재산을 모으고 외제 명품을 과시하는 부정적 여성의 풍모를 드러내고 있다.

가계 상으로 작은 부인의 소생으로 태어난 데다 동갑내기 사촌인 수향과의 라이벌 의식도 참고 된다. 더구나 자신 때문에 죽은 수호 오빠로 인해서 받은 상흔은 평생 치유하기 어려운 그늘이다. 작가는 이런 수영의 성격을 활용해서 그녀를 탐욕에 병든 여성의 모델로 희화화는 데 성공한다.

수향을 모른 체하고 수희언니에게도 비아냥대는 데다 곧잘 포악적인 행동을 자행하던 그녀가 나중에는 췌장암에 걸린 처지에서 회개하여 선의의 인간으로 귀향시키는 작품구성도 역시 수긍된다. 그런 인물을 통해서 남한 사회 일부 부유층들의 호화생활과 허세를 지탄하고 때로는 보조적 캐릭터로서 작품의 맛을 돋운다. 수희와 중국 국경에서 수숙을 만나고 서울로 향하는 비행기 안에서 던진 수영의 한 마디도 주요 구실을 한다.

"우리만 남았네. 위엣 사람들은 다 죽고 우리만 남았군. 그것도 동서남북으로 다 헤어져서 말이야. 수희언니는 미국에 수숙이는 북한에 나는 남한에 그리고 수향이 살아 있다면 중국에 있을 터이니 가지각색이군. 요란한 집안이더니 결국 우리만 남았군, 요 모양 요 꼴로 말이야."

또한 작품에 등장하는 인물 가운데 수영과 동갑일 뿐더러 여러 모로 대조적인 수향의 이미지 또한 우람한 체격에다 남성 못지않게 활동적인지라 큰 병을 이겨내고 복음전파에 열심인 인물성격에 어울리고 있다. 고아의 처지로 중국에 남아서 생명을 부지해왔을 뿐더러 밀항해 온 서울

서의 투병을 겪어내고 대륙에서 건재한 인물상으로 다가온다. 거기에다 작품 마무리 부분에서는 평소 부정적인 어머니와 대조적인 성격이던 수영 외아들을 통해서 보다 밝고 선교적인 방향제시를 하고 있어 눈길을 끈다. 의과 대학을 졸업하고 수련의 과정에 있던 주은이 한사코 아프리카 오지에 지원해 가서 굶주림과 병에 죽어가는 사람들을 위해 일하다 수호 오빠 모습으로 돌아와 어울린 것이다. 이는 이 작품이 한 가족이나 한반도 일부의 가난과 인권유린 뿐만이 아니라 온 지구촌에 향한 봉사와 구원의 자세로 나가야 한다는 점을 암시한 메시지이다.

이밖에 비록 엑스트라적인 인물로서 연인을 갈망하며 정조를 고수하느라 민첩한 몸가짐을 보이는 복희와 잠시 등장하는 정치범수용소 근무 소좌 보위원의 해맑고 당당한 카리스마 역시 번득인다. 마치 진흙탕 속에 핀 장미인 듯 향기로운 이들 젊은이의 사랑은 마냥 무겁게 짓눌린 불모의 수용소에 내리쬐는 햇살처럼 휴머니티 가득하게 새로운 생명의 희망을 담보하는 활력으로 작용하는 것이다.

장편소설『남은 사람들』은 세계의 이목이 집중되고 있는 한반도의 위기 현안을 극한적인 기아와 인권문제로 대두된 탈북현상을 통해서 제기한 통일시대의 장편소설로서 가치가 높다. 이건숙 작가가 수차 답사하고 회심의 역작으로 빚어낸 디아스포라문학의 한 성과물이다. 당면한 분단 조국의 상황을 글로벌시대 산물인 핸드폰과 항공여행처럼 친근하게 영상화면을 통한 드라마를 보듯 선연한 현실감으로 다가오는 문제작이다. 근대 이후 개화와 식민지시대를 거쳐 분단에 걸친 민족수난과 사회변천의 양상을 한 기독교가정의 경우를 통해서 총괄적으로 그려낸 한국근현대사의 실체이다. 따라서 우리는 동시대의 문제점을 아우르고 있는 이 작품을 문학으로는 물론 연극으로 공연하거나 영화로 상영해서 여러분에게 접근하여 공감대를 넓혀가도 좋을 것 같다. ✈